DANS LA CAGE DE L'ANGE

OBSESSION MOLOTOV, TOME 2

ANNA ZAIRES

♠ MOZAIKA PUBLICATIONS ♠

Dépôt légal © 2021 Anna Zaires et Dima Zales
www.annazaires.com/book-series/francais/

Publié par Mozaika Publications, une marque de Mozaika LLC.
www.mozaikallc.com

Couverture par The Book Brander
thebookbrander.com

Photographie par The Cover Lab

Traduction : Laure Valentin

e-ISBN : 978-1-63142-720-6
ISBN imprimé : 978-1-63142-721-3

1

____

CHLOÉ

Je suis de retour. De retour dans l'antre du diable.

Cette pensée tourne en boucle dans mon esprit étourdi par la douleur, alors que la voiture s'arrête devant la résidence luxueuse et ultramoderne de Nikolai, dans la montagne. Un homme et deux femmes en blouse d'hôpital – vraisemblablement l'équipe médicale dont Nikolai a parlé – nous attendent dans l'allée avec une civière. Derrière eux se trouve Alina, la sœur de Nikolai, son beau visage livide et inquiet.

Je les remarque vaguement en passant. Tous mes sens sont consumés par l'homme qui me tient sur ses genoux avec possessivité.

Nikolai Molotov.

Le diable incarné.

Ses bras puissants m'entourent, me pressant contre son grand corps, et même si je viens de le voir tuer deux hommes, je ne peux m'empêcher de trouver du réconfort dans son contact, sa chaleur, son parfum familier de cèdre et de bergamote. Son goût s'attarde encore sur ma langue, mes lèvres palpitent sous son baiser, et j'ai beau vouloir le nier, l'effroi n'est pas la seule émotion qui m'emplit le creux de l'estomac à l'idée qu'il me garde ici contre mon gré.

— Encore quelques secondes, zaychik, murmure-t-il en caressant mes cheveux.

Un frisson me parcourt lorsque mes yeux rencontrent son regard vif comme celui d'un tigre.

Je devine le monstre sous sa belle façade. C'est clair comme de l'eau de roche, à présent.

Pavel saute de la voiture en premier et nous ouvre la portière. Un puissant vertige me saisit lorsque Nikolai sort, me maintenant serrée contre son torse. Bien qu'il soit prudent, le mouvement provoque un coup de poignard douloureusement aigu à travers mon bras, et les sommets des montagnes au loin se mettent à tournoyer jusqu'à la nausée dans mon champ de vision, alors qu'il me dépose avec délicatesse sur la civière.

Les yeux fermés, je m'efforce de respirer, de ne pas m'évanouir tandis que l'on me transporte à l'intérieur de la maison. Pendant ce temps, Nikolai aboie ses ordres à l'équipe médicale tout en parlant russe à Alina et Lyudmila. Je suppose qu'il leur explique ce qui s'est passé, mais j'ai trop mal pour m'en soucier.

On ne m'a jamais tiré dessus auparavant, et ce n'est pas une partie de plaisir.

Lorsque j'ouvre les yeux, je me trouve dans ma chambre, avec le médecin et son équipe qui s'affairent autour de ma civière. En quelques secondes, une perfusion est fixée à mon bras gauche et je suis branchée à plusieurs moniteurs. Je n'ai aucune idée de l'origine de tout cet équipement médical, mais ma chambre semble avoir été transformée en salle d'hôpital.

Le médecin, qui porte déjà une blouse et un masque chirurgical, me demande si je suis allergique au latex ou à un quelconque médicament tout en enfilant une paire de gants.

— Non, dis-je d'une voix cassée.

L'une des infirmières attache une poche de liquide sur le support à perfusion. Immédiatement, une agréable lassitude se répand en moi et mes paupières s'alourdissent.

La dernière chose que je vois avant que le monde ne s'éteigne, c'est Nikolai, debout dans le coin de la pièce, ses yeux dorés dardés sur moi avec une intensité farouche. Il y a encore une tache sombre sur sa pommette – le sang de l'homme qu'il a torturé pour obtenir des réponses –, mais avec le soulagement bienvenu de l'anesthésie qui se répand dans mes veines, je ne peux pas m'empêcher de sourire bêtement.

Je te garderai en sécurité, m'a-t-il dit. Et alors que l'obscurité s'empare de moi, je le crois.

Il me protégera contre le monde entier, contre tous, sauf lui-même.

NIKOLAI

Ma sœur m'arrête dès que je sors de la chambre de Chloé. Elle a dû rester dans le couloir pendant tout ce temps.

— Comment va-t-elle ?

— Elle survivra, mais pas grâce à toi.

Mon intonation est sèche, mais je n'en ai rien à faire.

C'est la faute d'Alina si nous sommes dans ce pétrin. C'est elle qui a dit à Chloé que j'avais tué notre père. Elle lui a même donné les clés de la voiture, lui permettant de s'enfuir.

À ces mots, Alina tressaille, mais elle ne flanche pas. Son visage est toujours blême et bouffi, pourtant ses yeux verts étincellent et elle n'empeste plus la drogue.

— Non, je veux dire, quel est son état ? Qu'a dit le médecin ?

Je soupire en me passant une main dans les cheveux.

— Elle a eu de la chance. La balle a traversé son bras, effleurant à peine l'os. Elle a perdu une bonne quantité de sang, mais pas suffisamment pour exiger une transfusion. Elle a aussi une entorse à la cheville. À part ça, juste des hématomes et des éraflures un peu partout.

— Kolya...

Je n'ai jamais vu ma sœur aussi piteuse.

— Je suis vraiment désolée. Je ne savais pas pour le...

— Ça suffit.

Je ne suis pas d'humeur à écouter ses excuses et ses justifications. Elle ne savait peut-être pas que des tueurs pourchassaient Chloé, mais cela n'excuse pas ce qu'elle a fait. Pas plus que son état, sous l'emprise de la drogue. Avant de dire quelque chose que je risquerais de regretter, je demande :

— Où est Slava ?

— Lyudmila l'a emmené voir les gardes. Je lui ai demandé de le tenir à l'écart pour le moment, étant donné... enfin, tu sais, conclut-elle en désignant la porte de Chloé.

— C'est bien.

Je sais que je ne devrais pas trop choyer mon fils, mais je suis étrangement réticent à l'exposer aux réalités brutales de notre existence, comme mon père l'a fait avec moi. La chasse et la pêche sont une chose – je suis heureux que Pavel enseigne ses techniques à Slava, ainsi que d'autres compétences nécessaires à la survie –, mais j'aimerais mieux lui éviter de voir sa préceptrice en sang.

Il finira par apprendre ce qu'être un Molotov signifie, mais pas tout de suite.

Alina semble soulagée par ma réaction.

— Alors, que s'est-il passé ? demande-t-elle en me suivant dans ma chambre. Qui a envoyé les assassins sur elle ?

— C'est une longue histoire.

Une histoire que je suis encore en train de digérer.

— Disons simplement qu'elle est toujours en danger.

Alina m'attrape la manche, me forçant à m'arrêter.

— Alors, tu n'as pas... ?

— Si.

J'ai collé une balle dans le cerveau de l'un des assassins et blessé l'autre assez gravement pour que la mort s'ensuive – mais pas avant d'avoir obtenu un nom de sa part.

Un nom dont j'essaie toujours de me faire à l'idée.

Ma sœur me regarde en fronçant les sourcils.

— Mais tu penses que d'autres vont arriver.

— J'en suis sûr.

— Pourquoi ? Qui est cette fille, Kolya ?

— C'est ce que j'ai l'intention de découvrir.

Me dégageant de sa poigne, j'entre dans ma chambre et referme la porte.

***

Même si Chloé est toujours sous anesthésie, j'ai hâte de la retrouver. Je prends une douche rapide et me change, puis j'envoie un message à Konstantin pour lui annoncer ce que j'ai appris et demander à son équipe de hackers de se pencher sur l'homme que l'assassin a désigné comme son employeur.

Tom Bransford.

Le candidat à la présidence, qui pourrait bien être le père de Chloé.

Elle ne connaît pas encore cette dernière information, et je ne sais pas si je dois lui faire part de mes soupçons avant d'avoir des preuves plus tangibles. Pour l'instant, ce ne sont que de fortes présomptions, et si je me trompe, Chloé aura encore plus de raisons de me prendre pour un monstre pervers.

Ce que je suis, bien évidemment. Seulement, je ne veux pas qu'elle pense cela de moi.

Mon cœur se serre quand j'imagine le sourire doux et radieux qu'elle m'a adressé avant que les drogues de l'intraveineuse ne fassent effet. C'est cela que je veux, pas ce regard vide et terrifié qu'elle avait dans les bois, quand je me suis approché d'elle, mon arme au poing, après avoir tué l'un de ses agresseurs et blessé l'autre.

Je ne veux plus jamais voir ce regard-là.

Alina est partie quand j'émerge dans le couloir et presse le pas vers la chambre de Chloé. Je sais qu'elle est sous bonne garde, entre le médecin et les infirmières qui la surveillent, mais je ne peux étouffer l'angoisse qui me ronge chaque fois qu'elle disparaît de ma vue. Elle est passée à un cheveu de la mort. Si j'étais arrivé quelques minutes plus tard, si l'équipe de Konstantin n'avait pas réussi à pirater le satellite de la

NSA pour localiser sa position exacte, si la balle avait transpercé son corps quelques centimètres sur la gauche... Les éventualités sont infinies, avec une issue autrement dramatique.

J'aurais pu la perdre de mille et une façons.

— Elle devrait se réveiller dans quelques minutes, m'informe le médecin lorsque j'entre dans sa chambre.

C'est l'un des meilleurs chirurgiens traumatologues de l'État. Pavel l'a fait venir avec son équipe en hélicoptère depuis Boise, pour un prix exorbitant qui me permet d'acheter à la fois leurs services et leur discrétion.

— Bien. Merci.

Ignorant les regards des deux infirmières, je m'approche de Chloé. Ma cage thoracique se comprime douloureusement lorsque je remarque la teinte grisâtre de sa peau bronzée. Elles ont lavé le sang et la terre de son visage et de ses bras et l'ont habillée d'une blouse d'hôpital, mais ses cheveux sont encore emmêlés, avec quelques brindilles et feuilles parmi les mèches d'un brun doré.

Je les retire délicatement et les dépose sur la petite table, à côté de son lit à roulettes. Je déteste la voir dans cet état, si frêle, si fragile et si blessée. Je donnerais n'importe quoi pour avoir reçu cette balle à sa place, ou mieux encore, pour m'être réveillé quelques heures plus tôt et l'avoir empêchée de partir.

Je tends la main vers elle et caresse tendrement sa mâchoire fine avec les jointures de mes doigts. Sa peau est douce et chaude. Incapable de m'en empêcher, je passe mon pouce sur ses lèvres à peine entrouvertes. Des lèvres rebondies de poupée, la supérieure légèrement plus charnue que l'autre. Des lèvres pécheresses qui pourraient séduire même un saint – pas moi, je ne le suis pas et je ne l'ai jamais été.

Retirant ma main avant que mon corps ne puisse réagir de manière inappropriée, je rejoins une chaise dans le coin de la chambre et m'installe, attendant que le médecin disparaisse dans la salle de bain. Les infirmières remballent déjà leurs affaires. Dès que Chloé aura repris connaissance et que son état sera stable, ils partiront.

Comme l'a promis le médecin, il s'écoule quelques minutes seulement avant que Chloé ne s'agite, un gémissement franchissant ses lèvres tandis que ses paupières frémissent. Aussitôt, je suis debout et je traverse la pièce.

— Salut, murmure-t-elle d'une voix ensommeillée tout en clignant des yeux. Est-ce qu'ils sont...

— Oui, Zaychik.

Je lui serre doucement la main gauche, prenant soin de ne pas déloger la perfusion de son bras. Ses doigts délicats sont froids entre les miens, malgré le drap qui la recouvre jusqu'à la poitrine.

— Comment te sens-tu ? Tu veux quelque chose à boire ?

Elle cligne à nouveau des paupières, toujours groggy. J'appuie sur un bouton pour soulever le haut de son lit, la plaçant en position semi-assise, puis je porte un gobelet d'eau avec une paille à ses lèvres. Elle la suce avidement, m'arrachant un sourire.

Quand le docteur revient, je me retire docilement, le laissant effectuer son travail avec son équipe. Les infirmières mettent le bras droit de Chloé en écharpe pendant qu'il lui pose quelques questions et note ses signes vitaux. Enfin, elles enlèvent la perfusion et le matériel de monitoring.

Elle est bien réveillée et hors de danger.

— Prenez ça contre la douleur si nécessaire, lui conseille le médecin en posant un flacon de pilules sur la table. Et faites attention à ne pas mouiller le pansement. Il faudra le changer toutes les vingt-quatre heures.

Il jette un coup d'œil vers moi et je hoche la tête.

J'ai une bonne expérience des blessures par balle et je serai ravi de jouer le rôle de l'infirmier de Chloé. Ce qui ne me plaît pas, en revanche, ce sont les analgésiques, même si je sais qu'elle en aura besoin.

Sa blessure ne met peut-être pas sa vie en danger, mais elle lui fera un mal de chien.

— Attendez, je m'en occupe, dis-je alors que les infirmières tentent de soulever Chloé pour la transférer dans son propre lit.

Je les écarte et la soulève avec précaution pour la porter moi-même – ce n'est pas difficile, elle est à peine plus lourde que Slava. Même si elle a mangé comme un ogre pendant son séjour d'une semaine ici, ma zaychik est encore beaucoup trop maigre après son mois de cavale.

Elle grimace quand je l'allonge, et je le ressens comme un coup de poignard dans l'estomac. Je n'ai jamais été aussi viscéralement en phase avec une autre personne, au point de ressentir sa douleur comme la mienne. S'il y avait un doute dans mon esprit quant à ce qu'elle représente à mes yeux, il a disparu dès l'instant où j'ai constaté que sa Toyota n'était plus dans le garage.

Je n'ai jamais connu une rage et une terreur telles que lorsque j'ai appris que les assassins se trouvaient dans la région... quand j'ai cru que je ne la retrouverais peut-être pas à temps.

À nouveau, mes tripes se nouent et je chasse cette pensée avant d'être tenté d'étrangler Alina. Le plus important, maintenant, c'est que Chloé est en sécurité ici avec moi. J'ai déjà dit à Pavel de renforcer notre sécurité, au cas où les assassins auraient compris qui a engagé Chloé et transmis cette information à leur employeur avant que je ne les trouve. J'en doute, cependant. Celui que j'ai torturé semblait n'avoir aucune idée de qui j'étais. Mais je ne prendrai pas de risques.

Et puis, il y a toujours la menace des Leonov. Alexei sera encore plus énervé maintenant que nous avons volé à l'Atomprom de sa famille le contrat juteux pour le réacteur nucléaire tadjik.

Chassant cette pensée, je me concentre sur Chloé. Après l'avoir installée contre ses oreillers, je ramène sur elle une couverture pendant que le médecin et son équipe emportent la civière et tout le matériel hors de la pièce.

Une minute plus tard, nous sommes enfin seuls.

Je m'assieds au bord de son lit et prends sa petite main.

— Tout va bien, zaychik ? demandé-je en frottant sa paume froide. Je peux t'apporter quelque chose ? À boire, à manger ? Tu dois avoir faim.

Elle déglutit et hoche la tête.

— J'aimerais beaucoup manger.

Elle paraît sur la défensive, maintenant, ses grands yeux bruns clairement méfiants. Sa peur provoque en moi un effet à double tranchant : elle me fait mal au cœur tout en éveillant cette partie primitive et tordue au fond de mon être, cette envie de la traquer et de la marquer, de la faire mienne de la manière la plus brutale qui soit.

Réprimant ce sombre instinct, je porte sa main à mes lèvres et embrasse ses jointures.

— Je t'apporte ça tout de suite. Tu veux quelque chose pour te divertir en attendant ? Un livre ou...

— Je vais juste regarder la télé.

Je souris et lui donne la télécommande.

— D'accord. Je reviens tout de suite.

Je me penche vers elle, dépose un baiser rapide sur son front et m'empresse de quitter la chambre.

3

CHLOÉ

*L*e cœur battant frénétiquement, je regarde la porte se refermer derrière la grande silhouette de Nikolai. Mon front frémit là où ses lèvres ont touché ma peau, même si dans mon esprit résonnent encore les cris insoutenables de l'homme agonisant qu'il a torturé.

Comment un tueur impitoyable peut-il se comporter de manière aussi tendre et attentionnée ?

Tout cela est-il bien réel, ou n'est-ce qu'un masque qu'il porte pour cacher le psychopathe qui est en lui ?

Je n'ai pas vraiment faim – l'anesthésie m'a donné la nausée –, mais j'ai besoin d'être seule quelques minutes. Tout s'est passé si vite que je n'ai pas eu le temps de formuler mes questions, et encore moins d'essayer de trouver des réponses. Un peu plus tôt, l'un des tueurs de ma mère était sur moi, un désir répugnant dans ses yeux creux et sombres, et l'instant d'après, la cervelle de son partenaire éclaboussait la forêt et Nikolai tailladait mon agresseur, menaçant de lui arracher les intestins.

Ravalant ma nausée, je repousse ce souvenir. Aussi brutales qu'aient été les méthodes d'interrogatoire de Nikolai, elles ont porté leurs fruits. Maintenant que je ne suis plus en état de choc après les brumes de l'anesthésie, je peux enfin réfléchir aux implications de ce que j'ai appris.

Ils étaient là pour te tuer tous les deux, m'a dit Nikolai dans la voiture avant de me demander si le nom de Tom Bransford me disait quelque chose.

En effet.

Il est partout aux actualités, ces derniers temps.

D'une main instable, je saisis la télécommande et allume la télévision, cherchant une chaîne d'information.

Bien sûr, on y parle des débats des primaires, que Bransford semble remporter, se hissant en tête dans tous les sondages.

Mes entrailles bouillonnent tandis que j'observe son visage à l'écran. Si Nikolai me dit la vérité, alors c'est le responsable du meurtre de ma mère.

D'allure encore jeune et svelte à cinquante-cinq ans, le sénateur californien exsude le charme et le charisme. Ses épais cheveux d'un blond doré sont à peine parsemés de gris, ses yeux sont d'un bleu éclatant et son sourire assez radieux pour éclairer tout un entrepôt.

Pas étonnant qu'on le compare à JFK. Il pourrait être le frère encore plus beau de l'ancien président.

Je cherche des signes de malveillance sur son visage aux traits réguliers, mais je n'en trouve aucun. Qu'y a-t-il d'étonnant à cela ? Aussi beau que soit Bransford, il n'arrive pas à la cheville de l'attrait magnétique et sombre de Nikolai, pourtant je sais de quoi *lui* est capable. Je ne suis pas la seule à être éblouie par Nikolai, d'ailleurs. Même étourdie par l'anesthésie, je n'ai pas pu manquer les regards de convoitise que les infirmières lui lançaient subrepticement.

Je ne suis jamais sortie en public avec mon employeur, mais j'imagine que les petites culottes doivent s'enflammer sur son passage.

Un étrange sentiment de jalousie me frappe à cette idée, et je me rends compte que je suis en train de m'éloigner de la question principale.

Pourquoi ?

Pourquoi un candidat à la présidence voudrait-il nous tuer, ma mère et moi ?

Cela n'a aucun sens. Pas le moindre. Maman n'aurait pas été plus désintéressée de la politique si elle avait vécu dans la jungle amazonienne, et Dieu sait que je ne m'intéresse pas à ce genre de choses. Aussi gênant que ce soit de l'admettre, je n'ai même pas voté aux dernières élections, trop occupée avec la fac et tout le reste. Je n'ai jamais rencontré Bransford, c'est certain. J'ai une bonne mémoire des visages, et le sien est plus marquant que la plupart.

Peut-être maman l'a-t-elle rencontré, d'une manière ou d'une autre ? Au restaurant où elle travaillait, peut-être ?

C'est possible, en théorie. L'hôtel haut de gamme auquel est rattaché le restaurant est fréquenté par toutes sortes de clients VIP. Peut-être que Bransford y a séjourné lors d'une visite à Boston et que maman l'a vu faire quelque chose qu'elle n'aurait pas dû voir.

Mais alors, pourquoi vouloir me tuer aussi ? À moins qu'il craigne que maman m'ait répété ce qu'elle savait sur lui ?

Oh, putain ! Elle a peut-être caché une preuve dans son appartement et il pense que je sais où elle se trouve.

Je me redresse, fébrile, mais je retombe aussitôt sur le monticule d'oreillers avec un gémissement. C'est officiel, l'anesthésie s'est dissipée, parce que ce mouvement était douloureux. Très. J'ai l'impression que des couteaux brûlants me plongent dans le bras, et le reste de mon corps n'est pas en meilleur état.

On dirait que j'ai été renversée par un camion – et pas un assassin, aussi massif qu'il ait été.

Avant que je puisse reprendre mon souffle et me concentrer, la porte s'ouvre et Nikolai arrive avec un plateau couvert.

Mon cœur s'élance au galop et le peu de souffle que j'ai réussi à récupérer est expulsé de mes poumons.

À présent, sans le contre-coup du choc pour engourdir mes sens et la distraction du personnel médical qui s'affaire autour de moi, son effet est dévastateur, terrifiant et puissant. Je n'ai jamais connu d'homme capable de faire réagir mon corps rien qu'en entrant dans une pièce. Et ce n'est pas seulement son physique, c'est absolument tout, depuis l'intensité animale brute dans son regard vert ambré jusqu'à l'aura de pouvoir qu'il porte aussi confortablement que l'un de ses costumes sur mesure.

En ce moment, il est habillé de façon plus décontractée, avec un jean foncé et une chemise bleue dont les manches sont retroussées jusqu'aux coudes. Je me rends compte qu'il a dû se changer et se doucher pendant que j'étais dans les vapes – non seulement sa tenue est différente de tout à l'heure, dans la voiture, mais la tache sur sa pommette a disparu et ses cheveux noir corbeau sont lissés en arrière, exposant la nette symétrie de ses traits frappants.

Mes yeux parcourent son visage avec gourmandise, depuis ses épais sourcils noirs jusqu'à la forme pleine et sensuelle de sa bouche. Pour une fois, elle n'affiche pas le rictus sombre et cynique qui le caractérise. Au contraire, son sourire est chaleureux, empreint d'une tendresse troublante.

— J'ai demandé à Pavel de réchauffer des restes et de préparer une sélection d'en-cas, me dit-il en traversant la chambre alors que j'éteins la télévision par réflexe.

Sa voix profonde, rauque et soyeuse est comme une caresse pour mes oreilles, infiniment plus agréable que le timbre strident du présentateur. Posant le plateau sur ma table de chevet, il s'assied à côté de moi et commence à me montrer les plats un par un.

— Je me suis dit que tu aurais la nausée, alors j'ai aussi du pain grillé nature.

Waouh. Pourrait-il être encore plus prévenant ? Si je ne l'avais pas vu tuer et torturer de mes propres yeux, je ne l'aurais jamais cru capable d'une telle cruauté – même avec cette impression sombre et dangereuse qu'il dégage.

— Merci, murmuré-je en essayant de ne pas penser à ses mains armées de la lame qui a tué un homme.

Il tend le plateau vers moi, me laissant choisir ce que je veux. Il y a un peu de tout, des fruits en tranches, des blintzes farcis, de la charcuterie et divers fromages, mais il est vrai que je me sens encore barbouillée, surtout avec les images macabres qui refusent de quitter mon esprit, alors je me contente de prendre le pain grillé et une poignée de grains de raisin.

Il me regarde manger avec un demi-sourire approbateur. J'essaie de ne pas penser à la chaleur que ce sourire me procure, et pas seulement sur le plan sexuel. C'est une illusion, ce sentiment de sécurité et de confort qu'il me donne, un reliquat de l'époque où je le prenais pour un homme bon qui avait juste un peu de mal à communiquer avec son jeune fils.

Je commençais à tomber amoureuse de cet homme.

Non. Je me mens à moi-même. J'étais déjà tombée amoureuse de lui – à tel point qu'en dépit des révélations terrifiantes d'Alina, j'ai opéré un demi-tour avec ma voiture et je revenais au manoir lorsque les assassins m'ont tendu une embuscade.

Sa propre sœur m'a dit qu'il était un monstre, et je ne l'ai pas crue. Je ne voulais *pas* la croire.

J'ai toujours du mal, d'ailleurs.

— Où est Slava ? Comment va-t-il ? demandé-je, choisissant le sujet le plus inoffensif qui me vienne à l'esprit.

Il y a tant de choses dont nous devons discuter, depuis les motivations de Bransford jusqu'à la question de mon statut ici, prisonnière ou libre, mais je ne suis pas encore prête à en parler.

Cette dernière question, en particulier, est trop dérangeante pour être envisagée en ce moment.

— Il est en promenade avec Lyudmila, me répond Nikolai. Alina l'a fait partir avant notre arrivée.

— Ah, c'est bien.

Je craignais que l'enfant nous ait vus par sa fenêtre.

— Que vas-tu lui dire sur... tu sais ? dis-je en désignant mon bandage de la main gauche.

— On dira juste que tu as trébuché sur une branche, répond-il, les dents serrées. Je préférerais qu'il ne sache pas que tu as voulu l'abandonner.

— Je n'ai pas...

Aussitôt, je m'interromps, parce que c'est la vérité. J'allais revenir, mais Nikolai l'ignore. Et je n'ai pas l'intention de le lui apprendre.

Je ne veux pas qu'il sache avec quelle facilité je me suis laissé berner et comment, même maintenant, une partie de moi refuse toujours de croire qu'il est un tueur aussi impitoyable que les hommes qui ont assassiné ma mère.

Il plisse ses yeux de prédateur avec un vif intérêt.

— Tu n'as pas quoi ?

— Rien.

Le mot a fusé rapidement, mais il n'est guère convaincant. Je m'efforce de me rattraper.

— Je voulais dire que je ne l'ai pas abandonné, lui.

On dirait qu'un nuage orageux voile le visage de Nikolai en cet instant, bloquant la lumière et la chaleur. Son regard se ferme et ses traits magnifiques prennent une dureté de statue.

— C'est vrai. C'est moi que tu as abandonné. À cause de ce qu'Alina t'a dit.

Je déglutis péniblement. Je ne suis pas sûre d'être prête à en arriver là, mais il semble que je n'ai pas le choix. Sourde à la douleur lancinante dans mon bras, je me hisse pour me redresser.

— Est-ce qu'elle a menti ? demandé-je d'une voix légèrement chevrotante. Elle a tout inventé ?

Il me regarde fixement et le silence s'étire en longues secondes douloureuses.

— Non, répond-il enfin. Elle n'a pas menti.

Quelque chose se fane en moi. Jusqu'à ce moment, j'avais encore l'espoir que sa sœur avait tort, que malgré ce que je l'avais vu faire aux deux assassins, il n'était pas coupable d'un atroce parricide. Mais le doute n'est plus permis, maintenant.

De son propre aveu, l'homme en face de moi a tué son père.

— Que s'est-il passé ? Pourquoi...

Ma voix se brise.

— Pourquoi as-tu fait ça ?

Il ne répond pas pendant un long moment qui

m'oppresse. Son visage est celui d'un inconnu, sombre et fermé.

— Parce qu'il le méritait.

Ses mots tombent comme un marteau, lourds et définitifs.

— Parce que c'était un Molotov. Comme moi.

J'humecte mes lèvres sèches.

— Je ne comprends pas.

Mon cœur bat contre mes côtes, chaque battement résonnant à mes oreilles. D'un côté, j'aimerais tout arrêter et m'enfuir en hurlant, mais de l'autre, aussi stupide que ce soit, j'ai envie de poser ma paume sur la ligne dure et intransigeante de sa mâchoire pour lui apporter du réconfort.

Parce que, sous cette façade implacable et dénuée d'émotions, se cache de la douleur.

Il doit bien y en avoir.

Il ouvre la bouche pour répondre lorsque quelqu'un frappe à la porte. C'est un son léger, presque timide, mais il achève ce moment à cœur ouvert aussi sûrement qu'un coup de feu.

Nikolai se lève d'un bond et va ouvrir la porte.

— Konstantin au téléphone, dit Alina depuis le seuil. Son équipe a trouvé quelque chose.

4

CHLOÉ

Quand Nikolai revient, j'ai l'estomac noué, lesté par le pain grillé comme par une pierre. Je sais que Konstantin est son frère aîné, le génie en technologies de la famille, et je soupçonne fortement que le « quelque chose » que son équipe a trouvé est en lien avec ma situation.

Maintenant que j'ai eu le temps d'y penser, c'est sûrement par Konstantin que Nikolai a appris tout cela à mon sujet – par exemple, le fait que je n'ai rien posté sur ma page privée pendant mon mois d'absence. Et c'est aussi grâce à lui que Nikolai a eu accès aux dossiers de la police et a découvert qu'ils avaient été modifiés pour faire passer le meurtre de ma mère pour un suicide.

Konstantin et son équipe doivent être les « ressources » dont Nikolai m'a parlé pendant le trajet, l'avantage qu'il a sur Bransford.

Comme je m'y attendais, le visage de Nikolai est

fermé. Il s'assied sur le bord de mon lit et prend ma main gauche dans sa paume puissante. Son contact me réchauffe et me refroidit à la fois.

— Chloé, zaychik...

Son timbre est d'une douceur inquiétante.

— Il y a quelque chose que tu dois savoir.

Mon cœur, qui galopait déjà dans ma poitrine, fait un saut périlleux. Son regard n'est plus celui d'un inconnu, il y a de la pitié dans son éclat doré presque félin.

Ce qu'il est sur le point de me dire est atroce, j'en ai conscience.

— Que sais-tu des circonstances de ta conception ? demande-t-il sur le même ton doucereux. Est-ce que ta mère t'en a parlé ?

On dirait qu'un vent glacial balaye mes entrailles, figeant chaque cellule sur son passage.

— Ma conception ?

On dirait que ma voix provient d'une autre partie de la pièce, et même d'une autre personne.

Il ne peut pas vouloir dire ce que je pense. Il est impossible que Bransford soit...

— Il y a vingt-quatre ans, ta mère vivait en Californie, reprend Nikolai à mi-voix. À San Diego.

J'acquiesce en pilote automatique. Maman me l'a dit. Elle a vécu dans tout le sud de la Californie. Après que le couple de missionnaires qui l'a adoptée au Cambodge a été tué dans un accident de voiture, elle est passée d'un foyer d'accueil à un autre jusqu'à ce qu'elle s'émancipe à dix-sept ans, l'année même où elle m'a donné naissance.

— Elle n'était pas la seule à vivre à San Diego à l'époque, poursuit Nikolai. Par exemple, un certain jeune politicien brillant avec des ambitions locales, dont elle a participé bénévolement à la campagne pour obtenir un crédit supplémentaire à son cours d'histoire américaine.

Le vent glacé en moi se transforme en bourrasque d'hiver.

— Bransford.

Ma voix est à peine un murmure, mais Nikolai l'entend et acquiesce en serrant doucement ma main.

— Lui-même.

Je le regarde fixement, à la fois vibrante d'émotions et tout engourdie.

— Qu'est-ce que tu dis exactement ?

— Ta mère a essayé de se suicider quand elle avait seize ans. Tu étais au courant ?

Je hoche la tête sèchement. Quand j'étais petite, maman portait toujours des bracelets et des joncs aux poignets, dehors comme à la maison, quand elle faisait la cuisine, le ménage et même quand elle prenait son bain. Ce n'est que lorsque j'avais presque dix ans que je l'ai surprise en train de se changer et que j'ai découvert les lignes blanches fines sur ses poignets. Elle m'a alors fait asseoir et m'a expliqué qu'à l'adolescence, elle avait traversé une période difficile qui s'était terminée par une tentative de suicide.

— Elle a dit que c'était une erreur.

Ma gorge est si serrée que chaque mot la laisse à vif.

— Elle m'a dit qu'elle était contente d'avoir échoué parce que, peu après, elle a appris qu'elle était enceinte. De moi.

Ses yeux deviennent opaques.

— Je vois.

Il voit ? Que voit-il, au juste ? Soudain folle de rage, j'arrache ma main de son emprise et me redresse complètement, ignorant les vertiges et la douleur qui les accompagne.

— Qu'est-ce que tu essaies de me dire exactement ? Qu'est-ce que sa tentative de suicide a à voir avec Bransford ? Il a essayé de la tuer, cette fois-là aussi ? C'est son mode opératoire ?

— Non, zaychik.

Le regard de Nikolai a retrouvé cette pitié si déconcertante.

— Je crains que cette tentative n'ait pas été mise en scène. Mais il y a des raisons de croire que Bransford en était responsable. D'après les dossiers hospitaliers que l'équipe de mon frère a dénichés, ta mère est allée aux urgences deux fois cette année-là : une première fois pour la tentative de suicide, et deux mois plus tôt, comme victime de viol.

Victime de viol ? Je le regarde fixement et des taches noires parsèment les bords de mon champ de vision.

— Tu dis que Bransford l'a *violée ?*

— Elle n'a jamais porté plainte ni donné le nom de son agresseur, alors nous ne pouvons pas en être sûrs, mais sa première visite aux urgences coïncidait avec le dernier jour de son bénévolat dans l'équipe de campagne. Elle n'y est jamais retournée après ça, et neuf mois plus tard, presque jour pour jour, elle a donné naissance à une petite fille. Toi.

Les points noirs se multiplient, prenant plus de place devant mes yeux.

— Non. Non, ce n'est pas... Non.

Je me balance tandis que la chambre se brouille.

Les bras forts de Nikolai sont déjà autour de moi.

— Attends, penche-toi en arrière, dit-il en me déposant sur les oreillers moelleux. Respire profondément.

Sa paume chaude écarte les cheveux de mon front moite.

— C'est ça, comme ça, murmure-t-il alors que je tente d'obéir, aspirant de minces filets d'air dans mes poumons anormalement comprimés. C'est bien, zaychik. Respire...

Le vertige s'estompe, lentement mais sûrement, et au moment où Nikolai se retire, mon cerveau fonctionne à nouveau. Je commence alors à comprendre ce qu'il m'a dit.

Maman a été violée.

Neuf mois plus tard, je suis née.

J'ai envie de vomir.

J'aimerais frotter ma peau à vif et faire bouillir mon ADN dans de l'eau de javel.

— Elle n'a jamais...

Ma voix faiblit.

— Elle ne m'a jamais parlé de mon père. Pas même une fois. Et je l'ai souvent interrogée.

Nikolai acquiesce, me regardant avec cette même pitié troublante.

Les mots continuent de se bousculer hors de ma bouche, comme de l'eau s'échappant difficilement d'un tuyau noué :

— Elle m'a dit que c'était une période difficile dans sa vie. Elle avait abandonné le lycée. Elle a trouvé un job de serveuse et a demandé l'émancipation légale, à cause de la grossesse.

Il hoche à nouveau la tête, me laissant réfléchir à mon rythme. C'est ce que je fais. Parce que, pour la première fois, tant de choses sur ma mère prennent un sens. Je me suis toujours demandé comment elle était tombée enceinte. Pour autant que je sache, elle était tout le contraire d'une adolescente débridée. Même si maman m'a rarement parlé d'elle, j'en savais suffisamment pour avoir la certitude qu'elle était une excellente élève avant d'abandonner l'école, trop calme et introvertie pour sortir à tout bout de champ et coucher avec des garçons. Elle n'a pas non plus manifesté de grand intérêt pour les relations amoureuses à l'âge adulte ; elle n'a jamais ramené un seul petit ami à la maison, ne m'a jamais laissée avec une baby-sitter pour sortir s'amuser. Quand j'étais petite, ça me paraissait normal, mais avec du recul, j'ai commencé à trouver cela étrange qu'une belle jeune femme se ferme ainsi.

On aurait dit qu'elle avait fait vœu de chasteté... *ou qu'elle ne s'était jamais remise du traumatisme d'un viol.*

— Est-ce que tu penses...

Je ravale la bile aigre dans ma gorge et reprends :

— Tu penses qu'il le savait ? Pour sa grossesse ? Pour... moi ?

J'ai toujours cru que mon père avait simplement fui ses responsabilités. Maman ne l'a jamais dit ouvertement, mais c'est ce qu'elle a sous-entendu. Je pensais qu'il était encore un adolescent lui-même, tout simplement pas prêt à devenir parent. Mais ça... voilà qui change tout. Maman ne lui a peut-être même pas parlé de mon existence. Pourquoi l'aurait-elle fait, s'il l'avait violée ?

À l'évidence, il doit être au courant maintenant.

Parce qu'il l'a tuée et qu'il a essayé de me faire subir le même sort.

Oh, mon Dieu.

Je retiens à peine une violente envie de vomir.

Mon père biologique n'est pas seulement un violeur, c'est aussi un meurtrier.

Nikolai prend à nouveau ma main dans la sienne. Son contact est étonnamment chaud sur ma peau glacée.

— Je pense qu'il devait le savoir, dit-il, faisant écho à mes pensées. Peut-être pas dès le début, mais plus tard, c'est sûr.

— Parce qu'il a essayé de nous tuer.

— Pas seulement. Il y a cette bourse que tu as obtenue.

Je cligne des paupières sans comprendre. Enfin, ses mots s'infiltrent en moi.

— Tu veux dire... que c'est lui qui a payé mes frais de scolarité ?

— Konstantin recherche la source exacte de ces fonds, mais je suis presque certain de ce qu'il va découvrir.

Les yeux de Nikolai sont presque noirs, dardés sur mon visage.

— C'était une bourse d'études privée, zaychik, destinée à un seul bénéficiaire : toi. Tu te souviens, tu m'as dit que ton amie avait postulé et ne l'avait pas obtenue, alors qu'elle était meilleure que toi ? C'est parce qu'elle ne devait pas l'avoir. Cet argent était pour toi depuis le début.

Putain. Il a raison. Mon amie Tanisha était la première de la classe, avec des résultats parfaits à l'examen de fin d'année, et pourtant elle n'a pas décroché cette bourse complète pour Middlebury, contrairement à moi. J'ai même dit à Nikolai que c'était bizarre. Sauf que...

— Je ne comprends pas. Pourquoi a-t-il fait ça ? Pourquoi payer pour mon éducation s'il nous détestait, ma mère et moi ? S'il... prévoyait de nous tuer ?

J'ai du mal à prononcer ces derniers mots.

Nikolai me serre la main.

— Je n'en suis pas sûr, mais j'ai une théorie. Je pense que ta mère l'a contacté, à un moment donné, et lui a parlé de toi. Et je pense qu'elle l'a menacé. Sûrement quelque chose du genre : si tu ne finances pas l'éducation de notre fille, je rendrai mon histoire publique.

— Tu penses qu'elle l'a fait chanter ?

Au hochement de tête de Nikolai, je m'enfonce davantage dans les oreillers en secouant la tête.

— Non. Non, tu te trompes. Maman n'aurait pas fait ça. Elle n'est pas, elle n'était pas…

À ma grande honte, mes yeux s'emplissent de larmes et ma gorge se ferme alors qu'une vague de chagrin écrasante me prend au dépourvu.

— Une criminelle ? Une profiteuse ?

La voix profonde de Nikolai est douce tandis que son pouce masse ma paume en cercles apaisants. Avec tact, il attend que je reprenne le contrôle de la situation, puis il dit avec tendresse :

— Tu ne dois pas oublier, zaychik, qu'elle était avant tout une mère. Une mère célibataire qui travaillait comme serveuse, dont les revenus n'auraient jamais pu couvrir ne serait-ce qu'une fraction des coûts exorbitants de tes études supérieures. Qu'est-ce que tu aurais fait, à sa place, pour assurer l'avenir de ton enfant ?

J'aurais fait le nécessaire, et c'était sans doute la même chose pour maman.

— Dans ce cas, pourquoi a-t-il attendu ? demandé-je, aux abois.

Aussi puéril que ce soit, j'espère encore que tout ceci n'est qu'un énorme malentendu, que mon père biologique n'est pas un monstre abject.

— Pourquoi payer pour mes quatre années d'études

et ensuite essayer de nous tuer ? S'il avait déjà dépensé l'argent...

— Ce n'était pas une question d'argent. Il est assez riche pour soutenir financièrement dix filles illégitimes.

Le ton de Nikolai se durcit.

— C'est à propos de sa carrière. Sa course à la présidence.

Bien sûr. Les enjeux sont infiniment plus élevés, maintenant, et si certains hommes politiques se nourrissent de scandales, Bransford est une icône américaine incarnant la morale et les valeurs de la classe moyenne, avec une réputation irréprochable qui ne survivrait pas à ce genre de révélation.

Mais à supposer que tout cela soit vrai, quelque chose m'échappe encore. Je comprends en quoi maman représentait une menace pour lui, puisqu'elle pouvait rendre son histoire publique à tout moment. Mais pourquoi essayer de me tuer, moi ?

Quel degré de cruauté faut-il avoir pour envoyer des assassins s'en prendre à son propre enfant ? Surtout si l'enfant en question ignore tout de vous ?

Soudain, dans un élan, la vérité me vient.

— Je suis la preuve vivante de son crime, n'est-ce pas ? dis-je en regardant fixement Nikolai. Un seul test ADN et il est grillé. Même s'il essaie de prétendre que c'était un rapport consenti, maman était toujours mineure au moment de ma conception. Seize ans pour elle et plus de trente ans pour lui.

Nikolai hoche la tête.

— Au minimum, il est coupable de détournement de mineur. Ce n'est même pas sa parole contre la sienne, dans un cas comme ça. Quel que soit le mensonge avec lequel il enrobe son histoire, ce qu'il a fait n'en reste pas moins un délit.

— Sans compter qu'il ignore sûrement que maman ne m'a jamais parlé de lui. Il s'imagine que je peux surgir à tout moment et le désigner publiquement comme mon père.

— Je crains que oui, zaychik.

Il incline la tête en me dévisageant attentivement.

— Tu vas bien ?

Je commence à acquiescer par réflexe, puis je secoue la tête.

— Non. Non, ça ne va pas. J'ai besoin d'une minute.

Ou de dix mille, d'ailleurs, et même de tout le reste de ma vie.

Mon père biologique est un violeur et un meurtrier qui essaie de me tuer.

Je ne sais même pas comment aborder une idée pareille.

Le regard empli de compréhension, Nikolai serre à nouveau ma main, puis glisse sa paume sur ma mâchoire et se penche, caressant ma joue du bout de son pouce.

— Je vais te laisser te reposer, zaychik, murmure-t-il, son souffle chaud et subtil contre mes lèvres. Nous en reparlerons quand tu te sentiras mieux.

Il franchit la courte distance qui nous sépare et m'embrasse. Ses lèvres sont souples sur les miennes, chaudes, et pourtant je sens leur avidité possessive sous la retenue dont il fait preuve. Cela me terrifie presque autant que la réaction instinctive de mon corps.

Je peux échapper à Bransford avec son aide, mais je ne pourrai jamais lui échapper, à lui.

On n'échappe pas au diable.

5

NIKOLAI

En refermant la porte derrière moi, je me dis que je vais installer des caméras dans la chambre de Chloé, comme je l'ai fait dans celle de Slava. Ce n'est pas que je me sente obligé de la surveiller à chaque instant – bien que je ne puisse nier cette envie –, mais je me fais du souci pour elle.

Moi, j'ai eu toute la vie pour assumer mon héritage bancal, et certains jours, je suis encore tenté de me trancher la gorge – ou de me faire une vasectomie pour que l'erreur commise cette nuit-là avec Ksenia ne se répète jamais. Je n'étais même pas conscient que le préservatif était défectueux, mais il devait l'être.

C'est la seule chose qui explique l'existence de mon fils.

J'avais prévu d'aller dans mon bureau, mais mes pieds me portent vers sa chambre à la place. J'y suis poussé par la même impulsion qui m'attire inexorablement vers Chloé.

Papa, m'a-t-il appelé quand je suis rentré à la maison hier soir. J'étais trop distrait par tout ce qui concernait Chloé pour en prendre pleinement conscience, mais maintenant, je ne peux m'empêcher de penser à ce mot, à la façon dont ma cage thoracique s'est emplie d'une douleur étrange, à la fois douce et saisissante. Tout cela grâce à elle.

Chloé Emmons a non seulement discerné mon souhait le plus profond et le plus enfoui concernant mon fils, mais elle l'a exaucé.

Sans un bruit, je pousse la porte de la chambre de Slava et j'entre. Comme d'habitude, il est par terre, absorbé par la construction de son château en Lego. Lyudmila m'a dit un jour que mon fils avait une capacité d'attention remarquablement longue pour un enfant de moins de cinq ans, et ça doit être vrai. De ce que je me souviens de mon frère cadet, Valery, au même âge, il était toujours en train de courir partout et de s'attirer un tas d'ennuis. Slava, en revanche, est calme et concentré, un peu comme Konstantin plus jeune. Je me demande si Slava a hérité des aptitudes de mon frère aîné pour les mathématiques et la programmation informatique. Je devrais l'initier à ces matières pour tenter de le découvrir.

Dès que j'entre, ses yeux – les miens en miniature – se lèvent vers mon visage, avec un regard à la fois intrigué et méfiant. Mon cœur se serre comme d'habitude, mais je retiens l'envie de reculer, de me dérober à ce sentiment déstabilisant. Au lieu de quoi, je m'accroupis devant mon fils, accordant à sa création de Lego toute mon attention, comme j'ai vu Chloé le faire.

— C'est un très beau château, dis-je en russe, examinant les blocs de construction soigneusement assemblés.

Bien que l'anglais de Slava s'améliore rapidement sous la tutelle de Chloé, il est loin de parler couramment la langue de notre pays d'adoption.

— Ça t'a pris longtemps pour le construire ?

Il me regarde pendant quelques instants avant qu'un sourire timide ne s'épanouisse sur son visage.

— Il te plaît ?

— Oui.

Je suis sincère. Le château présente une symétrie et une complexité admirables, surtout construit par de si petites mains. Même si les mathématiques et les ordinateurs ne sont pas les points forts de Slava, il pourrait avoir un avenir dans l'architecture et la conception structurelle.

Enfin, s'il ne tient pas de Valery et moi, et de tous les autres Molotov avant nous.

Mon humeur s'assombrit, mais je me force à rester paisible et intéressé. Une fois de plus, je lui demande en combien de temps il a construit son château.

— J'y ai travaillé toute la matinée et quand on est rentrés de la promenade, répond Slava, visiblement plus à l'aise avec moi maintenant.

Il n'est pas encore aussi bavard et animé qu'avec Chloé, mais je considère que c'est un progrès. Avant, il ne répondait à la plupart de mes questions que par un mot ou deux, et encore, quand il ne gardait pas entièrement le silence.

Pendant les quelques minutes qui suivent, il me montre tous les détails de sa construction. Il y a des tourelles, des donjons et de grandes fenêtres semblables à celles de notre maison. Puis il me demande timidement où est Chloé et pourquoi il ne l'a pas vue de la journée.

— Elle se repose. Une branche lui a blessé le bras, alors on a dû faire venir des médecins pour la soigner. Elle va mieux, maintenant, mais elle va rester au lit pendant quelques jours le temps de guérir.

À mesure que je parle, ses yeux s'agrandissent avec inquiétude.

— Chloé est blessée ?

— Juste un peu. Bientôt, elle ira mieux.

Il a toujours l'air soucieux.

— Elle ne va pas mourir, comme maman ?

J'ai l'impression qu'un éclat de verre transperce ma poitrine.

— Non, Slavochka. Je ne le permettrai pas.

Alina m'a dit qu'il lui demandait parfois des nouvelles de Ksenia, mais c'est la première fois que je l'entends parler de sa mère. Cela me déplaît au plus haut point.

Je la déteste de me l'avoir caché pendant toutes ces années, et je lui en veux encore plus de s'être tuée dans un accident de voiture, le laissant avec son affreuse famille.

À ces mots, le visage de Slava s'illumine.

— Chloé peut rester avec nous pour toujours ?

C'est une question à laquelle je suis heureux de répondre.

— Oui, dis-je en regardant mon fils droit dans les yeux. Elle peut, et elle le fera.

Aucune force sur terre n'est assez puissante pour m'enlever Chloé, maintenant que je l'ai retrouvée. Je ferai tout ce qui est en mon pouvoir pour la garder. Pour Slava, mais aussi pour moi-même.

Elle dort lorsque je passe dans sa chambre en allant à mon bureau, alors je la laisse se reposer. C'est ce dont elle a besoin, maintenant. Ses blessures physiques vont guérir en quelques semaines, mais pour ce qui est des blessures émotionnelles, c'est une autre affaire. J'ai envisagé de ne pas lui dire ce que Konstantin avait découvert au sujet de Bransford et de sa relation avec sa mère, mais j'ai décidé qu'il était important qu'elle sache, qu'elle comprenne l'étendue du danger qu'elle court.

Cependant, je ne lui ai pas tout dit – comme le fait que sa mère adolescente s'est ouvert les veines *après* avoir appris qu'elle était enceinte, ou qu'après cette tentative de suicide ratée, elle s'est rendue deux fois dans une clinique d'avortement avant de se raviser à la dernière minute. Rien de tout cela n'est important. Ce qui compte, c'est qu'après la naissance de Chloé, Marianna a pu surmonter son traumatisme et devenir la mère attentionnée qu'elle a toujours connue et aimée.

La première chose que je fais en entrant dans mon bureau, c'est d'appeler Pavel pour lui demander de monter. La seconde, c'est une visio avec Valery.

— J'ai besoin que tu m'envoies une dizaine de tes meilleurs hommes, dis-je à mon frère cadet en guise de salutation. J'ai besoin d'eux tout de suite.

— Je m'en occupe, répond Valery, toujours aussi froid et impassible.

Konstantin doit déjà l'avoir mis au courant de ma situation.

— Autre chose ? Des armes ? Des explosifs ?

— Oui. La totale.

J'ai déjà tout un arsenal ici, au domaine, mais des suppléments ne feront pas de mal.

— Envoie-moi aussi quelques produits pharmaceutiques.

— Ça marche.

Il raccroche au moment où l'on frappe à ma porte.

Je vais ouvrir à Pavel.

Les yeux couleur de bronze de mon bras droit me regardent sans sourciller.

— La guerre ?

— La guerre, confirmé-je d'un ton sinistre.

Je ne vais pas attendre que Bransford envoie d'autres assassins après Chloé.

Maintenant que nous savons qui est son ennemi, nous allons nous battre.

6

CHLOÉ

Mes yeux s'ouvrent brusquement et je me réveille en sursaut, le cœur battant la chamade. Ma blouse d'hôpital est trempée de sueur. Seuls la douleur lancinante dans mon bras et l'engourdissement de tout mon corps m'empêchent de me redresser par réflexe. Au lieu de quoi, je me force à rester allongée et à profiter du somptueux spectacle du soleil qui décline derrière les sommets montagneux au loin, derrière ma baie vitrée.

Lentement, je commence à me calmer.

Un cauchemar.

Ce n'était qu'un autre cauchemar.

Contrairement aux rêves vivaces de type film d'horreur qui me tourmentent depuis la mort de maman, celui-ci était plutôt un galimatias d'images et de vagues impressions. Le sifflement d'une balle à mon oreille, des branches qui me fouettent le visage alors que je cours à travers bois pour échapper à une créature bestiale, un poids lourd qui me fait tomber. Nul besoin d'avoir un diplôme de psychologie pour savoir que mon esprit rejouait ma rencontre avec les assassins pour tenter de surmonter la terreur persistante.

Un coup discret détourne mon attention du panorama imprenable. Avant que je puisse répondre, la porte s'ouvre et Nikolai entre. Un sourire chaleureux se dessine sur ses lèvres sensuelles lorsqu'il me voit réveillée.

Mon rythme cardiaque s'emballe à nouveau, mais avec une émotion bien plus complexe que la peur cette fois. Il s'est encore changé et porte l'un de ces costumes parfaitement taillés qu'il choisit toujours à l'heure du dîner. Une chemise blanche impeccable et une fine cravate noire complètent la tenue formelle, mettant en valeur sa beauté si virile qu'elle devrait presque être illégale – cela dit, il se fiche bien d'une question aussi triviale que la légalité.

Étant donné ce que je l'ai vu faire plus tôt dans la journée, mon ravisseur n'est pas vraiment un adepte du droit pur et dur.

D'ailleurs, je le soupçonne d'être mon ravisseur, mais nous n'avons toujours pas eu cette conversation, tous les deux.

— Comment te sens-tu ? demande-t-il doucement en s'arrêtant près de mon lit.

Avant que je puisse répondre, il palpe mon front du revers de la main et fronce les sourcils, puis sort un thermomètre de la poche intérieure de sa veste.

Euh... Je dois bien me sentir un peu fiévreuse, en effet.

— Ouvre, demande-t-il en portant le thermomètre à mes lèvres.

J'obéis avec l'impression bizarre d'être un enfant lorsqu'il l'enfonce dans ma bouche et m'ordonne de le tenir. Quelques secondes plus tard, le thermomètre émet un bip et il jette un coup d'œil au petit écran sur le côté.

— Trente-sept sept, dit-il, visiblement soulagé, en remettant l'appareil dans sa poche avant de s'asseoir au bord du lit. Le médecin m'a prévenu que tu pourrais avoir un peu de fièvre avant que les antibiotiques ne fassent effet.

— Vraiment ? C'est possible ? On ne m'avait jamais tiré dessus avant.

Ses dents blanches étincellent lorsqu'il m'adresse un sourire éblouissant.

— Oui, je le sais par expérience personnelle.

Mon cœur indiscipliné reprend son rythme. Cette fois, la chaleur de ma peau n'a rien à voir avec une quelconque fièvre.

— Super. Il faut croire que nous avons chacun nos histoires de guerre, maintenant.

— Oui, répond-il avant de perdre son sourire. Comment te sens-tu, à part la fièvre ?

— Comme si j'avais servi de balle de tennis dans un match contre Serena Williams, dis-je sans réfléchir.

Je le regrette aussitôt lorsque son expression

s'assombrit et que sa mâchoire se crispe dangereusement.

— Les ordures. Si seulement j'étais arrivé plus tôt...

Ses doigts se contractent de manière menaçante sur sa cuisse.

— Non, il ne faut pas dire ça.

Instinctivement, je me penche pour couvrir sa main avec la mienne.

— Si tu n'avais pas été là, je n'aurais pas...

Je déglutis, les images confuses du cauchemar envahissant mon esprit.

— Je n'aurais pas survécu.

C'est vrai à cent pour cent. Je n'ai pas eu l'occasion d'y réfléchir, mais s'il n'était pas venu me chercher, s'il n'avait pas exploité ses redoutables « ressources » pour me retrouver aussi rapidement, je serais déjà six pieds sous terre après avoir subi un terrible viol.

Nikolai m'a sauvée.

Aussi terrifiantes que soient ses méthodes, il m'a sauvé la vie.

Son regard se pose sur ma main pendant une seconde et son expression change à nouveau. La menace dans ses yeux de tigre laisse place à une chaleur sombre qui me paraît infiniment plus dangereuse.

— Zaychik...

D'une voix plus douce, plus riche, il reprend :

— Je...

— Alors merci, le coupé-je en retirant ma main.

Qu'il soit mon sauveur ou pas, je ne peux pas

m'autoriser à tomber sous son charme à nouveau, je ne peux pas oublier ce qu'il est et ce qu'il a fait.

— Excuse-moi de ne pas te l'avoir dit avant, mais je te suis tellement reconnaissante. Je sais que je te dois la vie et plus encore. Tu n'étais pas obligé de me suivre, et pourtant tu l'as fait, et j'apprécie beaucoup. Sans toi, je...

Il appuie deux doigts sur mes lèvres, mettant fin à mes divagations.

— Tu n'as pas besoin de me remercier.

Il se penche sur moi et pose une paume sur l'oreiller, l'autre sur ma joue. Son regard est obscur, son intonation grave.

— Je te protégerai toujours, zaychik. Toujours.

Je le regarde fixement et ma poitrine se gonfle d'un mélange contradictoire d'émotions. Soulagement et inquiétude, gratitude et peur, joie et douleur... comme un pendule en moi, oscillant entre les deux extrêmes, les deux versions de Nikolai qui se côtoient dans mon esprit.

Celle d'avant l'histoire d'Alina, et celle d'après.

L'amant attentionné et le tueur de sang-froid.

Lequel d'entre eux est le plus réel ?

Au prix d'un effort, je réfrène mes pensées en ébullition et cligne des paupières pour briser l'attraction hypnotique de ce regard doré. Le plus important, pour l'instant, c'est de savoir où nous en sommes.

— Tu n'as pas à me protéger, dis-je en mettant dans ma voix une assurance que je suis loin de ressentir. Les tueurs de maman sont morts, et même si Bransford en envoie d'autres, il n'y a aucune garantie qu'ils me trouvent. Je pourrais simplement quitter le pays, disparaître et...

— Non.

Ce mot est dur et péremptoire lorsqu'il se redresse en retirant sa main. Son beau visage est marqué par des lignes nettes et intransigeantes.

— Tu n'iras nulle part.

— Mais tu es en danger avec moi ici. Ta famille est en danger.

J'ai déjà avancé cet argument, mais il ne fait pas plus mouche qu'avant. L'expression de Nikolai se durcit encore et une intensité sauvage s'infiltre dans son regard.

— Tu ne partiras pas. Les gardes t'arrêteront si tu essaies.

Alors, c'est vrai. Je n'ai pas mal interprété son refus de me laisser sortir de la voiture. Je suis bel et bien sa prisonnière.

Cette information m'emplit à la fois de crainte et de soulagement. Tout le monde est au courant, maintenant, nous avons fini de faire semblant. Bien sûr, il ne va pas me laisser partir. Je connais l'horrible secret de sa famille. Je l'ai vu tuer de mes propres yeux. Les crimes qu'il a commis conduiraient un homme ordinaire à la chaise électrique, mais Nikolai Molotov est trop riche, trop puissant et surtout trop impitoyable pour payer pour ce qu'il a fait.

Quelles que soient ses intentions à mon égard avant

les révélations d'Alina, il n'y a qu'une seule chose qu'il puisse faire maintenant.

Me détenir, me garder ici, où je ne pourrai jamais révéler ce que je sais.

Du moins, j'espère que c'est le seul plan d'action qu'il envisage. Parce qu'il y a un moyen bien plus efficace d'assurer mon silence, celui que mon père biologique semble avoir choisi.

Non. C'est peut-être naïf de ma part, mais je ne peux me résoudre à croire que Nikolai me tuerait. Pas avec la puissante connexion émotionnelle qui crépite entre nous. Pas après s'être donné tant de mal pour me sauver la vie.

C'est bien là le problème, me dis-je en le dévisageant. Aussi tordu que ce soit, c'est un soulagement de savoir que je ne peux pas partir. Je devrais le vouloir, chercher à fuir le plus loin possible de cet homme dangereux et de la fixation qu'il semble avoir développée pour moi. Mais je n'en ai pas envie. Pas au fond de moi, là où ça compte vraiment. Et ce n'est pas seulement à cause du stupide coup de cœur que j'éprouve pour lui.

La vérité, c'est que je ne suis pas courageuse ni forte. Je l'ai appris aujourd'hui lorsque j'ai été confrontée à la mort, lorsque j'ai senti la balle déchirer ma chair et que j'ai regardé les yeux impassibles de l'assassin. J'ai déjà frôlé la mort – la fois où je me suis cachée dans le placard de maman après avoir découvert son corps, la nuit où je me suis réveillée en entendant des grattements à la porte de mon Airbnb, ainsi que les deux fois où les assassins ont failli me renverser avec leur voiture et celle où ils m'ont tiré dessus à Boise –, mais je n'avais jamais connu une terreur aussi prolongée et nauséabonde qu'au volant de ma Toyota bringuebalante, sur ce chemin de terre jalonné de nids de poule, avec les balles qui sifflaient à mes oreilles.

Je ne veux pas mourir. Je suis loin d'être prête à cela, et je sais qu'aussi impitoyable que soit Nikolai, le tueur, il ne souhaite pas ma mort. Bien au contraire.

Il a promis de me protéger.

De me garder captive afin de mieux me défendre.

Je déglutis pour humidifier ma gorge sèche.

— Je peux avoir une gorgée d'eau ? J'ai soif.

La férocité sur le visage de Nikolai s'atténue.

— Bien sûr, zaychik. Tu dois avoir faim, aussi. Je vais t'apporter le dîner dans un instant.

Il se penche sur moi, dispose les oreillers en monticule et m'y appuie tout doucement.

J'ai le souffle coupé par sa proximité, même si mon bras palpite plus fort à cause du mouvement. Heureusement que je n'ai pas essayé de me redresser toute seule.

J'ai dû grimacer, car il écarte les cheveux de mon visage, visiblement préoccupé.

— Tu veux un antalgique ? demande-t-il.

Je secoue la tête tandis qu'il porte à mes lèvres un verre d'eau avec une paille.

La douleur n'est pas insoutenable et je préfère garder toutes mes facultés mentales pour l'instant.

Je vide tout le verre avant de prendre conscience d'un autre besoin pressant.

— Euh...

Mon visage s'empourpre alors que je me force à me redresser, ignorant la pointe de douleur qui accompagne le mouvement.

— En fait, j'aurais besoin de...

— D'aller aux toilettes ? Bien sûr.

Il me soulève et me porte jusqu'à la salle de bain attenante, où il me pose délicatement devant les toilettes.

— Tu veux de l'aide ?

— Ça ira, merci.

J'aurais pu marcher jusqu'ici toute seule aussi – ou du moins boiter –, mais il vaut sans doute mieux économiser ma cheville blessée. D'ailleurs, une partie de mon être, faible et en manque d'affection, apprécie sa tendresse, se délecte de sa proximité, de sa force, de son attention évidente envers moi.

Après tout, il ne peut pas être un vrai psychopathe s'il tient à moi, si ?

— Bon, me dit-il en dépit de l'inquiétude dans son regard. Ne ferme pas la porte à clé et appelle-moi si tu as besoin de quoi que ce soit, d'accord ?

Je lui réponds par un murmure et il dépose un baiser léger sur mon front avant de sortir, refermant la porte derrière lui.

Je fais mon affaire aussi vite que possible – ce qui s'avère plutôt lent, car je n'ai qu'un bras valide – puis je me traîne jusqu'au lavabo pour me laver les mains. Le reflet dans le miroir me fait tressaillir. Je n'arrive pas à croire que Nikolai ait voulu m'embrasser tout à l'heure. J'ai l'air d'une loque, toute griffée et meurtrie, les cheveux plats et emmêlés. Et... c'est une *brindille* là, près de mon oreille ?

Je regarde la cabine de douche, puis l'écharpe qui maintient mon bras droit immobilisé contre mes côtes. Est-ce que je pourrais prendre une douche ? Peut-être pas un shampoing complet, mais au moins un rinçage rapide...

Des coups contre la porte interrompent mes interrogations.

— Zaychik, tu as fini ? Je peux entrer ?

— Oui, oui.

J'essaie de ne pas grimacer, honteuse, alors qu'il s'approche de moi. Il est si bien habillé, propre et d'une beauté éblouissante. En comparaison, je porte une blouse d'hôpital dans laquelle j'ai transpiré pendant le cauchemar, et j'ai l'air de ne pas avoir pris de douche depuis des semaines – sans compter l'odeur assortie.

Je dois encore regarder la douche avec nostalgie, parce que Nikolai me demande :

— Tu veux prendre un bain ?

Un bain ? Ce serait encore plus divin qu'une douche. Rien que l'idée de plonger mes hématomes et mes muscles endoloris dans de l'eau chaude me donne envie de gémir à voix haute.

Nikolai doit lire la réponse sur mon visage.

— Je vais te le préparer pendant que tu manges, dit-il avec un sourire.

Il me prend dans ses bras pour me ramener au lit, où un plateau m'attend déjà sur la table de chevet, chargé d'assiettes sous cloches.

Me déposant délicatement sur le matelas, il m'installe contre les oreillers et découvre l'un des plats. Des arômes riches et savoureux me montent aux narines, me faisant saliver. Ce sont des pommes de terre à l'ail et aux champignons à la russe, celles dont je me gaverais volontiers tous les jours si je le pouvais.

Alors que j'en bave d'avance, il révèle les autres assiettes du plateau, dont une salade grecque avec de la laitue craquante et des olives noires charnues, du canard rôti aux poires pochées, et des tranches de baguette beurrées avec du caviar noir.

C'est officiel, Pavel a repris du service. La cuisine de sa femme est loin d'être aussi raffinée et délicieuse.

Ce qui m'étonne, c'est que Nikolai a tout assemblé et monté le plateau jusqu'ici pendant que j'étais dans la salle de bain. Il a dû voler comme Superman pour réussir cet exploit.

— C'est Pavel qui l'a apporté, dit-il, suivant une fois de plus le fil de mes pensées.

C'est étrange, cette capacité dont il fait preuve depuis le tout début. Dès notre rencontre, j'ai eu la sensation troublante qu'il était capable de voir directement dans mon cerveau, mes peurs et mes désirs les plus intimes.

C'est comme si nous étions vraiment liés par ces fils du destin dont il a parlé, connectés à un niveau bien plus profond que la courte durée de notre relation ne devrait le permettre.

Non. Je n'y crois pas. Surtout pas maintenant que je sais quel genre d'homme il est. C'est déjà bien assez que je ne puisse pas étouffer cette alchimie sexuelle qui brûle entre nous comme un feu de forêt ni oublier les sentiments que j'avais pour lui avant d'apprendre la vérité. Croire que nous sommes faits l'un pour l'autre, que cela puisse être durable et réel, ce serait de la pure sottise.

Le destin n'existe pas, et quand bien même, je ne peux pas être destinée à aimer un monstre.

— Tiens, zaychik, dit le monstre en question en posant une assiette bien garnie sur mes genoux avant de me tendre une fourchette.

Sa bouche magnifique esquisse un sourire chaleureux.

— Commence à manger pendant que je te fais couler un bain.

Mon cœur se serre lorsqu'il passe doucement les doigts sur mon oreille, retirant la brindille que j'ai remarquée plus tôt avant de sortir de la chambre – sûrement pour aller remplir son énorme baignoire. Nous y avons pris un bain moussant, hier soir, alors qu'il venait de m'épuiser par les ébats les plus torrides et intenses de ma vie.

Une vague de chaleur brûlante me traverse à ce souvenir, ajoutant à l'oppression douloureuse de ma poitrine. Je ferme les yeux pour faire disparaître ce sentiment, mais c'est inutile.

L'excitation qui électrise tout mon corps n'est rien en comparaison avec le besoin éperdu de mon cœur.

———

Lorsque Nikolai revient, quelques minutes plus tard, j'ai repris le contrôle de la situation et je m'efforce de dévorer toute la nourriture que contient mon assiette. C'est un peu gênant de manger avec la main gauche, mais j'ai tellement faim que je le ferais avec les pieds s'il le fallait.

— Attends, zaychik, laisse-moi t'aider, dit Nikolai en me prenant la fourchette des mains alors que je viens de faire tomber un morceau de champignon sur ma poitrine.

Ignorant mes objections, il me nourrit comme si j'étais un bambin maladroit – ce qui, pour être honnête, pourrait bien être le cas en ce moment. Une fois que je suis tellement repue que je ne peux plus avaler une autre bouchée, il me tamponne les lèvres avec une serviette, emporte le plateau et revient quelques instants plus tard, m'annonçant que le bain est prêt.

À ma grande surprise, Lyudmila entre dans ma chambre derrière lui, le visage impassible, tandis que Nikolai me prend dans ses bras et me soulève.

— Elle va changer les draps pendant que tu prends ton bain, m'explique-t-il, marchant dans le couloir à grandes enjambées comme si mon poids dans ses bras n'était rien.

Il est fort, mon ravisseur.

Si fort que je devrais être bien plus terrifiée que je ne le suis.

Poussant la porte de sa chambre avec son dos, il passe devant le grand lit où il m'a prise tant de fois la nuit dernière. Au moins une partie de mes courbatures doit venir de là, pensé-je en rougissant. Nikolai était insatiable, hier soir, et moi aussi.

J'ai perdu le compte des orgasmes qu'il m'a donnés.

Ces souvenirs défilent encore dans mon esprit, comme une vidéo classée X, lorsqu'il me dépose sur mes pieds devant la baignoire et saisit le nœud de ma blouse d'hôpital. Absorbée dans mes rêveries sensuelles, je reste plantée là comme une enfant obéissante, le laissant retirer la blouse et exposer mon corps à ses yeux mi-clos. Je n'émets pas la moindre objection lorsqu'il me soulève à nouveau et me dépose dans l'eau chaude, m'immergeant de bulles tout en prenant soin de laisser mon bras bandé sur le côté de la baignoire pour le garder au sec.

Je peux sentir sa tension lorsque ses mains effleurent ma peau nue – la même tension qui se love en moi, embrasant ma peau et faisant gronder mon pouls à mes oreilles.

Tueur. Tortionnaire. Monstre. Ces mots accablants flottent dans mon esprit, mais ils ne font rien pour refroidir le feu qui fait rage dans mon sang. Après avoir connu le plaisir dévastateur et addictif de sa possession, mon corps a envie de plus, besoin de plus. Et tant pis si les mains qui passent l'éponge savonneuse sur ma poitrine et mes épaules ont ôté deux vies il y a quelques heures à peine, tant pis si je ne suis pas son amoureuse, mais sa captive.

— Enfonce-toi un peu plus dans l'eau, murmure-t-il dans un souffle rauque et sensuel auquel j'obéis sans réfléchir, savourant la sensation de ses doigts puissants sur mon crâne, puis à l'arrière de ma tête, tandis qu'il maintient mon visage hors de l'eau pour me tremper les cheveux.

Je dois encore être sous l'influence des substances de l'anesthésie, car cela me semble presque irréel, surtout lorsque je ferme les yeux pour les protéger des gouttes d'eau. C'est comme si j'étais dans un rêve, un rêve où rien ne compterait à l'exception du plaisir chaud de ses mains, du réconfort apaisant de sa tendresse. Cela devrait me perturber, me refroidir, mais au lieu de ça, j'ai l'impression d'être une poupée qu'il dorlote lorsqu'il soulève ma tête hors de l'eau pour appliquer du shampoing sur mes cheveux mouillés, faisant pénétrer la mousse jusqu'aux racines, ses doigts exerçant pile la bonne pression tandis que ses ongles courts m'éraflent délicatement le cuir chevelu.

C'est le meilleur massage crânien de toute ma vie et je dois me retenir de lui en redemander lorsqu'après quelques minutes de délice, il estime que mes cheveux sont suffisamment savonnés et penche ma tête dans l'eau.

Heureusement, ce n'est pas fini. Il applique ensuite de l'après-shampoing, qu'il masse soigneusement. Je lui dirais bien que ce n'est pas la bonne méthode, mais je profite trop de l'expérience pour craindre que mes cheveux soient trop plats demain et deviennent gras plus vite. Ce dernier point pourrait même être un avantage s'il se charge lui-même du prochain shampoing.

— Penche la tête en arrière, ordonne-t-il d'une voix rocailleuse.

J'obtempère et il passe les doigts dans mes cheveux, rinçant l'après-shampoing tout en les démêlant au passage.

Il est doué. Soit c'est un talent naturel, soit il a de l'expérience.

La jalousie me prend au dépourvu comme un coup de poignard. J'ouvre brusquement les yeux. La chaude lassitude qui m'a envahie s'estompe et je le regarde fixement, la tête encore à moitié immergée.

Avec combien de femmes a-t-il procédé ainsi ?

Combien d'entre elles ont connu le plaisir de se sentir fondre de la tête aux pieds sous ses délicates attentions ?

— Qu'est-ce qui ne va pas, zaychik ?

Ses sourcils sombres se rapprochent alors qu'il m'aide à me redresser.

— Je t'ai fait mal ?

— Non.

Je sais que je ne devrais rien dire, mais c'est plus fort que moi.

— Tu as fait ça à beaucoup de femmes, n'est-ce pas ?

Il semble déconcerté pendant une seconde. Puis un sourire terriblement sensuel s'étend sur son visage.

— Pas beaucoup, non. Tu es même la seule.

— Oh.

Maintenant, je me sens bête.

— Ça ne fait rien. J'ai juste...

Je suis sur le point de fermer les yeux et de me laisser glisser dans l'eau pour noyer mon humiliation lorsqu'il saisit doucement mon menton, me forçant à croiser son regard.

— De toute façon, dit-il d'une voix douce, toutes les autres femmes, c'est du passé. Tu es la seule pour moi dorénavant. Ne l'oublie pas, zaychik.

Il se penche si près que je peux voir l'ambre riche de ses iris moucheté de taches vert sapin.

— Je suis aussi le seul pour toi, maintenant. Aucun autre homme ne te touchera plus jamais. Tu m'appartiens autant que je t'appartiens.

Je regarde fixement ses yeux hypnotiques, à la fois fascinée et terrifiée par l'intensité possessive qu'ils dégagent. Il est sérieux, je le sens. Pour une raison quelconque, il a décidé que nous étions faits l'un pour l'autre, et rien de ce que je peux dire ou faire ne changera cette conviction – une conviction qui serait déjà dangereuse même si cet homme n'était pas l'incarnation du mal.

Il semble obsédé par moi... c'est à la limite du malsain.

Il soutient mon regard encore un instant, puis se penche et dépose un baiser sur mon front. Ce geste devrait être tendre, presque paternel, pourtant c'est une empreinte, une marque. Ses lèvres s'attardent sur ma peau pendant quelques secondes de trop et ses doigts se resserrent sur mon menton pour me maintenir en place. *Tu es à moi*, dit ce baiser. Quand il se retire enfin, le même message transparaît dans ses yeux, puis se répercute sous ses mains lorsqu'il reprend l'éponge et recommence à me laver, parcourant mon corps avec une chaste retenue qui ne fait que souligner l'envie qu'il tient si soigneusement en laisse.

Il estime que c'est une envie dangereuse, à l'évidence. Trop dangereuse pour y céder alors que je suis faible et encore blessée.

Avec effort, je repousse cette pensée et ferme les yeux, profitant du moment présent. Demain, je m'inquiéterai de l'avenir et des conséquences de l'obsession de Nikolai dans ma vie, de ce que me coûteront ses caresses et sa protection. Mais pour l'heure, je me réjouis d'être son bien le plus précieux.

J'ai beau être dans les bras du diable, je suis plus en sécurité que nulle part ailleurs.

7

NIKOLAI

Il est deux heures du matin et je fixe le plafond obscur au-dessus de mon lit, incapable de dormir. C'est en partie parce que mon corps est encore à l'heure de Dushanbe, mais surtout parce que je suis trop excité, mes pensées oscillant entre mes projets pour Bransford et les souvenirs de la veille qui me remplissent d'adrénaline. Ces derniers sont particulièrement envahissants et ébranlent ma poitrine de toutes sortes d'émotions violentes.

Chloé a cherché à me fuir. J'ai failli la perdre. Encore quelques minutes et...

Putain. Ça suffit !

Je me lève du lit et me dirige vers le placard pour enfiler mon short de jogging. J'ai déjà couru ce soir. Après avoir donné son bain à Chloé et l'avoir bordée pour la nuit, j'ai lacé mes baskets et je suis sorti. Mais j'ai besoin d'y retourner. Ou bien de m'offrir une bonne séance d'entraînement avec Pavel ou les gardes. Mieux encore, du jogging *et* un combat pour évacuer cette puissante frustration sexuelle.

Le corps nu et humide de Chloé sous mes mains alors que je ne pouvais pas me permettre de la prendre m'a demandé toute ma volonté et même plus.

Avant de sortir de la chambre, j'affiche la vidéo de Chloé sur mon téléphone. J'ai demandé à Pavel d'installer une petite caméra sur la télévision au-dessus de son lit pendant qu'elle prenait son bain, afin de pouvoir garder un œil sur elle sans entrer dans sa chambre et perturber son sommeil.

Comme prévu, sur l'écran, on la voit enfouie sous les couvertures dans l'obscurité. Seule sa respiration régulière se fait entendre dans le silence. Contrairement à moi, elle dort paisiblement, et j'en suis heureux. Elle a besoin d'un bon repos pour récupérer. Je dois garder mes distances, même si cela me tue.

Je suis plus fort que la bête sauvage qui m'habite.

Du moins, je l'espère.

Laissant le téléphone dans ma chambre, je descends. Ma poitrine se gonfle dès que je mets le pied dehors. La nuit est sombre et fraîche, l'air de la montagne vivifiant et pur.

Je pars en direction des bois, dévalant la côte avant de m'enfoncer dans la forêt comme à mon habitude. Mais cette fois, au lieu de retourner à la maison après avoir dépensé la majeure partie de mon énergie, je me dirige vers le nord de l'enceinte, vers le bunker des gardes.

Je ne suis pas surpris d'y découvrir Pavel, en train

de jouer aux cartes avec Arkash et Burev près d'un feu de camp. Comme moi, il doit être trop tendu pour trouver le sommeil, même avec Lyudmila à ses côtés.

En me voyant, il se lève d'un bond et les autres aussi.

— Tout va bien, dis-je en leur faisant signe de se détendre. J'ai juste besoin de m'entraîner, c'est tout.

— Ça marche, répond Pavel, les yeux brillants d'impatience. Couteaux ou pas ?

— Couteaux, bien sûr.

Les gardes fournissent les armes, et pendant les quarante minutes qui suivent, mon esprit est béatement libre de toute préoccupation à l'exception de la survie la plus primitive, éviter d'être découpé en morceaux par la lame que Pavel manie sans pitié. Par deux fois, je manque être éventré ; à trois reprises, il me frôle la jugulaire. Pavel ne se laisse pas faire, et lorsque le tranchant de ma lame touche enfin sa gorge, nous sommes tous deux couverts d'entailles et de coupures.

Le souffle court, je recule et rends son couteau à Arkash, qui me tape sur l'épaule en guise de félicitations. Aucun des gardes n'est assez doué pour affronter Pavel avec une lame et l'emporter, mais il faut dire qu'aucun d'entre eux n'a été formé par lui depuis leur plus jeune âge.

Les laissant à leurs tâches, Pavel et moi retournons ensemble à la maison. Au début, nous sommes trop fatigués pour parler – le combat s'est avéré aussi épuisant que je l'escomptais –, mais quand la maison apparaît, Pavel dit à mi-voix :

— Tu devrais vraiment la pardonner, tu sais.

Je le regarde avec surprise.

— Chloé ? Je l'ai déjà fait.

Même si ça me dérange qu'elle se soit enfuie, je comprends ses motivations. Ce que ma sœur lui a dit aurait effrayé n'importe qui, pas seulement cette jeune femme vulnérable qui a déjà vu le pire de l'humanité.

— Non. Alina, répond Pavel avec un regard en coin. Elle est bouleversée. Lyudmila l'a surprise en train de pleurer.

Putain. J'aurais dû me douter qu'il prendrait le parti de ma sœur dans cette affaire.

— Elle peut bien être bouleversée. Elle a fait une grosse connerie.

Mes mots sont plus durs que je ne le voulais. J'ai essayé de ne pas m'attarder sur le rôle d'Alina dans cette histoire, mais le fait est que Chloé a failli *mourir*.

Je ne sais pas si je pourrai un jour pardonner ma sœur pour ce risque.

— Elle sait qu'elle a merdé, reprend Pavel d'un ton égal. Mais c'est toujours ta sœur.

— Et tu vas me dire que le sang est plus épais que l'eau, c'est ça ?

Il ignore mon sarcasme.

— Une telle émotion, ce n'est pas bon pour elle. Les maux de tête...

— Je sais tout sur ses putains de maux de tête, m'exclamé-je avant de prendre une grande inspiration. Écoute, je ne vais pas la renvoyer ni la punir. On va quand même fêter son anniversaire vendredi, comme prévu. Mais tu ne peux pas t'attendre à ce que je pardonne et oublie aussi facilement. Qu'elle soit défoncée ou non, Alina savait ce qu'elle faisait quand elle a ouvert sa grande gueule et donné les clés de la voiture à Chloé.

— Non, elle ne le savait pas.

L'expression de Pavel est sinistre alors qu'il se campe devant moi, me bloquant le passage.

— Tu ne lui avais pas dit que Chloé était en danger de mort. Et n'oublie pas *pourquoi* elle était défoncée hier soir.

Je serre les dents au point de l'explosion.

— Dégage de mon putain de chemin. Tout de suite.

C'est peut-être mon ami et mon mentor, mais si j'avais mon couteau sous sa gorge en cet instant, cela ne me ferait ni chaud ni froid, pas avec les sombres souvenirs qui remontent à la surface dans mon esprit, remplissant mon estomac d'un mélange toxique de rage, d'horreur, de chagrin et de culpabilité.

C'est *ma* faute si Alina a besoin de ces substances, je le sais.

Quelle que soit l'ampleur de son erreur, elle n'arrive pas à la cheville de la mienne.

Pavel doit se rendre compte qu'il est allé trop loin, car il s'écarte sagement de mon chemin et laisse tomber le sujet. Nous rejoignons la maison dans un silence tendu, tous les bienfaits de notre combat réduits à néant par ce bref échange.

Il est impossible que je m'endorme maintenant.

Pas alors que je peux à nouveau sentir ma lame dans l'estomac de mon père et voir le monstre que je suis dans ses yeux agonisants.

8

CHLOÉ

Je suis sur le point d'avaler les œufs brouillés de la fourchette que Nikolai porte à ma bouche quand j'entends des éclats de voix dans le couloir, suivis d'un coup à la porte. Je lève les yeux vers le visage de Nikolai et mes joues s'enflamment quand je découvre une lueur amusée dans son regard.

Nous savons tous les deux que je ne suis pas assez handicapée pour qu'il me donne la becquée, c'est juste une dynamique particulière et légèrement perverse dans laquelle nous sommes tombés. Ce matin, je n'ai même pas essayé de manger avec ma main gauche quand il m'a apporté mon petit-déjeuner. Il a simplement commencé à me nourrir et je l'ai laissé faire.

Même son enfant de quatre ans mange sans son aide, et pourtant je suis là, avec un bras parfaitement fonctionnel, à faire comme si je ne pouvais pas tenir une fourchette toute seule.

Soudain, j'ai honte et je la lui arrache des mains pour la poser sur le plateau, sur la table de nuit.

— Entrez !

Je m'attendais à Pavel ou Lyudmila, mais c'est Alina qui fait un pas dans ma chambre, la petite main de Slava dans la sienne.

Les yeux de l'enfant s'éclairent quand il me voit.

— Chloé !

Lâchant Alina, il se précipite vers moi, babillant avec excitation en russe.

— Il s'est inquiété pour toi, traduit Nikolai avec un sourire sarcastique, tandis que Slava saute sur mon lit avec l'énergie débordante d'un jeune chiot. Même si je lui ai dit que tu n'allais pas mourir comme sa mère, il avait peur, alors il réclame de te voir depuis qu'il s'est réveillé ce matin. C'était il y a une éternité parce que, et je le cite, tu as dormi « tellement, tellement tard ».

— Oh, non, mon chéri, je vais très bien.

Je tapote son dos de ma main gauche alors qu'il enroule ses bras autour de moi dans une étreinte aussi énergique que sa force enfantine le lui permet.

— C'est juste mon bras qui est blessé, tu vois ?

Je lui montre l'écharpe quand il se retire.

Il fronce les sourcils et pose une question.

— Il demande pourquoi tu es au lit si c'est juste ton bras, intervient Alina.

Je lève alors les yeux pour la trouver debout à côté de la table de chevet. Son visage d'une beauté saisissante est à nouveau impeccablement maquillé, sa silhouette svelte vêtue d'une robe jaune sans manches que l'on croirait sortie d'un défilé de mode. Il ne reste aucune trace de la créature tourmentée et brisée qui m'a prise à part, hier matin, avec des avertissements terrifiants sur l'homme assis à mes côtés.

Je lui adresse un sourire circonspect avant de reporter mon attention sur Slava.

— C'est parce que ma cheville me fait un peu mal aussi, lui expliqué-je.

Nikolai traduit mes propos. Je remarque qu'il évite de regarder Alina. D'ailleurs, il ne semble même pas avoir conscience de sa présence.

Slava regarde la couverture par-dessus mes pieds et pose une autre question.

— Il veut savoir comment tu t'es blessée à la cheville, précise Nikolai. Je vais lui dire qu'elle s'est tordue quand tu as trébuché sur une branche.

— C'est logique.

Pendant qu'il parle au garçon, je lève les yeux vers Alina et lui offre un plus grand sourire. Elle craint sans doute que je sois en colère contre elle, mais ce n'est pas le cas. Je suis reconnaissante, en réalité. Je ne sais pas ce qui se serait passé si je ne m'étais pas enfuie, mais je suppose qu'au mieux, cela aurait retardé l'imbroglio dans lequel je me trouve maintenant. Les assassins auraient fini par me repérer, et à ce moment-là ou plus tard, j'aurais appris ce dont Nikolai est capable. En attendant, j'aurais pu vivre une relation intense avec lui pendant plusieurs semaines ou plusieurs mois, et cela aurait été encore plus dévastateur de voir mes illusions voler en éclats.

Ou peut-être – mais ce n'est qu'une supposition – aurait-il réussi à me maintenir dans l'ignorance, et je n'aurais jamais découvert qu'il tue et torture aussi facilement que d'autres hommes tondent le gazon. J'aurais dormi dans ses bras et je l'aurais accueilli dans mon corps tout en me convainquant que mes instincts sont faux, que les ténèbres que j'ai perçues en lui ne sont rien de plus que mon imagination débordante.

Tsss. Tout compte fait, je *devrais* en vouloir à Alina. Une telle ignorance, quelle béatitude !

Visiblement soulagée, elle me rend mon sourire et j'évite de me laisser aller à penser qu'il aurait été agréable de ne jamais avoir à affronter la vérité sur Nikolai – ou sur Bransford et tout le reste. Si je m'autorisais ce genre de réflexion, je pourrais tout aussi bien souhaiter que ma mère soit en vie, ou mieux encore, qu'elle n'ait jamais rencontré mon père biologique.

Auquel cas, je n'existerais pas, mais cela vaudrait la peine de la savoir vivante et heureuse dans une vie qui n'aurait pas déraillé alors qu'elle était encore adolescente.

Je me rends compte que je me morfonds à nouveau dans des « et si » stériles. Je lève alors les yeux vers Nikolai et demande :

— Est-ce que Slava et Alina pourraient rester un peu avec moi ? Je ne veux pas monopoliser ton temps.

Je suis sûre que tu as du travail et je peux continuer mes leçons avec Slava depuis mon lit.

Le visage de Nikolai se crispe lorsque je lui indique clairement que j'aimerais qu'il parte, mais il se lève et répond posément :

— Très bien. Je te vois dans un moment. N'oublie pas de manger, d'accord ?

— Bien sûr.

Je prends la fourchette et porte les œufs à ma bouche avec une maladresse exagérée. Je cherche à faire rire Slava, et c'est réussi.

Quand je regarde à nouveau vers la porte, Nikolai est parti.

Le visage d'Alina est sombre lorsqu'elle s'assied au bord du lit, prenant la place qu'il vient de laisser.

— Comment te sens-tu ? demande-t-elle doucement, tandis que Slava court vers la fenêtre, apparemment curieux de la vue depuis ma chambre.

— Ça va. Je guéris déjà.

J'enfourne une grosse fourchette d'œufs dans ma bouche comme pour montrer à quelle vitesse je guéris. Je ne mens pas, mon bras me fait encore mal, mais avec l'antidouleur que j'ai avalé au réveil, c'est supportable et je suis capable d'exercer une certaine pression sur ma cheville sans qu'elle ne proteste trop.

Alina me répond avec un sourire hésitant.

— C'est bien.

Après une inspiration, elle reprend :

— Écoute, Chloé... J'étais très mal, hier matin. Vraiment mal en point. J'ai pu dire des choses qui n'avaient pas de sens. Des choses qui n'étaient pas... pas forcément vraies.

Je pose ma fourchette, l'appétit soudain coupé. Je comprends ce qu'elle essaie de faire et je déteste ça.

— Tu n'as pas besoin de mentir. Il l'a admis. Et j'ai vu ce qu'il a fait aux hommes qui m'ont attaquée.

Une myriade d'expressions se succède sur le visage d'Alina avant qu'il ne retrouve une soigneuse neutralité.

— Je vois. Et... tu vas bien ?

Bien ? Est-ce que le fait de ne pas sauter par la fenêtre ou de ne pas prendre mes jambes à mon cou en hurlant répond à ce critère ? Si c'est le cas, alors je vais très bien, ou du moins aussi bien que vous pouvez l'être quand vous venez de découvrir que votre père biologique est un violeur et un meurtrier qui essaie de vous tuer, et que vous êtes retenue captive par un homme qui pourrait être encore plus impitoyable que le père en question.

— Je me débrouille.

À ma grande surprise, ce n'est pas un mensonge total. C'est peut-être mon mois de cavale, ou l'horreur d'avoir découvert le corps de maman et de m'être cachée dans un placard pour échapper aux tueurs, toujours est-il que je ne panique pas autant que je l'aurais cru. À propos de toute cette histoire, mais surtout du fait que je suis la prisonnière de Nikolai. C'est comme si mon esprit avait érigé un mur entre le présent et le passé, entre ce que je vis et ce que je sais.

Pour l'instant, je suis bien installée, bien nourrie,

ma sécurité est assurée par les mêmes mesures qui m'empêcheraient de partir si j'essayais. Je suis capable de me concentrer uniquement sur ce premier aspect. Tout comme je suis capable d'oublier la vraie nature de Nikolai chaque fois qu'il se montre attentionné et tendre... quand mon corps se transforme en guimauve à son contact.

D'une manière ou d'une autre, je parviens à mettre toutes ces horreurs dans une petite boîte et à les emballer, à faire comme si elles n'étaient pas là.

— Tant mieux, dit Alina. Je suis contente. Mais si jamais tu as du mal à encaisser, ou si tu as besoin de quelqu'un à qui parler, sache que tu peux toujours venir me voir.

Ses yeux de jade irradient de bonté lorsqu'elle ajoute :

— Quoi que tu traverses, je peux le comprendre.

C'est la vérité, je le sais. Ma gorge se noue quand je perçois une compassion sincère dans son regard. Avant ce moment, je ne savais pas à quel point j'avais attendu cela : pas une véritable promesse d'amitié, mais quelque chose qui s'en rapproche énormément.

— Merci, dis-je à voix basse. J'apprécie, tout comme j'apprécie ce que tu as essayé de faire avant, en me prévenant...

C'est peut-être une autre illusion qui va se briser, mais j'ai l'impression d'avoir une alliée en la sœur de Nikolai. Comme si je n'étais pas complètement seule dans ce pétrin.

Elle sourit d'un air désabusé et se lève.

— Oui, eh bien, ça ne s'est pas exactement passé comme je l'avais espéré. Je...

Elle s'arrête lorsque Slava crie quelque chose depuis la fenêtre avant d'accourir, babillant avec excitation dans sa langue.

— Il dit qu'il y a une famille de ratons laveurs dans notre allée, traduit Alina avec un sourire. Apparemment, ils viennent de sortir de la forêt.

— Vraiment ? Je veux voir ça.

Je m'assieds bien droit et, sans tenir compte de la douleur dans mon bras, je pose mes pieds sur le sol. Avec précaution, je me lève, veillant à ne pas exercer trop de poids sur ma cheville foulée.

Jusqu'à présent, tout va bien.

— Viens, appuie-toi sur moi.

Alina me prête son coude, et avec son aide, je boitille jusqu'à la fenêtre. En effet, les ratons laveurs – une maman et deux bébés – s'ébattent à la vue de tous.

Slava rit avec enthousiasme quand l'un des bébés saute sur l'autre pour s'amuser et j'ébouriffe ses cheveux soyeux. Ma poitrine se gonfle lorsqu'il me répond par un sourire radieux.

— Ratons laveurs, lui dis-je en anglais, me rappelant mon rôle de professeur. On appelle ça des *ratons laveurs*.

Il répète docilement les mots après moi, et nous observons tous les trois les animaux jusqu'à ce qu'ils disparaissent dans les bois. Ensuite, Alina m'aide à retourner au lit en claudiquant. Je lui demande de m'apporter un livre pour que je puisse en faire la lecture à Slava.

— Pas de problème, répond-elle en se dirigeant déjà vers la porte.

Elle revient quelques minutes plus tard avec une pile de livres pour enfants qu'elle dépose sur la couverture à côté de moi.

— Tu veux que j'enlève ça ? demande-t-elle en désignant le plateau, sur la table de nuit.

Je hoche la tête tandis que Slava s'installe confortablement près de mon côté indemne.

C'est bientôt l'heure du déjeuner et j'ai suffisamment mangé pour tenir le coup.

Elle prend le plateau et s'en va. Elle est presque à la porte lorsque je prends conscience que j'ai oublié de lui poser une question importante.

— Alina, attends ! lancé-je alors qu'elle ouvre la porte du bout de sa chaussure à talon aiguille.

Elle se retourne, le regard interrogateur.

— Tu reviendras après ? J'aimerais en savoir plus sur ce qui s'est passé.

Ma voix menace de se briser lorsque je précise :

— Avec Nikolai et... et ton père.

Elle se raidit, son visage dépourvu de toute expression.

— S'il te plaît, Alina. J'ai besoin de savoir.

J'ai besoin de découvrir à quel point l'homme dont je suis tombée amoureuse est un monstre.

Elle ferme les yeux et prend une profonde inspiration, puis les rouvre.

— Ce n'est pas à moi de te raconter cette histoire, dit-elle enfin d'une voix basse et tendue. Je n'aurais pas dû. C'est à Nikolai que tu devrais parler.

Avant que je puisse la supplier davantage, elle sort et referme la porte.

9

NIKOLAI

En desserrant mon poing, je me détourne de la vidéo révélée par la caméra de la chambre de Chloé et j'ouvre ma boîte de réception. Je ne sais pas ce que j'aurais fait à Alina si elle avait accepté. Heureusement, ma sœur a eu la sagesse de garder sa bouche fermée.

En effet, c'est à moi de lui raconter cette histoire et je ne suis pas sûr de le vouloir.

Hier, lorsque Chloé m'a demandé si ce qu'Alina lui avait dit était vrai, j'ai été tenté de mentir, de lui répondre que ma sœur avait tout inventé, qu'elle délirait à cause de ses médicaments. Mais pour une raison quelconque, quand les doux yeux bruns de Chloé ont croisé les miens, les mots ont refusé de se former dans ma gorge. Je n'aime pas que ma zaychik me considère comme le diable, mais je ne peux m'empêcher de me montrer à elle tel que je suis.

Elle doit me connaître et m'aimer malgré tout.

Putain. C'est un problème, certes, mais pas aussi grave que l'e-mail de Valery qui vient d'apparaître dans ma boîte de réception.

Leonov en Amérique, annonce l'objet en majuscules. Quand j'ouvre le message, il m'informe que ses contacts américains ont eu vent de la présence d'Alexei Leonov à New York. Ce qu'il fait là, personne ne peut le deviner, mais le simple fait qu'il soit sur le même continent que ma sœur et mon fils est une très mauvaise nouvelle. Je n'ai pas oublié ce qu'il m'a dit dans les toilettes de ce restaurant tadjik, la menace qu'il a faite de faire respecter à Alina leur contrat de fiançailles archaïque. Sur le moment, j'ai cru qu'il essayait juste de m'énerver – et je le soupçonne toujours –, mais il y a une chance qu'il soit sérieux.

Dis à Alina que c'est l'heure. J'en ai assez de patienter.

Je serre les dents, m'efforçant d'oublier ces paroles prononcées à mi-voix. Quel que soit le programme d'Alexei, il ne s'approchera pas d'Alina. C'est déjà bien assez que mon fils ait passé presque deux mois aux soins de l'aîné des Leonov avant que je puisse l'en délivrer. La dernière chose que je veux, c'est que ma sœur, déjà émotionnellement fragile, soit entraînée dans ce nœud de vipères.

Alina et moi, nous avons peut-être nos désaccords, mais elle est sous ma responsabilité, c'est ma croix à porter, et je la protégerai contre tous ceux qui lui veulent du mal – et surtout contre son soi-disant promis.

Refoulant la rage qui me brûle l'estomac, je relis l'e-mail. New York, c'est loin de l'Idaho. La présence d'Alexei aux États-Unis, si peu de temps après notre altercation à Doushanbe, pourrait-elle être une coïncidence ? Notre jet privé a fait escale au Tadjikistan et je sais que l'équipe de Konstantin a mis en place des mesures de protection pour empêcher mon plan de vol d'être piraté. Il est donc tout à fait possible qu'Alexei soit à New York pour une raison totalement étrangère à ma famille.

Tout comme il y a un risque qu'il ait appris ma présence en Amérique, sans savoir où exactement, ce qui expliquerait qu'il entame ses recherches par l'endroit le plus probable, la Grosse Pomme.

Dans tous les cas, c'est un souci dont je n'ai pas besoin, surtout avec la mission déjà impossible qui m'est échue : assassiner un candidat à la présidence.

À ce propos, j'ai récupéré l'e-mail qui détaille les prochains déplacements et apparitions publiques de Bransford. La première étape consiste à vérifier qu'il est bien le père de Chloé. Pour cela, nous avons besoin de son ADN.

Il y aurait une dizaine de façons de procéder, mais la plus simple serait d'assister à l'une de ses collectes de fonds en me faisant passer pour un donateur potentiel et me procurer discrètement un échantillon, par exemple en volant son verre à vin. Le problème avec cette stratégie, c'est que ces événements sont bien plus publics que je ne le voudrais, surtout avec l'arrivée inattendue d'Alexei aux États-Unis. Aujourd'hui, plus que jamais, je dois rester discret pour éviter de révéler notre position, ce qui exclut une autre solution simple : obtenir un rendez-vous en tête-à-tête avec l'homme politique.

Étant donné son statut de favori dans la course aux primaires de son parti, je serais minutieusement contrôlé et mes informations finiraient dans une base de données à laquelle les hackers de Leonov pourraient accéder. De plus, il ne serait pas très sage de me mettre sur le radar de Bransford. Même si les assassins n'avaient pas fait le lien entre Chloé et moi avant que je ne les élimine, il sait peut-être qu'elle a été repérée pour la dernière fois dans cette région de l'Idaho, et s'il apprend d'une manière ou d'une autre que c'est là que je réside, il aura des soupçons.

Non, aussi tentant et pratique que cela puisse paraître, je ne peux pas recueillir personnellement son ADN – ni commettre l'assassinat moi-même. Pas sans mettre ma famille et Chloé en danger. Pourtant, le temps presse. Si les assassins ont dit à leur employeur que Chloé s'est renseignée sur mon offre d'emploi à la station-service, alors ce n'est qu'une question de temps avant que d'autres mercenaires débarquent sur le pas de ma porte.

Je dois éliminer la menace Bransford, et vite.

Ma décision est prise. J'envoie un e-mail pour demander à l'un des hommes de Valery fraîchement arrivés de se faire passer pour un serveur lors du prochain événement, afin qu'il puisse prélever l'ADN de Bransford sur un verre ou un couvert. C'est une formalité, à ce stade. Je sais que j'ai raison à son sujet, je le sens dans mes tripes.

Mais étant donné l'ampleur de ce que je prévois, j'ai besoin de preuves irréfutables, et c'est encore le meilleur moyen. La seule preuve plus solide serait un aveu de sa culpabilité, mais je ne vois pas comment l'obtenir sans l'enlever – une tâche encore plus ardue que de le descendre.

Pour l'instant, je vais procéder comme s'il était coupable, et planifier le coup. Comme ça, dès que le test ADN confirmera sa relation avec Chloé, je pourrai appuyer sur la détente – au sens figuré, malheureusement. Une balle de sniper ferait trop de vagues. Mieux vaut opter pour l'un de nos produits chimiques soigneusement élaborés ou mettre en scène une sorte d'accident.

D'une manière ou d'une autre, il paiera pour avoir tué la mère de Chloé et essayé de la tuer, elle.

Tom Bransford ne le sait peut-être pas encore, mais c'est un homme mort.

———

Je passe les deux heures suivantes à mettre au point la logistique, puis je vérifie à nouveau la vidéo de la chambre de Chloé.

Elle est toujours avec Slava. Mon fils s'est installé sur son lit, ses livres et ses blocs de Lego éparpillés sur sa couverture. Ils semblent jouer à quelque chose : elle lui montre la page d'un livre et il doit mimer la scène. Sous mes yeux, il saute du lit et sautille comme un lapin dans la chambre.

— C'est un *zaychik*, n'est-ce pas ? dit-elle en souriant.

Slava écarquille les yeux et affiche un immense sourire qui illumine son petit visage.

— *Da !*

— Oui, corrige-t-elle en souriant à son tour. On dit *oui* en anglais.

Mon fils hoche vigoureusement la tête.

— Oui, oui, oui !

Il saute sur place, trop excité pour rester immobile, et je me promets d'apprendre à Chloé d'autres mots en russe. Ainsi, elle pourra encore le surprendre au hasard et je prendrai plaisir à l'écouter parler russe avec son joli accent américain.

En y réfléchissant, je devrais aussi lui apprendre des mots plus érotiques. J'imagine sa voix douce et suave me les susurrer au lit.

Mon corps durcit à cette image et je dois prendre une profonde inspiration pour me contrôler. Je l'ai déjà prise – et plusieurs fois en une nuit –, mais c'est loin d'être suffisant. J'ai l'impression d'être un homme affamé devant une crème glacée, à qui l'on n'aurait autorisé qu'un seul coup de langue.

J'en veux plus. Je veux la baiser toutes les nuits, la prendre par tous les trous et lui donner du plaisir de toutes les manières possibles. Je veux m'endormir en la serrant dans mes bras et me réveiller profondément enfoui en elle. Je veux lui faire toutes sortes de choses sombres et dépravées, et je veux la câliner après, alors qu'elle redescend lentement des sommets de l'extase mêlée de douleur.

Je veux la posséder si complètement qu'elle oubliera toute envie de me quitter.

Bientôt, me juré-je en fermant l'ordinateur portable avant de me lever. Bientôt, elle ira mieux, et alors je l'aurai.

En attendant, je dois faire mon possible pour la garder en sécurité.

10

CHLOÉ

Quelques minutes avant l'heure officielle du déjeuner, midi et demi, Lyudmila vient chercher Slava.

— Nikolai arrive bientôt avec de quoi manger, dit-elle dans son anglais approximatif, interprétant à juste titre les grondements de mon estomac.

Je lui souris timidement, mais elle pousse déjà Slava vers la sortie en lui parlant dans un russe rapide.

Comme annoncé, Nikolai apparaît avec un plateau, à douze heures trente tapantes.

— C'est quoi cette rigueur militaire pour les heures des repas ? demandé-je alors qu'il s'assied à côté de moi et pose le plateau sur la table de chevet avant de révéler des assiettes appétissantes.

C'est une question que je me pose depuis des jours, mais que je n'ai pas eu l'occasion de poser. Au moins, celle-là, il sera plus facile d'y répondre que les autres.

Un sourire ironique recourbe les lèvres sensuelles de Nikolai.

— Tu l'as dit, c'est militaire. Plus précisément, de l'époque où Pavel était dans l'armée. Il dirige notre foyer depuis qu'il a quitté l'armée, il y a une trentaine d'années, et c'est l'une de ses règles. Ça ne me dérange pas. J'ai grandi comme ça, alors je trouve ce rituel réconfortant.

— Et la tenue de soirée imposée ? C'est aussi un truc de Pavel ?

Ce serait curieux, étant donné que je n'ai jamais vu l'ours russe en costume ou en smoking, mais ce ne serait pas la première bizarrerie que je remarque dans cette maison.

Nikolai plisse les yeux, visiblement troublé, mais ne se départit pas de son sourire.

— Pas exactement. C'est un point sur lequel ma mère a toujours insisté. Elle disait que nous avions besoin de quelque chose de beau dans nos vies pour en oublier toute la laideur.

— Oh, je vois.

Mon pouls s'accélère avec espoir. C'est la première fois qu'il me parle de sa mère – de ses parents, d'ailleurs. Tout ce que je savais avant les révélations terrifiantes d'Alina, c'était qu'ils étaient morts tous les deux.

— Tiens, dit Nikolai en portant à mes lèvres un morceau de pain tartiné de caviar. Ouvre.

J'obéis docilement, croquant cette mise en bouche

gastronomique comme l'invalide que nous avons décidé que j'étais. Mais mon esprit n'est pas concentré sur notre étrange petit jeu, il est agité par un millier de questions. Il y a encore tant de choses que j'ignore sur mon dangereux protecteur, pourtant j'ai besoin de savoir.

J'ai besoin de *tout* savoir, parce qu'une petite partie irrationnelle de mon être espère que l'obscurité en lui n'est pas aussi noire et irrémédiable qu'elle n'y paraît.

Je le laisse me servir quelques entrées du plateau, ainsi que le poisson blanc floconneux qui constitue le plat principal, enduit de sauce au citron et accompagné de pommes de terre sautées. Lorsqu'il passe au dessert – poires pochées au miel avec cassis et noix –, je me ressaisis et me lance dans l'interrogatoire qui me tient à cœur.

— Alors, dis-je sur un ton aussi décontracté que possible. Ton groupe et toi, vous faites partie de la mafia ?

Je suis presque sûre de connaître déjà la réponse à cette question, mais autant l'entendre de sa bouche.

À ma grande surprise, au lieu de se pincer sous le signe de la colère, ladite bouche tressaute avec amusement.

— Non, zaychik. Du moins, pas comme tu l'imagines. Nous ne faisons pas dans les drogues illégales, les armes ou quoi que ce soit de ce genre. C'est plutôt du ressort des Leonov. La grande majorité de nos activités sont licites et honnêtes, et l'infime partie qui ne l'est pas relève du domaine de Konstantin

– le dark net, le hacking, les robots sur les réseaux sociaux, tout ce tralala high-tech.

Je cligne des paupières, incrédule, l'image de l'arme dans sa main encore claire et nette dans mon esprit. Il est impossible qu'un riche homme d'affaires ordinaire, même avec une formation militaire, soit capable de tuer et de torturer avec autant de désinvolture que lui.

— Mais je t'ai vu... Et tes hommes... Et...

— Je n'ai pas dit que nous étions des anges. Ouvre.

La fourchette contient une portion de poire et quelques groseilles. Il la porte à mes lèvres et attend que je commence à mâcher avant de poursuivre.

— En Russie, pour gagner et conserver le pouvoir, il faut être impitoyable, prêt à faire ce qu'il faut. C'est comme ça depuis toujours.

J'ouvre la bouche pour parler, mais il se contente de me donner une autre bouchée et continue d'un ton léger, comme s'il me racontait une histoire pour m'endormir.

— Ma famille l'a toujours compris. C'est pour ça que nous avons prospéré depuis l'époque du règne des Mongols. En fait, notre premier ancêtre connu était l'un des bras droits de Gengis Khan, un type charmant qui a pillé, brûlé et violé toute la Sibérie et la région de Moscou au XIIIe siècle. Ses enfants ont suivi ses traces, et alors que Pierre 1er le Grand construisait sa ville, les Molotov – ou Nebelevsky, comme on nous appelait à l'époque – étaient un élément incontournable de la cour du Tsar, guidant et dirigeant la politique nationale depuis les coulisses. Nous étions également très riches, avec des milliers et des milliers de serfs, ce qui rend d'autant plus ironique le fait que, pendant la Révolution, mon arrière-grand-père faisait partie de ceux qui jugeaient les « nobles méprisables » et les « méchants bourgeois » pour leurs crimes contre le peuple. Il a même changé son nom en Molotov, dont la racine signifie « marteau » en russe – un nom de famille plus favorable aux communistes que Nebelevsky. Tu vois, c'est comme ça qu'on fonctionne.

Une pointe d'amertume vient tordre les lèvres de Nikolai.

— On fait le nécessaire pour rester au sommet : qu'il s'agisse de diriger les camps de travail du goulag à l'époque de Staline, d'être le fer de lance de la machine propagandiste du parti communiste dans les années 50 et 60 ou de sauter sur les bons d'achat de pétrole et de gaz pendant la Perestroïka, puis de nous diversifier pour conserver les milliards qui en ont résulté. Nous sommes comme des cafards, du genre qui savent non seulement survivre, mais aussi diriger leur coin du monde.

Je suis à la fois troublée et fascinée, à tel point que j'en oublie de mâcher ma bouchée de dessert avant de demander :

— Alors, vous n'êtes pas vraiment des mafieux ?

J'ai la bouche tellement pleine que les mots s'emmêlent, mais Nikolai comprend et sourit.

— Non, ce qui ne veut pas dire que nous n'osons pas nous salir les mains. Rester au sommet, en Russie, c'est comme construire une maison sur une plage sablonneuse au bord de l'océan : le sol en dessous est emporté à chaque marée, et une tempête se prépare toujours à l'horizon. Mon défunt grand-père, par exemple – le père de mon père –, a failli être exécuté dans les années 50 lorsqu'un rival de haut rang du parti l'a faussement accusé de déloyauté envers le régime communiste. Il a passé deux ans dans l'un des goulags de Sibérie qu'il supervisait, et lorsqu'il en est ressorti, la première chose qu'il a faite a été d'accumuler des preuves contre son rival et de l'y envoyer à la place, tout en exigeant du gouvernement qu'il lui transfère tous ses biens. Plus tard, mon père...

Il s'interrompt et son expression s'assombrit.

Je me redresse.

— Quoi, ton père ?

Le visage de Nikolai redevient impassible.

— Rien. Les années 90 en Russie étaient une période particulièrement corrompue et instable, alors ma famille a dû se montrer très vigilante et impitoyable.

— Plus précisément, ton père.

Je ne veux pas qu'il laisse tomber ce sujet, pas alors que je m'apprête enfin à avoir des réponses.

— Et son frère, Vyacheslav, mon oncle. Son fils, Roman, est maintenant presque aussi riche que nous.

— Hmm.

À tout autre moment, je sauterais sur l'occasion d'en apprendre davantage sur la famille élargie de Nikolai, mais pour l'instant, je me concentre uniquement sur son père. Je me laisse servir quelques fourchettes supplémentaires de dessert, et après avoir avalé, je demande prudemment :

— Alors, quel genre de choses ton père a dû faire pour rester au sommet, dans les années 90 ?

Les yeux ambrés de Nikolai prennent une teinte plus verte.

— Rien de pire que n'importe quel autre oligarque de sa génération : beaucoup de corruption, un peu de chantage et de racket, de contrainte physique et, quand c'était nécessaire, l'élimination des obstacles qui se dressaient en travers de son chemin. Des tactiques qui pourraient relever du crime organisé, sauf qu'il s'agissait de stratégies commerciales classiques en Russie à l'époque. Et il n'y avait pas que les oligarques, le gouvernement se servait dans la même boîte à outils. C'est toujours le cas, dans une certaine mesure. Disons que la légalité et la criminalité sont des concepts très souples, en constante évolution dans mon pays, avec une grande marge d'interprétation.

Je m'efforce de garder une expression détachée, même si un frisson me donne la chair de poule. La « contrainte physique » et l'« élimination » sont des euphémismes évidents pour la torture et le meurtre. Et c'est ce qu'il considère comme des stratégies commerciales classiques ?

Les Molotov ne sont peut-être pas des mafieux au sens strict du terme, mais à certains égards, ils sont encore plus dangereux.

— C'est pour ça que tu as amené Slava ici ? Parce

que la Russie est un endroit sans foi ni loi ? demandé-je, incapable de m'en empêcher.

C'est un autre mystère qui me ronge, et même si j'avais l'intention de concentrer cet interrogatoire sur son père, je ne peux pas laisser passer l'occasion d'obtenir des réponses sur ce sujet.

Après ce qu'il vient de me dire à propos de son pays, je ne peux pas lui reprocher de vouloir élever son fils le plus loin possible de la Russie.

— Non, zaychik.

Sa belle bouche retrouve sa courbe cynique si habituelle.

— Je ne suis pas un très bon père, j'en ai peur.

— Alors, qu'est-ce que tu viens faire ici ? Tu as promis de me le dire.

En fait, il n'a rien promis du tout. Tout ce qu'il m'a dit, lors de cet appel en visio où je l'ai interrogé là-dessus, c'est que c'était une longue histoire.

Il doit s'en souvenir aussi, car ses yeux pétillent avec amusement.

— Bien essayé.

Il jette un œil au plateau presque vide.

— Tu as fini de manger ou tu veux autre chose ?

Je suis si repue que mon estomac est sur le point d'exploser, mais je ne veux pas qu'il s'en aille tout de suite. Nous abordons tout juste les choses que je meurs d'envie de savoir.

— J'adorerais un peu plus de fruits, dis-je avec espoir. Peut-être des fruits rouges, si tu en as ? Et du café. Une tasse de café me ferait le plus grand bien.

Il a l'air toujours un peu amusé, mais il se lève sans discuter.

— Très bien. Je reviens tout de suite.

Déposant un baiser sur mon front, il emporte le plateau et sort.

11

NIKOLAI

J e souris encore quand j'entre dans la cuisine. Ma zaychik est si merveilleusement transparente dans ses tentatives de manipulation. *Tu as promis.* J'ai dû faire un effort pour ne pas l'attraper et l'embrasser sur le champ, d'autant plus qu'elle a accompagné sa supplication d'une petite moue avec la lèvre inférieure, comme un enfant boudeur.

J'aime voir qu'elle a moins peur de moi maintenant, qu'au lieu de l'horreur, il y a de la curiosité dans ses jolis yeux bruns. Alors, j'ai fait de mon mieux pour tenir en laisse la bête que je suis en sa présence, afin qu'elle se sente à l'aise et en sécurité. Il semble que j'y parvienne. En fin de compte, toute cette retenue en vaut la peine. Et si mes mains tremblent d'envie de la toucher, de la serrer contre moi pendant que je m'enfoncerais dans son corps chaud et lisse ?

Je peux être patient.

Je peux me montrer doux.

Je peux m'occuper d'elle comme un eunuque si c'est ce qu'il faut pour chasser de ses pensées le souvenir de l'histoire de ma sœur.

Bien sûr, ce n'est pas près d'arriver. Je sais très bien où Chloé voulait en venir avec toutes ses questions. Elle cherche à connaître le fin mot de l'histoire et je ne peux pas lui en vouloir. Le café, les fruits rouges ne sont que des prétextes. Ce qu'elle veut, c'est plus de temps avec moi, plus de temps pour me sonder. Je dois décider quelle part de vérité je suis prêt à lui céder, si tant est qu'il y en ait une.

— Comment va-t-elle ? demande Lyudmila alors que je dépose le plateau sur le comptoir.

Je l'informe de l'état de Chloé, à savoir qu'elle va mieux. J'ai changé ses bandages ce matin et la blessure avait l'air de bien guérir. J'ai aussi compté discrètement les cachets sur sa table de nuit. Apparemment, elle n'en a pris que deux jusqu'à présent. Ça aussi, c'est bon signe.

D'un point de vue rationnel, je sais que Chloé ne risque pas de sombrer dans la toxicomanie à cause de quelques analgésiques, mais après avoir été témoin des dérives d'Alina, je ne peux m'empêcher de m'inquiéter.

— C'est une bonne chose qu'elle ait de l'appétit, me dit Lyudmila quand je lui transmets les demandes de Chloé. Ce serait mieux si elle buvait du thé, cela dit.

— D'accord. Mais donnons-lui le café qu'elle veut.

Lyudmila acquiesce et prépare une assiette de fraises, framboises et myrtilles joliment disposées, ainsi qu'une tasse de café fumant. Je la remercie et m'empresse de remonter à l'étage, où ma zaychik m'attend.

J'ai décidé que je pouvais répondre à l'une de ses questions aujourd'hui, que je pouvais lui donner au moins une partie de la vérité.

Elle me dévisage d'un œil inquisiteur lorsque j'entre dans sa chambre et m'assieds au bord du lit, posant le plateau sur la table de chevet.

— Bon... commence-t-elle. À propos de la...

— Ouvre, ordonné-je à mi-voix, prenant une fraise par la queue.

Quand ses lèvres charnues s'écartent docilement, je pousse le fruit juteux à l'intérieur et regarde ses dents blanches s'enfoncer dans la chair pulpeuse, exactement comme j'aimerais enfoncer mes dents dans la sienne.

L'élan de désir que je ressens est si soudain, si violent que je dois bander les muscles de mon corps pour me retenir de passer à l'acte. Il y a quelque chose de presque cannibale dans mon désir pour cette fille. J'en ai l'eau à la bouche à l'idée de goûter sa peau lisse et bronzée, de lécher les gouttes de sueur sur son corps nu après l'avoir prise jusqu'à épuisement, une fois de plus. Je me souviens de la sensation de ses tétons sur ma langue, de son goût de sel et de fruits rouges. Le contrôle dont je suis si fier en temps normal me semble soudain aussi fin et élimé qu'une vieille corde.

Elle se crispe, elle aussi, les yeux fixés sur les miens, son corps svelte soudain rigide comme une proie en présence d'un prédateur. Du jus de fraise s'échappe de sa bouche et je le recueille instinctivement avec le pouce, mon cœur battant la chamade au contact de sa peau chaude, de sa lèvre inférieure si douce, rouge et poisseuse à cause du fruit sucré. Tout en soutenant son regard, je porte mon pouce à ma bouche et le suce proprement, comme je le ferais avec ses lèvres souples enduites de jus si j'avais suffisamment confiance en moi pour ne pas aller plus loin.

Elle écarquille les yeux, le souffle coupé par mon geste, et son regard se pose un instant sur mes lèvres avant de remonter. Elle est aussi excitée que moi, ça se voit. La tension devient brûlante dans l'air entre nous, réchauffant la pièce jusqu'à ce que mon corps tout entier soit en feu, ma queue si dure que la fermeture éclair laissera une empreinte sur sa longueur. Je sens presque sa chair souple sous mes paumes, ses lèvres scintillantes, teintées de rouge sous ma langue...

Un rire enfantin quelque part me fait reprendre mes esprits et je me rends compte que j'étais penché vers elle, ma main agrippant déjà sa couverture. *Putain.* Je détends mes doigts, me lève et me dirige à grands pas vers la fenêtre. Avec une grande inspiration, je regarde mon fils qui court dans l'allée en contrebas, Arkash à sa poursuite. Il rit si fort que je l'entends même à travers la vitre blindée. Ce son achève de dissiper le brouillard de luxure qui imprégnait mon cerveau.

Putain de merde ! Je croyais maîtriser la situation. J'en étais même certain après lui avoir donné son bain, hier, tout en gardant un contrôle strict sur moi-même. J'avais envie d'elle, bien sûr, mais j'étais capable de contenir cette envie pour me concentrer uniquement sur son bien-être. Après tout, elle sortait d'une opération et elle avait besoin que je m'occupe d'elle. Mais aujourd'hui, elle va mieux et mon self-control se dégrade terriblement.

— Euh, Nikolai...

La voix de Chloé est incertaine, douce et légèrement rauque. En l'entendant, je frissonne de désir une fois de plus. Comme elle n'est pas à portée de main, je parviens plus aisément à me ressaisir, à contenir cette envie bestiale.

Maîtrisant les traits de mon visage, je joins les mains dans mon dos et me tourne vers elle.

— Oui, zaychik ?

Sa gorge délicate ondule lorsqu'elle déglutit.

— Qu'est-ce que Slava fait là-bas ? demande-t-elle.

— Il joue au chat et à la souris avec l'un de mes gardes.

Je reviens vers le lit et m'assieds au pied, aussi loin que possible sans me retrouver de l'autre côté de la chambre.

— Pavel a dû lui demander de surveiller Slava pendant qu'il débarrasse la table du déjeuner.

Ses petites dents blanches triturent sa lèvre inférieure.

— D'accord, ça se comprend.

Sans me quitter des yeux, elle prend la tasse de café et souffle sur le liquide chaud. Je devine ce qui lui passe par la tête, elle réfléchit à la meilleure façon d'aborder le sujet qui l'intéresse le plus. Je décide de lui faciliter la tâche.

Je ne suis pas prêt à parler de mon père, mais je peux lui dire la vérité au sujet de mon fils.

En soutenant son regard, je dis d'un ton égal :

— Il y a cinq ans, mon frère Valery a fêté son vingt-deuxième anniversaire dans une boîte de nuit de Moscou. C'était la fête de l'année, tous les gens importants de notre région du monde étaient là, y compris, comme je l'ai appris plus tard, Ksenia Leonova, la fille de l'ennemi et rival de longue date de notre famille.

Chloé fronce les sourcils, visiblement perplexe.

— Leonova ? Les Leonova dont tu as parlé tout à l'heure ? La véritable mafia russe ?

— Ils renieraient cette étiquette, mais oui. Ils pêchent dans un étang beaucoup plus sale que nous. De toute façon, contrairement à son frère Alexei, Ksenia est toujours restée en dehors de la vie publique, si bien que je n'avais aucune idée de qui elle était quand elle m'a approché.

Je prends une inspiration pour contrôler la fureur familière qui brûle en moi.

— Je la prenais pour une mondaine comme une autre, ou un mannequin en devenir, alors nous avons dansé, descendu quelques verres, et ensuite, nous sommes allés dans un hôtel pour baiser.

Chloé tressaille et la tasse à café vacille dans sa main. Je m'empresse de la saisir et de la reposer sur le plateau avant que le liquide sombre ne se répande. Après quoi, je me rapproche d'elle sur le lit.

Le bon côté du souvenir de Ksenia, c'est qu'il étouffe clairement ma libido.

— J'ai mis un préservatif, comme toujours, continué-je.

Chloé ouvre de grands yeux. Elle doit se rendre compte de la tournure que prend mon récit.

— Oui, dis-je avant qu'elle ne le demande. Il s'est cassé. Ou alors, elle l'a trafiqué d'une manière ou d'une autre, je n'en sais rien. Je n'ai rien remarqué sur le moment. J'avais bu quelques verres et la nuit n'a pas été particulièrement mémorable. D'ailleurs, je l'avais quasiment oubliée jusqu'à tout récemment, huit mois plus précisément, quand j'ai reçu un coup de fil d'une amie de Ksenia me disant qu'elle était morte dans un accident de voiture, laissant derrière elle un fils – le mien, d'après son journal intime.

— Oh mon Dieu, souffle Chloé, atterrée. Alors, la mère de Slava était…

— Quelqu'un que je n'aurais pas touché même dans une combinaison ignifugée si j'avais su qui elle était, oui. Les relations entre nos familles ont été tendues pendant des décennies, c'est le moins qu'on puisse dire.

— Des décennies ? Pourquoi ?

— Tu te souviens de l'histoire que je viens de te raconter, celle de mon grand-père envoyé au goulag ?

Chloé acquiesce et reprend prudemment son café.

— L'homme qui l'a accusé de trahison envers le parti était Matvey Leonov, le grand-père de Ksenia.

Elle se fige, la tasse à mi-chemin de ses lèvres.

— Oh. Waouh.

— Oui. C'était un serpent venimeux, comme tous les Leonov, mais surtout Ksenia.

Malgré moi, ma voix dégouline d'une haine amère.

— À ce jour, je ne sais toujours pas si elle avait prévu de me tendre un piège depuis le début ou si sa grossesse était un accident. Dans tous les cas, elle ne m'a pas dit que j'avais un fils. Elle n'allait probablement jamais me le dire. Si elle n'était pas morte, je n'aurais peut-être jamais appris l'existence de Slava, du moins jusqu'à ce qu'il soit assez grand pour apparaître dans nos cercles. À ce moment-là, la ressemblance aurait permis à tout le monde de savoir qu'il était un Molotov, sans toutefois trahir sa véritable paternité.

Ma bouche se tord et j'ajoute :

— Tu n'as pas vu mes frères ou mon cousin, mais nous nous ressemblons tous beaucoup.

Chloé repose le café sur la table de nuit sans même en prendre une gorgée.

— Pourquoi penses-tu qu'elle t'a abordé ce soir-là ? Elle devait savoir qui tu étais, non ?

— Bien sûr.

Contrairement à elle, j'étais bien connu dans la haute société moscovite.

— Quant à savoir pourquoi, je n'en ai toujours pas la moindre idée. Peut-être qu'elle a tout planifié, jusqu'au préservatif déchiré, ou bien elle était juste jeune et stupide et elle voulait flirter avec le danger. Je ne sais même pas pourquoi elle était à la fête ni comment elle y est arrivée. Il est certain qu'aucun des Leonov n'avait été invité. Quoi qu'il en soit, le résultat final est le même : j'ai un fils dont j'ignorais l'existence jusqu'à il y a huit mois. Un fils à moitié Leonov.

Chloé retient son souffle.

— Attends une seconde. C'est pour ça que tu es...

— Ici ?

À son hochement de tête, je souris sans humour.

— Tu l'as deviné, zaychik. La famille de sa mère ne me l'a pas vraiment confié. J'ai appris l'existence de Slava une semaine après la mort de sa mère, et à ce moment-là, il vivait déjà avec Boris Leonov, le père de Ksenia, un homme connu pour ses penchants cruels et violents. Je n'ai jamais voulu d'enfants, je n'ai jamais envisagé d'en avoir, mais je ne pouvais pas laisser mon fils entre ses griffes, je ne pouvais pas l'abandonner pour qu'il grandisse dans ce nid de vipères.

— Alors, quoi ? Tu le leur as volé ?

J'opine de la tête.

— Il nous a fallu près de deux mois, à mes frères et à moi, pour trouver un moyen de franchir leurs mesures de sécurité, mais nous l'avons fait sortir et je l'ai amené ici, où personne ne sait qui nous sommes et ne peut raconter aux Leonov que je vis avec un enfant.

Son front lisse se plisse. À l'évidence, elle est songeuse.

— Je ne comprends pas. Pourquoi tu as esquivé les moyens légaux ? Tu es le père de Slava. Tu n'aurais pas pu obtenir sa garde avec un simple test de paternité ?

— J'aurais pu, et c'est ce que j'aurais fait s'il s'était

agi d'une autre famille que les Leonov. Ils nous détestent autant que nous les détestons, et ils feraient tout pour nous contrecarrer... pour *me* contrecarrer. Au moment où j'aurais demandé la garde, dès qu'ils auraient compris que je connaissais l'existence de Slava, il aurait été enlevé, caché quelque part où nous ne l'aurions jamais trouvé. Peut-être que sa mort aurait été simulée pour les tribunaux, ou peut-être qu'ils l'auraient vraiment tué. Ils auraient été prêts à tout pour me priver de la chance d'élever mon propre fils.

Chloé a le souffle coupé, sous le choc.

— Tu penses qu'ils auraient... ?

— L'aîné des Leonov est capable de tout.

Ou Alexei et Ruslan, les frères impitoyables de Ksenia.

Chloé est bouleversée.

— Quelle horreur.

Soudain, ses yeux s'agrandissent et elle étouffe un cri.

— Le grand-père canard ! Oh, mon Dieu... tu crois que le père de Ksenia a fait du mal à Slava quand il vivait avec lui ?

— Ça ne m'étonnerait pas.

J'essaie de garder un ton impassible, mais une rage noire s'infiltre dans ma voix soudain dure et gutturale.

— Slava n'a jamais parlé du temps passé avec son grand-père, mais la façon dont il s'est comporté avec Pavel et moi, au début... et encore aujourd'hui avec moi, dans une certaine mesure...

Je me tais, la gorge nouée par un élan de fureur.

Les vagues soupçons que j'entretenais sur les maltraitances de Boris Leonov envers mon fils se sont cristallisés en une quasi-certitude lorsque Chloé m'a parlé de la réaction étrange de Slava à l'égard du grand-père canard de son conte pour enfants. La seule raison pour laquelle le père de Ksenia est encore en vie, c'est que l'équipe de Konstantin a découvert, en dépit de ses efforts pour le cacher, qu'il était atteint d'un cancer du pancréas à un stade avancé et qu'il ne devrait pas vivre plus de quelques mois d'une lente agonie.

Une mort rapide serait une pitié que je ne suis pas prêt à lui accorder.

Chloé pose sa main sur mon genou.

— Je suis tellement désolée, Nikolai.

Son regard doux est empreint de compassion, mais aussi d'un écho de cette même rage qui brûle en moi.

Elle aussi, ça se sent, elle voudrait massacrer tous ceux qui ont fait du mal à Slava.

Au prix d'un effort, je réprime ma fureur. La nature a déjà conçu la torture la plus exquise pour Boris Leonov et je dois m'en contenter. La seule chose qu'apporterait une attaque en règle contre le père de Ksenia serait d'abréger ses souffrances et de déclencher une guerre ouverte entre nos familles. En ce moment, à défaut d'une trêve, nous avons au moins une froideur relative. Aucun sang n'a été versé depuis plusieurs années, malgré des frictions constantes, tant sur le plan professionnel que personnel.

Cela changera si je tue Boris ou s'ils apprennent que je suis derrière l'enlèvement de Slava. Ils peuvent avoir des soupçons à ce sujet – Alexei a certainement laissé entendre quelque chose lors de notre rencontre à Doushanbe –, mais ils ne passeront pas à l'action à moins d'en être convaincus. Non seulement parce que cela signifierait déclencher une guerre, mais aussi parce que, s'ils se trompent et que je n'étais pas au courant de l'existence de Slava, leur attaque pourrait me mettre la puce à l'oreille, ouvrant toute la boîte de Pandore qui n'attend qu'un coup de pouce pour répandre sa haine.

De mon côté, j'ai fait de mon mieux pour m'assurer que les doutes en restaient à ce stade. J'ai quitté la Russie trois semaines avant d'exfiltrer Slava de leur enceinte, afin que les chronologies ne correspondent pas trop, et l'amie de Ksenia, celle qui m'a appelé après avoir trouvé le journal, a été relocalisée en Nouvelle-Zélande avec un million de dollars en poche, une nouvelle identité et la promesse que, si elle contactait l'un des Leonov pour relayer notre conversation, sa famille en Russie en paierait le prix.

Je n'entre pas dans tous ces détails avec Chloé maintenant. Ce n'est pas nécessaire, elle peut tirer ses propres conclusions à partir de ce que je lui ai dit. Au lieu de ça, je couvre sa main et lui dis gravement :

— Merci, zaychik.

Sa compassion et sa colère au nom de Slava refroidissent ma propre rage, la chaleur de sa petite paume s'infiltrant dans ma peau malgré mon jean épais.

Elle déglutit et retire sa main, détournant le regard.

Je réalise avec un pincement au cœur qu'elle a peur de cela, de cette intimité émotionnelle avec moi. C'est à la fois décourageant et enivrant. Décourageant parce que je veux que nous dépassions cela, que les choses redeviennent comme avant les révélations d'Alina. Et enivrant parce que je comprends qu'il y a de l'espoir pour nous deux... qu'elle a beau chercher à éprouver du dégoût et de la méfiance à mon égard, ses sentiments sont plus complexes que cela.

Ravalant ma frustration, j'attends qu'elle me regarde, puis je prends le café et le lui donne.

— Tiens, zaychik, dis-je d'un ton calme, presque atone. Tu devrais boire avant que ça refroidisse.

Mieux vaut la laisser se cacher de la vérité pour le moment, lui permettre de mettre en place ses boucliers et ses défenses, même si cela ne peut pas la sauver contre moi. Rien ne le peut.

Qu'elle le veuille ou non, elle m'appartient.

Cœur, esprit, corps et âme.

12

CHLOÉ

Malgré la tasse de café que j'ai avalée, je m'endors juste après le déjeuner et je fais la sieste jusqu'à ce que Nikolai m'apporte le dîner. Je pense que ce sont les analgésiques qui me rendent si somnolente – à moins que mon cerveau utilise le sommeil comme moyen de traiter les révélations les plus récentes, tout en se cachant des questions angoissantes sans réponses.

Ils ont enlevé Slava, l'ont volé à la famille de sa mère. Je devrais être atterrée, mais je ne le suis pas. Au fond, je m'en doutais, à un certain niveau. Je sentais que quelque chose clochait, percevant une atmosphère inquiétante dans cette famille – notamment chez mon ravisseur au charme ténébreux.

Je voudrais condamner ses actes, mais au lieu de ça, je ne peux m'empêcher de les applaudir. Pour sortir son fils d'une situation potentiellement abusive, Nikolai a complètement bouleversé sa vie, quittant son pays natal et abandonnant son rôle de chef du conglomérat Molotov. Tous les pères ne feraient pas cela pour leur enfant, surtout pour un enfant qu'ils ne connaissent même pas.

Un enfant que Nikolai prétend n'avoir jamais voulu.

Mon cœur se serre quand je me rappelle cet aveu, lancé avec désinvolture et détachement, comme si cela n'avait pas d'importance. Il ne m'a rien expliqué, n'est pas entré dans les détails, mais j'ai su lire entre les lignes.

Ce n'était pas un désir de vivre pour soi, une envie de voyager ou d'éviter la surpopulation – autant de raisons généralement invoquées pour le choix de ne pas avoir d'enfants. Dans le cas de Nikolai, il ne voulait pas être père parce qu'il ne pensait pas être bon dans ce rôle... et parce qu'il ne voulait pas perpétuer sa lignée. J'ai le sentiment qu'au fond de lui, mon ravisseur se méprise, soit à cause de ce qu'il a fait, soit à cause de ce qu'il est.

Un Molotov.

J'ai pensé à l'histoire qu'il m'a racontée, l'histoire de sa famille et sa propre éducation. Il n'a pas dit grand-chose sur ce dernier point, mais ses omissions étaient aussi révélatrices que les détails qu'il a donnés. Il est évident qu'on lui a appris à considérer la vie comme une bataille sans fin pour la survie et la domination, un combat que seuls les plus impitoyables peuvent gagner.

Je suis prête à parier que son éducation aux mains de son père n'était pas très éloignée de la façon dont son ancêtre mongol aurait pu élever son fils au treizième siècle, avec ses talents de tortionnaire et tout le reste.

J'essaie d'approfondir la question pendant le dîner, mais Nikolai n'est plus d'humeur à parler de lui. Au lieu de quoi, tout en me servant du gibier mariné au vin avec une sauce aux champignons et de la purée de patates douces, il oriente la conversation sur moi : ce que j'aime ou non en matière de cuisine, mes films préférés, mes amis à l'université. C'est si habile de sa part que je me surprends à lui parler sans réserve, souriant et riant alors que je lui décris la fois où le chat de ma coloc a pissé sur mon lit ou lorsque l'un de mes amis a pris ma mère pour une étudiante et l'a draguée lors de la réunion d'orientation, en début de première année.

C'est comme si nous étions revenus à nos échanges par vidéo, comme si tout ce qui s'était passé depuis son retour n'avait été qu'un terrible rêve.

À la fin du dîner, cependant, quand il m'embrasse pour me souhaiter bonne nuit, ses lèvres douces et fraîches sur mon front, je réalise que j'ai raté l'occasion d'obtenir les réponses aux autres questions qui me taraudent.

Le schéma se répète le lendemain matin, quand Nikolai m'apporte le petit-déjeuner. Il esquive subtilement mes tentatives pour amener la conversation sur son père — ou le *mien*, d'ailleurs. Alors qu'il me sert des cuillerées de *grechka*, la bouillie de sarrasin grillé par laquelle Alina remplace le gruau, nous discutons des progrès de Slava et des prochaines leçons que j'ai prévues. Puis il m'aide à prendre une douche, à changer mon pansement et, sur mon insistance, m'enfile un pantalon de yoga et un t-shirt ample.

Ma cheville va beaucoup mieux, tout comme mon bras. Aujourd'hui, j'ai l'intention de me lever.

— N'en fais pas trop, me prévient-il alors que je me dirige résolument vers la chambre de Slava au lieu de me laisser porter. Tu as encore besoin de temps pour guérir.

— Je vais y aller doucement, ne t'inquiète pas, dis-je en m'asseyant sur le lit de Slava, pour le plus grand plaisir du garçon. Nous allons lire des livres, construire des châteaux... Rien d'épuisant, promis.

Comme Nikolai a toujours l'air soucieux, je lui adresse un sourire radieux.

— Je vais mieux, vraiment. Je n'ai même pas eu besoin d'analgésiques ce matin.

Ce n'est pas tout à fait vrai – j'aurais bien besoin d'un cachet pour la douleur sourde et lancinante dans mon bras –, mais j'ai décidé de ne pas en prendre afin de voir si je suis capable de tenir le coup toute seule.

Quoi qu'il en soit, mes paroles réconfortantes ont l'effet escompté. Le visage de Nikolai s'éclaire.

— Très bien, dit-il.

Après avoir dit quelques mots en russe à son fils, il nous laisse à nos leçons.

En milieu de matinée, mon bras m'élance encore plus – Slava s'est cogné à l'écharpe sans le faire exprès en grimpant sur mes genoux – et je retourne en boitant dans ma chambre pour prendre finalement l'antidouleur.

Dans le couloir, je croise Lyudmila, qui porte un énorme bouquet de fleurs, entre roses luxuriantes, tournesols et tulipes.

— Anniversaire d'Alina, m'informe-t-elle quand je demande ce dont il s'agit. Un grand anniversaire. Vingt-cinq ans aujourd'hui.

Oh, zut. Alina a mentionné que son anniversaire tombait cette semaine quand nous avons fumé de l'herbe ensemble. J'ignorais que c'était aujourd'hui.

Aussitôt, je demande à Lyudmila :

— Où est Nikolai ?

J'ai besoin d'un cadeau, et la seule chose qui me vient à l'esprit, c'est un bouquet de ma composition, à partir de fleurs sauvages cueillies dans la forêt voisine. Au cours de mes randonnées, j'ai repéré quelques endroits où elles poussent en abondance.

Toute la difficulté consistera à y arriver sans que ma cheville ne me fasse souffrir le martyre, et c'est là que Nikolai entre en scène.

Lyudmila désigne son bureau de la tête.

— Il travaille.

Elle me frôle en passant et continue vers la chambre d'Alina. Je me mords la lèvre en regardant la porte fermée du bureau de Nikolai. Dois-je oser l'interrompre ?

Un rire cristallin et des paroles animées en russe, provenant de la chambre d'Alina, finissent par me décider.

Je ne peux pas ne *rien* offrir à la sœur de Nikolai.

Je rejoins son bureau en claudiquant et frappe tout doucement.

— *Da*, répond sa voix grave – « oui » en russe.

Je prends une profonde inspiration.

— C'est Chloé. Je me demandais si...

La porte s'ouvre et mes paroles s'éteignent sur mes lèvres lorsque de magnifiques yeux verts et dorés rencontrent les miens, me coupant le souffle et accélérant mon rythme cardiaque.

Merde.

Mon corps cessera-t-il un jour de réagir aussi vivement à sa présence ? À ce stade, nous avons couché ensemble et il m'a fait prendre un bain à deux reprises, et pourtant sa beauté virile m'aveugle encore chaque fois que nous passons plusieurs heures séparément.

— Qu'y a-t-il, zaychik ? demande-t-il, les sourcils froncés et le regard inquiet.

Avant que je puisse répondre, il me prend les deux mains.

— Est-ce que tout va bien ?

— Oui, oui, tout va bien. J'ai juste...

Je jette un rapide coup d'œil par-dessus mon épaule. Le couloir est vide, mais je baisse tout de même la voix, juste au cas où.

— J'ai besoin d'un cadeau pour Alina.

— Ah. Entre.

Il m'invite dans son bureau et me guide vers une chaise, où je m'installe avec reconnaissance. J'ai peut-être abusé des déplacements, aujourd'hui. Ma cheville va mieux, mais elle n'est pas complètement guérie. Mon bras non plus.

Décidément, cet antidouleur devient de plus en plus nécessaire.

— Tiens, dit Nikolai en ouvrant un tiroir de son bureau.

Il en sort une petite boîte noire et me la tend.

— Tu peux lui donner ça.

Troublée, je l'ouvre et reste bouche bée en découvrant un bracelet serti de diamants à l'intérieur.

Mais qu'est-ce que c'est que ça ?

Je lève vivement les yeux.

— Comment ça, le lui donner ?

— Ça pourrait être ton cadeau pour elle, insiste Nikolai sans sourciller. Je lui offrirai un autre bijou.

Est-ce qu'il est sérieux ?

— Bien sûr que non, ça ne peut pas être mon cadeau, dis-je une fois que j'ai retrouvé l'usage de la parole. C'est toi qui l'as acheté pour elle, pas moi. Je ne peux pas me permettre une seule pierre de ce bracelet, et Alina le sait très bien.

Il hausse les épaules.

— Et alors ? Elle en profitera quand même.

Oh, Seigneur. Je prends une inspiration et compte jusqu'à trois.

— Non, ça ne conviendra pas. Parce que je vais lui offrir quelque chose d'autre, quelque chose qui vient vraiment de moi.

— Quoi donc ?

— Des fleurs. J'aimerais composer un bouquet pour elle. J'en ai vu de très jolies qui fleurissent non loin d'ici.

Ses sourcils se rapprochent à nouveau.

— Hors de question que tu ailles faire une randonnée avec cette cheville.

— Ce n'est pas loin. Je peux y arriver. Surtout si tu viens avec moi et que tu m'aides.

Une lueur particulière apparaît dans ses yeux de tigre.

— Tu veux que je t'emmène cueillir des fleurs ?

Dit comme ça, ça paraît ridicule. Je prends conscience que je lui en demande beaucoup. Mais à quoi je pensais, putain ? Ce n'est pas mon petit ami, c'est mon ravisseur, un homme puissant et dangereux qui a des intérêts bien plus importants que...

— Très bien, dit-il avant que je puisse faire marche arrière. Donne-moi une minute pour finir et on y va.

13

NIKOLAI

Chloé a beau m'affirmer qu'elle est « tout à fait » capable de marcher, je la soulève dans mes bras pour l'emmener dans sa chambre avant de revenir terminer le message que j'étais en train d'écrire, indiquant au nouvel arrivant de Valery comment et où j'aimerais que l'échantillon d'ADN soit prélevé. Ce n'est pas un homme que mon frère envoie, mais une femme – encore mieux.

Voilà qui ouvre des possibilités intéressantes de rapprochement avec Bransford.

Je réponds ensuite à quelques autres messages urgents, puis je vais chercher Chloé pour notre expédition champêtre.

Mon cœur bat à tout rompre alors que j'approche de sa chambre. Je me fais peut-être des films, mais je me sens encouragé en constatant qu'elle cherche activement ma présence, qu'elle a envie de passer du temps avec moi, même si c'est sous un prétexte futile.

Ma stratégie, qui consiste à n'être rien de plus que son gardien patient et platonique, fonctionne à merveille. Lentement mais sûrement, ma zaychik abandonne la peur qu'elle éprouve envers moi, laisse tomber ses boucliers. Tant mieux, parce que j'ignore combien de temps encore je peux rester sur la retenue.

Plus elle se sent bien, plus j'ai du mal à contrôler la bête qui est en moi, à m'empêcher de prendre possession de cette fille comme mes instincts le réclament.

Elle regarde les actualités quand j'entre dans sa chambre. En me voyant, elle éteint la télé et se lève, un sourire radieux sur le visage.

— Je suis prête.

Quelque chose dans ma poitrine se dilate et se contracte en même temps.

— Bon, allons cueillir des fleurs.

Je la laisse me rejoindre toute seule, histoire de constater les progrès de sa cheville. Mais dès qu'elle arrive devant moi, je la prends dans mes bras, ignorant une fois de plus ses objections. Je ne peux pas la regarder boiter, ça me fait trop mal. La seule façon de venir à bout de cette randonnée, c'est de la porter.

— Tu n'as pas sérieusement l'intention de me porter jusque là-bas, dit-elle lorsque nous sortons de la maison.

Je lui souris.

— Pourquoi pas, zaychik ?

J'aime la tenir, la sentir serrée contre moi. Jusqu'à ce

que sa cheville soit guérie, j'ai l'intention de la porter autant que possible – et peut-être aussi après.

— D'abord, il y a au moins huit cents mètres jusqu'à l'endroit que j'ai en tête, dit-elle avec le plus grand sérieux, comme si moins d'un kilomètre représentait une distance réelle. Si tu me donnes le coude, je pourrais y aller à un rythme lent.

— Hors de question.

— Mais je suis lourde. Tu ne vas tout de même pas...

— Tu plaisantes, n'est-ce pas ? dis-je en grimaçant devant son petit visage indigné. Zaychik, j'ai porté des sacs à dos plus lourds que toi pendant plusieurs jours d'affilée.

Elle cligne des paupières.

— Tu veux dire... quand tu étais dans l'armée ?

— Et encore maintenant. Pavel et moi, nous nous entraînons fréquemment avec les gardes pour rester en forme.

— Hmm. Mais quand même...

— Écoute, je te promets que je te laisserai marcher si je suis fatigué.

Ou plutôt, si je tombe raide mort. C'est le seul moyen pour qu'elle traverse ces bois en clopinant sur sa cheville.

Elle s'énerve, mais finit par céder.

— D'accord. Joue le macho, tu verras si je m'inquiète quand tes bras tomberont. Bon, les fleurs sont par là.

Elle désigne un petit chemin de terre qui mène dans

les bois, à l'est, puis pose sa tête sur mon épaule comme si elle avait l'intention de faire une sieste.

Je ris et me dirige vers le chemin qu'elle m'a indiqué, prenant soin de la protéger des branches et des arbustes. Je ne me souviens pas de la dernière fois où je me suis senti aussi léger, tant physiquement que mentalement. Au lieu de me fatiguer, son poids léger dans mes bras me donne de la force, la sensation de son corps contre le mien n'évoque pas seulement l'envie charnelle habituelle, mais aussi quelque chose de chaud et de pur... quelque chose qui ressemble presque à de la joie.

C'est comme si les nuages sombres qui planaient sur moi depuis plusieurs années s'étaient levés l'espace d'un instant, révélant un coin de ciel ensoleillé.

Cette sensation persiste tout au long du trajet jusqu'à notre destination, ponctuée par ses tirades sur les hommes machos et leurs egos démesurés. Je suis sûr qu'elle cherche à se montrer insultante, mais je ne ressens qu'un amusement mêlé de soulagement. J'aime qu'elle soit grincheuse comme ça. Au moins, c'est qu'elle se sent en sécurité avec moi, elle en oublie ce qu'elle m'a entendu et vu faire.

Elle oublie que je suis un monstre.

Lorsque nous arrivons dans une petite prairie parsemée de fleurs sauvages, je la dépose pour sa cueillette. En dépit de son bras en écharpe, elle est rapide et efficace dans sa tâche, ses doigts agiles cueillant les plantes éparses et les disposant pour un résultat enchanteur. Une fois qu'elle a terminé, je dois admettre que c'était une bonne idée de cadeau : ma sœur va adorer ce bouquet inhabituel au parfum de forêt.

— Je suis prête à rentrer, lance-t-elle avec un faux air hautain.

Je ris en la soulevant, prenant soin de ne pas écraser les fleurs qu'elle tient. Leur senteur se mêle au parfum frais et enivrant de ses cheveux, et mon corps s'enflamme, en proie à un élan d'excitation. Mon sexe devient rigide lorsqu'elle pose sa tête sur mon épaule, son nez effleurant mon cou.

— C'est plus difficile en montée, tu ne trouves pas ? dit-elle joyeusement alors que je commence à remonter le chemin qui mène à la maison.

Levant la tête, elle place sa paume sur ma poitrine et sourit.

— Ton cœur bat déjà plus vite.

C'est le cas, mais pas pour la raison qu'elle invoque. Je dois redoubler d'efforts pour ne pas la plaquer contre le tronc le plus proche et pénétrer profondément son petit corps étroit. La sensation qu'elle me procure, son odeur, l'étincelle malicieuse dans ses yeux, tout cela ne fait qu'attiser le feu qui brûle en moi, cette envie violente que je m'efforce de réprimer du mieux possible.

Mon rythme ralentit alors que mon regard se pose sur ses lèvres, si jolies et pulpeuses, si tentantes avec ce sourire taquin étincelant.

Ne le fais pas.

Les battements de mon cœur s'intensifient jusqu'à devenir un rugissement dans mes oreilles.

Ne le fais pas, putain.

Ma vision devient un tunnel, le monde qui nous entoure soudain flou. Tout ce que je vois, c'est son sourire, aussi brillant et chaud que le soleil ; tout ce que je sens, c'est la vive chaleur qui me brûle les veines.

Ne le fais pas, putain.

Son sourire s'efface et la méfiance s'empare de son regard brun alors que je m'arrête complètement, la fixant du regard.

— Nikolai, je ne voulais pas...

Mes lèvres sont sur les siennes, avalant le reste de ses mots. *Elle a si bon goût.* Un parfum de pommes, de fruits rouges et de fleurs, quelque chose de sain, de sauvage et de frais. Cette saveur capiteuse alimente l'envie obscure qui m'habite, ajoutant au besoin farouche qui palpite sous ma peau.

Ses lèvres s'entrouvrent sous la pression des miennes et ma langue envahit les profondeurs chaudes et moites de sa bouche, cherchant chaque parcelle de cette saveur, de cette essence douce et propre. Avec avidité, j'avale ses expirations pantelantes, me délectant du gémissement qui fait vibrer sa gorge tandis que je mordille sa lèvre inférieure, manquant percer sa peau fragile au passage.

À moi. Elle est à moi, putain. Je veux la consommer, la dévorer, la marquer... la prendre, la ravager, la détruire. Non, pas la détruire, la posséder – cela dit, je suis un Molotov, alors c'est à peu près la même chose. Mon besoin est obsessionnel et obscur, dangereux pour elle comme pour moi. Mais je refuse de penser à cela maintenant, je refuse de me souvenir des disputes de mes parents et des avertissements de ma grand-mère. Le destin m'a apporté Chloé, et le destin déterminera notre chemin. Pour l'instant, elle est à moi, je la revendique, je la possède.

Avec passion, j'approfondis le baiser et elle y répond avec tout autant d'ardeur. Sa langue se bat en duel avec la mienne tandis que son bras gauche s'enroule autour de mon cou. Les miens se resserrent autour d'elle, l'écrasant contre mon torse et lui arrachant un cri de douleur.

Merde, son bras en écharpe.

Bon sang, mais qu'est-ce que je fais ?

Avec un effort surhumain, je détache ma bouche et repose Chloé sur ses pieds. Le souffle court, je recule sous son regard surpris. Elle a les yeux écarquillés et les lèvres encore gonflées par le baiser.

Le choc. Elle est sous le choc de ce qui s'est passé, et moi aussi. Sous le choc de l'avoir lâchée, d'avoir trouvé la force de la libérer alors que la bête en moi hurlait et faisait rage, exigeant que je la prenne ici et maintenant, aussi blessée et fragile qu'elle soit.

— Nikolai, je...

Elle déglutit difficilement, portant sa main gauche à sa poitrine. Le bouquet qu'elle tient est abîmé, certaines fleurs sont déchirées et pliées en deux.

— Je ne pense pas que ce soit une bonne idée. Je veux dire, toi et moi...

— Je sais ce que tu veux dire.

Mon intonation est aussi tranchante que l'envie qui me tenaille et ronge peu à peu la maîtrise qu'il me reste.

J'étais à deux doigts de la baiser. Une minute de plus et j'aurais été plongé au plus profond de sa chaleur humide, oubliant toutes ses blessures.

C'est officiel. Je suis un putain de sauvage.

Il n'y a plus de doute dans mon esprit.

Elle mordille sa lèvre inférieure rebondie, me donnant envie de prendre le relais.

— Je ne suis pas...

— Tu devrais arranger ça.

Devant son regard inexpressif, j'ajoute dans un grognement :

— Les fleurs. Elles sont écrasées.

Elle cligne des paupières et baisse les yeux, comme si elle prenait conscience du bouquet encore dans sa main.

— D'accord, fait-elle en reculant d'un pas instable. Je m'en charge.

Elle s'agenouille pour cueillir les quelques fleurs éparses qui poussent le long de ce chemin et je me détourne en prenant de profondes inspirations. Au moment où elle m'appelle à nouveau, j'ai repris le contrôle. *Enfin, en partie.*

En me retournant pour lui faire face, je m'efforce de maîtriser mon expression.

— Allons-y.

Elle s'avance vers moi en boitant et je serre les dents, la soulevant dans mes bras. Problèmes de self-control ou pas, hors de question que je la laisse marcher toute seule.

La tenant serrée contre mon torse, j'allonge ma foulée jusqu'à trottiner. Elle reste silencieuse, même si elle entend ma respiration s'accélérer à cause de l'effort. Finies les taquineries sur les hommes machos, les protestations pour continuer à pied. Elle ne veut pas attirer mon attention, et c'est tant mieux.

Ma retenue ne tient qu'à un fil.

Ce n'est que lorsque nous approchons de la maison qu'elle reprend la parole.

— Merci, dit-elle doucement, me forçant à croiser son regard que j'avais évité pendant tout le trajet. J'apprécie vraiment.

— De rien. Content de pouvoir t'aider.

Mon intonation est décontractée, calme, comme si nous discutions de la cueillette des fleurs. Mais nous savons tous les deux que ce n'est pas le cas.

Ce dont elle est reconnaissante, c'est que je ne l'ai pas baisée. Pour l'instant, elle peut garder ses barrières protectrices et faire semblant de ne pas vouloir de moi.

14

CHLOÉ

Dès que Nikolai me dépose dans ma chambre, je pars à la recherche d'Alina. Je la trouve dans la cuisine, en train de discuter avec Lyudmila, et je lui offre les fleurs en lui souhaitant un joyeux anniversaire.

— Merci, me dit-elle, acceptant le bouquet avec un sourire radieux. Mais où as-tu trouvé ça ? Elles sont si jolies.

Je lui rends son sourire.

— Oh, dans le coin.

— Vraiment ? Avec ta cheville dans cet état ?

Mes joues s'empourprent au souvenir de ce qui a failli se passer dans la forêt.

— Nikolai m'a peut-être aidée un peu.

Son sourire s'atténue légèrement, mais elle ne me dit rien. Au lieu de quoi, elle se tourne vers Lyudmila qui est en train d'émincer des légumes près de l'évier et lui glisse quelques mots en russe. La femme blonde s'empresse de remplir un joli vase d'eau et Alina y dispose les fleurs avant de le porter dans la salle à manger, où il rejoint l'autre bouquet ornant la table.

— Comment te sens-tu ? demandé-je en la suivant.

La table est déjà dressée avec une variété de petits fours. À l'évidence, le déjeuner d'aujourd'hui s'annonce très élaboré.

— D'autres migraines ?

— C'est moi qui devrais te poser la question.

Elle tourne vers moi son regard de jade.

— Comment va ton bras ? Et ta cheville ?

— Tout va mieux.

La cheville, pas tellement en ce moment – j'en ai vraiment trop fait aujourd'hui –, mais je ne le lui dis pas.

— Tant mieux.

Elle hésite, puis me demande à voix basse :

— Tu as parlé à Nikolai ?

Aussitôt, mon pouls s'accélère.

— Il m'a parlé de Slava et des Leonov.

Va-t-elle m'en dire plus ? A-t-elle décidé de tout révéler, finalement ?

Son visage arbore une expression énigmatique.

— Je vois.

Alors, la réponse doit être non. Je suis tentée d'insister, mais je ne veux pas aborder un sujet traumatisant le jour de son anniversaire – même si, en quelque sorte, elle l'a abordé elle-même.

— Tu veux faire quelque chose ce soir après le dîner ? demandé-je sur un coup de tête. On pourrait jouer à des jeux de société, prendre quelques bières ? Évidemment, Lyudmila est la bienvenue aussi.

Ma proposition n'est que partiellement motivée par mon désir d'aller à la pêche aux informations. Je veux surtout apprendre à mieux connaître Alina, car je commence à l'apprécier.

Elle a l'air surprise, mais se reprend rapidement. Avec un sourire chaleureux, elle me dit :

— Super ! Voyons combien de temps dure le dîner, et ensuite, nous déciderons quoi faire.

Comme je suis déjà en bas, je rejoins tout le monde pour le déjeuner au lieu de demander à Nikolai de m'apporter un plateau dans ma chambre. Non seulement je me sens suffisamment en forme pour redevenir une adulte fonctionnelle, mais après ce qui a failli se passer dans la forêt, rester seule avec Nikolai me semble un peu hasardeux, surtout sur un lit.

Je suis certaine qu'il s'est arrêté uniquement parce qu'il avait peur de me faire mal au bras, ce qui serait bien moins inquiétant s'il était confortablement installé sur un oreiller.

Mon cœur s'emballe à cette idée et je lui jette un regard furtif. Je peux encore sentir ses lèvres sur les miennes, son souffle chaud et mentholé. Mes tétons sont excessivement sensibles et ma lèvre inférieure palpite là où il l'a mordue, propageant des pulsations jusqu'au plus profond de moi.

J'ai envie de lui. Et pas d'une manière désinvolte, comme un vague désir passager. Même en sachant ce qu'il est, je le veux si éperdument que c'est comme une maladie, une addiction aussi malsaine et dangereuse que la dépendance d'un héroïnomane. Je n'ai aucune volonté face à lui, aucune capacité à résister à son contact. En principe, il devrait me terrifier et me repousser, et pourtant il m'attire tout autant qu'avant, sinon plus.

C'est une envie tordue, malsaine, je le sais, mais c'est plus fort que moi.

Mon corps et mon cœur refusent de se synchroniser avec ma tête.

Il capte mon regard et ses yeux de tigre se voilent, emplis d'une chaleur sombre inimitable. Mon pouls s'accélère à nouveau et mon souffle reste suspendu dans ma gorge alors que je détourne le regard. Quels que soient mes sentiments pour lui, les siens sont encore plus puissants. Et son désir n'est pas du genre doux et édulcoré. J'ai senti la passion fougueuse en lui aujourd'hui, le besoin de dominer et de conquérir. Si je n'avais pas été blessée, il m'aurait prise sur le champ, à même la terre jonchée de feuilles. Et il n'aurait pas été tendre, loin de là.

Lorsque nous ferons à nouveau l'amour, ce sera dévastateur pour moi, autant physiquement que mentalement. Le seul moyen d'empêcher cela, ce serait de rester hors de sa portée – quasiment impossible, étant donné ma situation actuelle. Même si j'étais prête à risquer de croiser de nouveaux assassins envoyés par Bransford, Nikolai ne me laisserait pas partir.

Pour la première fois, je me permets de penser à l'avenir et à ce qu'il me réserve. Nikolai me laissera-t-il un jour m'en aller ? Et ce jour-là, serai-je vraiment en sécurité ? Si Tom Bransford veut me tuer, qu'est-ce qui l'empêchera de s'en prendre à moi jusqu'à réussir ? D'après les sondages, il sera très probablement le candidat de son parti. S'il remporte l'élection présidentielle, il n'y aura pratiquement aucune limite à son pouvoir – même si, techniquement, il semble déjà exercer un pouvoir sans bornes.

Des voix aiguës me tirent de mes sombres ruminations. C'est Alina et Nikolai qui semblent se disputer en russe. J'étais tellement absorbée dans mes pensées que je n'ai pas remarqué l'atmosphère tendue autour de la table. Maintenant, elle me saute aux yeux.

Le frère et la sœur sont en conflit, visiblement, et Slava les observe, ses yeux dorés écarquillés avec curiosité et une vive inquiétude.

Je tire sur sa manche.

— Dis-moi, comment on appelle ça en anglais ? demandé-je en montrant la tomate dans son assiette.

Il lève les yeux vers moi.

— On l'a appris ce matin, tu te souviens ? ajouté-je.

Il a toujours l'air désemparé, alors je décide de lui donner un indice.

— C'est un légume qu'on appelle la...

— Tomate ! s'exclame-t-il, tout sourire.

— C'est ça.

J'ébouriffe gentiment ses cheveux soyeux. Je cherchais seulement à le distraire de la dispute des adultes, mais il semblerait que mon intervention ait mis fin aux échanges houleux. À présent, Alina et Nikolai ont reporté leur attention sur nous.

— Il apprend si vite, dis-je.

Slava gonfle fièrement sa poitrine tandis qu'Alina lui adresse un sourire chaleureux, lui disant quelque chose qui ressemble à des éloges en russe.

— On devrait lui parler anglais, observe Nikolai sur un ton toujours aussi mordant. Au moins quand Chloé est là. Il apprendra encore plus vite comme ça.

Les lèvres d'Alina se pincent, mais elle acquiesce.

— Comme tu voudras. C'est ton fils.

Je suis très curieux de savoir sur quoi portait leur dispute, mais je ne pense pas que ce soit une bonne idée d'en parler. Au lieu de quoi, je demande à Alina comment elle fête habituellement son anniversaire et elle me régale par des descriptions de voyages dans des destinations exotiques et de fêtes somptueuses à Moscou, avec faste et paillettes.

— Attends, reviens en arrière, commenté-je quand elle mentionne qu'une star de cinéma s'est évanouie sur son yacht lors d'une fête d'anniversaire à Mykonos. Tu fréquentes les stars d'Hollywood ?

Elle éclate de rire.

— Pas toutes, évidemment, mais certaines. Ce sont des gens aussi, tu sais. Rien de spécial, quand on prend un peu de hauteur.

Rien de spécial pour *elle*, peut-être, mais je suis

fascinée. Je l'oblige à me parler de ses amis et connaissances célèbres et, avant même de m'en rendre compte, nous terminons le repas. Tant mieux, parce que même les histoires dignes des meilleurs sites people n'ont pas atténué ma conscience aiguë de la présence de Nikolai et de son regard inébranlable, fixement rivé sur moi.

Pendant tout le repas, il m'a observée avec la patience redoutable d'un prédateur qui sait que ce n'est qu'une question de temps avant qu'il ne dévore sa proie.

Nos regards se croisent alors que nous nous levons de table et je détourne à nouveau le mien. Un picotement me parcourt la peau tandis que mon pouls s'emballe de manière incontrôlable.

Ce n'est pas bon signe. Je comptais sur quelques jours de répit au moins pendant lesquels Nikolai se tiendrait tranquille, mais je ne pense pas que j'aurai autant de temps. Un jour de plus, peut-être, si j'ai de la chance.

Sinon, je finirai dans son lit dès ce soir.

— Allons dans ta chambre, dis-je à Slava en essayant d'ignorer la bouffée de chaleur qui m'enveloppe tout le corps. On pourra jouer à Batman et Robin... ou à Batman et Superman.

Le garçon me prend la main avec empressement et nous sortons ensemble de la salle à manger tandis que Nikolai et Alina entament ce qui ressemble à une énième dispute en russe.

15

NIKOLAI

— Je te le dis, tu ne peux pas la laisser dans l'ignorance, répète obstinément Alina alors que Chloé et mon fils disparaissent. C'est son père. Elle mérite de savoir ce que tu mijotes.

Putain de Pavel. Il a parlé à Lyudmila de Bransford, et elle, naturellement, n'a pas pu s'empêcher de vendre la mèche à ma sœur, qui est de nouveau déterminée à avoir son mot à dire dans une affaire qui ne la concerne pas.

Je la regarde fixement.

— Tu dois rester en dehors de ça. C'est entre moi et Chloé, compris ?

Les yeux verts d'Alina étincellent. Visiblement, elle est vexée.

— Je n'avais pas l'intention d'interférer. Je dis juste que si tu veux avoir une chance de débuter une vraie relation avec elle, tu dois...

— Qu'est-ce que tu sais des vraies relations, d'abord ? raillé-je.

Elle prend une inspiration et redresse ses épaules.

— Écoute, j'ai eu tort d'intervenir, la dernière fois. Je ne m'excuserai jamais assez. Mais le fait est que Chloé n'est pas comme nous. Peu importe ce que Bransford a fait, il reste son père biologique...

— C'est le violeur de sa mère, rien de plus.

Je ne peux même pas me résoudre à le qualifier de géniteur. C'est ce que j'ai moi-même été pour Slava pendant les quatre premières années de sa vie, mais dès que j'ai appris son existence, je n'aurais pas imaginé toucher un cheveu de sa tête, et encore moins ordonner sa mort... même s'il ordonnait la mienne un jour.

Alina tressaille devant le tranchant de mon intonation.

— Je sais. Je ne dis pas qu'elle le considère comme sa famille ni rien. Mais elle mérite quand même d'être consultée.

— Pourquoi ? Pour avoir sa mort sur la conscience ?

— Et si elle ne veut pas qu'il meure ?

— Ce n'est pas sa décision.

Hors de question que je laisse ce fumier survivre, même si Chloé me supplie.

— Il faudrait, pourtant, insiste Alina avec frustration. Si c'était moi...

— Je ne te confierais pas ce fardeau non plus.

Je le porterais moi-même, comme je le fais maintenant.

Ses yeux s'assombrissent.

— Kolya...

— Arrête.

La mort de notre père n'est pas un sujet que je tiens à aborder avec elle. Ni maintenant ni jamais.

— Reste en dehors de ma relation avec Chloé, compris ?

Avant qu'elle puisse m'exaspérer davantage, je m'éloigne.

Je passe l'après-midi à travailler. Même si mes frères endossent la plupart des responsabilités du conglomérat familial, il y a beaucoup à faire pour moi. Après quoi, j'allume la vidéo de la chambre de Chloé, où elle est censée se préparer pour le dîner.

En effet, je la vois sortir de son dressing, déjà vêtue d'une robe de soirée. Pendant une seconde, je me demande comment elle a pu se changer sans mon aide – j'avais prévu d'aller lui prêter main forte dans une minute – mais c'est alors que ma sœur entre dans le champ de la caméra.

— Mets-toi là, dit-elle à Chloé en la guidant vers la fenêtre. Puisque tu ne peux pas utiliser ton bras, je vais te maquiller.

Je m'adosse dans mon fauteuil et la regarde avec amusement commencer à travailler sur le visage de Chloé avec les différents tubes et pinceaux qu'elle sort tour à tour d'un petit sac. Je me souviens qu'elle maquillait ses poupées avec le même soin quand elle était petite. Elle n'a jamais perdu la main, apparemment. Cela ne me dérange pas. Chloé n'a pas besoin de maquillage – elle est belle naturellement –, mais c'est ce que font les femmes quand elles se pomponnent et j'aime que ma zaychik soit apprêtée, bien habillée. Ou mieux encore, entièrement nue.

Mon corps durcit à cette idée et je dois prendre quelques inspirations pour contrôler l'accélération de mon pouls. Je ne peux pas la posséder. Pas encore, du moins. Aussi douloureuse que soit cette longue privation.

Pour l'instant, je ne peux que la regarder et prévoir ce que je lui ferai une fois qu'elle sera complètement rétablie.

16

CHLOÉ

À mon grand soulagement, l'atmosphère du dîner n'est pas du tout tendue, en partie parce que Pavel et Lyudmila se joignent à nous au lieu de rester en cuisine. Leur présence ajoute à l'ambiance festive du repas, presque autant que tous les plats exotiques et bariolés qui garnissent la table.

Pavel s'est surpassé aujourd'hui. On dirait plus une célébration de mariage gastronomique qu'un anniversaire à domicile.

En plus de la cuisine délicieuse et magnifiquement arrangée, il y a beaucoup d'alcool, depuis le vin jusqu'à la vodka, et même du cognac. Régulièrement, Pavel, Lyudmila ou Nikolai portent un toast à la reine de la soirée et nous buvons – ou, dans mon cas, prenons une gorgée de vin. Je ne pourrais jamais suivre les quantités impressionnantes d'alcool fort que les Russes ingurgitent – enfin, tout le monde sauf Slava. Il sirote un soda à l'orange, une gourmandise qu'on lui accorde pour les grandes occasions seulement, sans doute, car c'est la première fois que je le vois boire autre chose que de l'eau.

Lorsque la viande est servie, le volume et la fréquence des toasts augmentent jusqu'à ce que l'on ne tarisse pas de discours, autour de la table, sur la santé, la beauté, l'intelligence ou le succès futur d'Alina sans interruption. La conversation est un mélange tapageur de russe et d'anglais – uniquement pour moi, j'imagine. Les rires fusent, ainsi que des plaisanteries qui n'ont pas toujours beaucoup de sens quand on me les traduit – des « anecdotes », comme les appelle Nikolai. C'est du genre « un âne et un cheval entrent dans un bar », mais leur chute est toujours bien plus créative et élaborée. Il m'explique que ces anecdotes amusantes en famille ou entre amis sont une tradition dans son pays et que tout Russe qui se respecte possède un répertoire qu'il alimente constamment sur internet ou dans des livres spécialisés.

Quand vient le moment où Pavel disparaît dans la cuisine pour en ressortir avec un plateau et un gâteau à trois étages garni de bougies, je ris si fort avec eux que je suis convaincue d'avoir réussi à m'enivrer malgré mes précautions. Je n'ai jamais vu Nikolai aussi désopilant et je suis sans défense contre son charme pétillant et spirituel – comme tout le monde autour de la table, apparemment. Slava, sous l'emprise du sucre et de la joie des adultes, oublie de garder ses distances avec son père et grimpe sur ses genoux, tandis qu'Alina, franchement éméchée, passe son bras autour du cou de Nikolai et lui fait un gros câlin, laissant une trace de rouge à lèvres sur sa joue. C'est la première fois que je la vois se comporter comme une petite sœur enjouée.

À cette lumière, je me rends compte qu'en temps normal, cette famille au sens large est particulièrement réservée. Je n'ai jamais observé de dynamique familiale traditionnelle entre ses membres.

Cette prise de conscience me ramène à la raison, réveillant ma prudence. Mais quand Alina souffle les bougies sous les acclamations, j'oublie que je ne participe pas à une fête d'anniversaire classique et que cet homme magnifique si élégant, qui rit avec sa famille, est autant mon ravisseur que mon protecteur.

Nikolai est dangereux, et pas seulement parce que je l'ai vu tuer quelqu'un de mes propres yeux.

C'est parce qu'il est bien plus complexe qu'un homme sans conscience ne devrait l'être.

En l'observant de plus près, je me rends compte que, contrairement à tous les autres, il ne semble pas ivre. Ses rires et ses plaisanteries sont soigneusement mesurés, ainsi que la façade de charme et de légèreté qu'il a adoptée. Cela me rappelle ce que m'a dit Alina, que son frère ne fait rien par hasard et que toutes ses actions sont planifiées.

Et malgré cela, mon cœur se serre avec tendresse lorsque je remarque une douceur authentique dans ses yeux quand il embrasse son fils – qui rit, lui aussi, sautillant sur ses genoux tout en bavardant en russe. Je saisis le mot « papa » dans le flot rapide de paroles et ma poitrine se gonfle d'une émotion si intense que des larmes me piquent les paupières.

Slava l'a appelé « papa » en russe, sans prévenir.

Ils se rapprochent enfin, le père et le fils.

En clignant des paupières pour en chasser les larmes, je baisse les yeux sur mon dessert à moitié mangé. Au même instant, ma nuque frissonne sous l'effet d'une conscience familière. Bien sûr, quand je lève les yeux, le regard de Nikolai est fixé sur moi, ses yeux de tigre irradiant d'une intensité déconcertante.

J'avais raison. Il n'est pas ivre du tout. Au contraire, l'alcool l'a rendu plus vif, plus concentré.

— Tu n'aimes pas le gâteau, zaychik ? murmure-t-il, sa voix trop basse pour être entendue du reste de la table, où Pavel et Lyudmila trinquent bruyamment à la santé d'Alina. Ou tu ne peux plus rien avaler ?

Mon visage se réchauffe. Pourquoi cette simple question ressemble-t-elle à un sous-entendu sexuel ? Cela ne devrait pas, même avec ce timbre de voix séducteur et intime.

Bon sang, il tient même son fils dans ses bras.

— J'ai trop bu.

Aussitôt, j'aimerais revenir sur mes paroles, parce qu'il esquisse un demi-sourire malicieux.

C'est Slava qui vient à mon secours.

— Papa, s'écrie-t-il en anglais, trémoussant son petit corps pour passer ses bras autour du cou de Nikolai. *Mon* papa.

Le regard de Nikolai se tourne alors vers son fils et la lueur taquine dans ses yeux disparaît, remplacée par une expression si douloureusement tendre que mon cœur fond dans ma poitrine. C'est autre chose qu'un enfant lâchant négligemment un « papa » comme il en aurait l'habitude.

Slava déclare officiellement Nikolai comme son père et l'enlace avec toute la possessivité de son petit cœur de Molotov.

Je force les mots à franchir la boule dans ma gorge.

— Oui, mon chéri. C'est *ton* papa. C'est très bien.

Des larmes stupides me brûlent les paupières et je réalise que ma joie d'assister à cette scène est douce-amère, teintée d'envie.

Enfant, je rêvais de rencontrer mon père et de l'étreindre exactement de cette façon.

Heureusement, Nikolai ne me regarde pas. Toute son attention est portée sur son fils. Il murmure quelque chose en russe, caressant doucement les cheveux de Slava... et ma gorge menace de se fermer complètement quand je perçois un petit tremblement dans sa main forte et calleuse.

Ce que je vois sur le visage de Nikolai n'est que le sommet d'un iceberg émotionnel. Cet homme puissant et impitoyable, en face de moi, est totalement bouleversé par son fils.

Je déglutis péniblement et détourne délibérément le regard de peur de me disloquer à mon tour. C'est déjà bien assez que mon corps se change en guimauve pour lui, maintenant voilà que mon cœur s'y met aussi. Je ne peux plus le qualifier de psychopathe, je ne peux plus prétendre que le tueur impitoyable dont je suis tombée amoureuse est incapable d'éprouver de véritables émotions.

Quels que soient les sentiments de Nikolai à mon égard, une chose est sûre, il est fou amoureux de son fils.

17

CHLOÉ

Le dîner se prolonge tard dans la soirée et je n'ai pas l'occasion de passer du temps avec Alina comme nous l'avions évoqué. Lorsque Nikolai me porte jusqu'à ma chambre et m'aide à prendre une douche et à me changer, je suis tellement ivre et épuisée que je perds connaissance dans ses bras.

Il faut attendre le lendemain matin pour que je réalise que, contrairement à mes appréhensions, je n'ai pas fini dans le lit de Nikolai. Une fois de plus, il a joué les parfaits gentlemen, prenant soin de moi sans rien exiger en retour. Même l'abondance d'alcool n'a pas entamé sa maîtrise de soi – cela dit, le fait que je sois plus ou moins comateuse lorsqu'il m'a raccompagnée à l'étage a dû renforcer sa détermination.

Après cette scène avec son fils, je me suis tournée vers le vin pour gérer mes émotions incontrôlées, et avec les analgésiques que j'ai pris plus tôt dans la journée, mon corps encore en convalescence n'a pas tardé à accuser le coup.

Heureusement, je n'ai pas trop la gueule de bois et j'arrive à l'heure au petit-déjeuner. À mon soulagement – et une pointe de déception –, Nikolai n'est pas là.

— En communication avec la Russie, m'explique Alina.

Comme moi, elle ne semble pas trop affectée par les festivités de fin de soirée, et après le petit-déjeuner, elle nous rejoint dans nos leçons ludiques, Slava et moi, allant même jusqu'à poursuivre son neveu dans une partie de chat perché malgré son élégance habituelle – robe fantaisie et talons hauts.

— Je ne sais pas comment tu fais pour ne pas perdre tes orteils, commenté-je en regardant ses stilettos.

Elle rit en m'expliquant qu'elle est tellement habituée à porter de telles chaussures que les baskets lui font un drôle d'effet.

— Les femmes russes sont fières de pouvoir tolérer toutes sortes d'inconforts au nom de la beauté, me dit-elle avec ironie. C'est notre nature masochiste, on souffre depuis trop longtemps. Même si les leggings et autres ont fait leur apparition dans mon pays, il faudrait nous passer sur le corps pour nous retirer nos chaussures à talons hauts.

Je ris, mais je n'insiste pas. J'apprécie beaucoup Alina. Sa beauté était intimidante au début et il m'a fallu du temps pour la surmonter. Maintenant, je me rends compte que sa réserve initiale était en grande part une forme de protection. Avec sa famille, elle a besoin de sa façade brillante et pimpante pour dissimuler sa vulnérabilité – et le traumatisme dont elle se remet encore.

Au cours des jours suivants, mon souhait d'apprendre à mieux connaître Alina se réalise, notamment parce que Nikolai lui a délégué une grande partie de mes soins. C'est maintenant elle qui m'aide à m'habiller et à me doucher, même si c'est encore lui qui change le bandage de mon bras chaque fois que c'est nécessaire.

Comme je vais de mieux en mieux, il doit redouter ses réactions envers moi.

Cela ne me dérange pas. Non seulement je peux maintenir un semblant d'équilibre émotionnel quand je le vois, mais Alina et moi développons une véritable relation. Avec ma cheville qui s'améliore rapidement et mon bras enfin libéré de son écharpe, nous faisons même de petites randonnées non loin de la maison – au cours desquelles elle troque ses talons aiguilles pour des bottes élégantes – et nous passons beaucoup de temps avec Slava, dont l'anglais progresse à la vitesse de l'éclair.

Cela doit l'aider de m'écouter parler avec Alina. Il commence à comprendre des mots et des phrases que je ne lui ai pas enseignés officiellement.

La seule ombre au tableau, c'est le refus d'Alina de me parler de ce qui s'est passé avec son père – et, dans l'ensemble, de s'étendre sur sa famille et son passé. J'ai beau l'interroger, elle reste muette, et comme Nikolai m'évite sauf pour changer mes pansements et au moment des repas, je ne suis pas près d'obtenir des réponses.

En un sens, cela ne me dérange pas non plus. Même si je meurs d'envie de comprendre comment un homme qui se montre si ouvertement affectueux avec son fils a pu commettre un terrible parricide, ne pas connaître tous les détails m'oblige à ne pas y penser. Un peu comme pour la situation avec Bransford ; sans nouvelles, je peux passer des heures, voire des jours entiers sans m'attarder sur le danger que représente mon père biologique et ce que pourrait être mon avenir.

Ces journées calmes et sereines sont comme un interlude hors du temps, une parenthèse dans la réalité terrifiante qu'est devenue ma vie.

Un répit qui prend fin avec l'arrivée de la fille mystérieuse.

18

CHLOÉ

Slava et moi sommes devant la maison, en train d'observer trois écureuils qui se poursuivent d'arbre en arbre, lorsque le pick-up noir s'engage dans l'allée. Les vitres ne sont pas aussi teintées que celles du véhicule des assassins, mais je reste figée sur place, en proie à un flash-back si intense que j'en ai des sueurs froides.

— Chloé ? Chloé, qui c'est ? C'est qui, Chloé ?

Je cligne des paupières en regardant Slava, qui tire avec insistance sur ma manche, et je chasse les souvenirs horribles de ma Toyota encastrée contre l'arbre. Je croyais que je me remettais de ce qui s'était passé – même mes cauchemars se sont atténués ces derniers jours –, mais il faut croire que je me trompais.

Je ne suis pas plus remise de mon traumatisme qu'Alina ne l'est du sien.

— Qui est-ce ? répète Slava, se balançant d'avant en

arrière sur ses talons alors que le pick-up s'arrête à quelques dizaines de mètres de nous.

À mesure que son niveau d'anglais et sa relation avec Nikolai se sont améliorés, c'est devenu un petit garçon sûr de lui – et parfois un brin agaçant – pour mon plus grand plaisir.

J'esquisse un sourire chaleureux.

— Je ne sais pas, mon chéri. Nous allons voir.

Nous fixons tous deux la voiture, dont la portière s'ouvre du côté conducteur pour révéler un petit brin de femme en jean, t-shirt blanc moulant et chaussures de randonnée abîmées. Elle bondit hors du siège. Elle semble avoir dix-sept ou dix-huit ans, tout au plus, et me fait penser à un croisement entre Saoirse Ronan et Marilyn Monroe – mais sous stéroïdes.

Comme un tourbillon, elle s'abat sur nous.

— Salut, toi ! Tu dois être Chloé.

Avant que je puisse répondre, elle m'a pris la main et la serre avec enthousiasme. Puis elle se met à genoux devant Slava.

— *A ti Slavotchka, da ?*

Son passage soudain au russe me prend au dépourvu tant son américain était excellent. Slava semble décontenancé, lui aussi. Aucun des adultes qui l'entourent n'est habituellement aussi pétillant et énergique.

— Salut, dis-je alors qu'elle se relève d'un bond.

Elle sautille littéralement, comme un enfant. Peut-être est-elle encore plus jeune que je ne le pensais ?

— Je suis bien Chloé. Et toi ?

Son grand sourire creuse ses fossettes et ses charmants yeux gris étincellent.

— Tu peux m'appeler Masha.

— Ravie de faire ta connaissance, Masha. Tu es...

— Où est Nikolai ? m'interrompt-elle. Je suis ici pour le voir.

Quelque chose se pince au plus profond de moi, un affreux soupçon qui trouble mon esprit.

— Il devrait être dans son bureau. Tu veux que je t'y conduise ?

— Pas besoin, dit-elle avec désinvolture avant de détaler vers la maison.

Le pincement se transforme en un véritable remue-ménage dans mon estomac. Cette fille est jolie, plus que jolie, même. Elle est éblouissante en dépit de sa tenue décontractée. Il suffirait de lui enfiler l'une des robes d'Alina pour qu'elle soit digne de se pavaner sur un podium – ou du moins, un tapis rouge, puisqu'elle ne fait même pas ma taille. Bien qu'elle soit jeune, elle est loin d'être enfantine. D'ailleurs, son assurance me laisse penser qu'elle n'est peut-être pas du tout une adolescente. En la regardant disparaître dans la maison, je ne peux m'empêcher de me rappeler qu'avant de me rencontrer, Nikolai avait l'habitude de faire venir par avion toutes sortes de belles femmes – dont cette Masha, pour autant que je sache.

Sinon, comment saurait-elle où aller ? Et comment aurait-elle entendu parler de Slava ?

Ou de moi ?

Cette dernière partie ne correspond pas à ma

théorie, je dois l'admettre. Si c'est la copine de Nikolai, présente ou passée, pourquoi lui parlerait-il de moi ? À moins, bien sûr, qu'ils aient une étrange relation du type plan cul et que, contrairement à moi, elle ne soit pas du genre jaloux.

— Tu l'as déjà vue ? demandé-je à Slava en faisant de mon mieux pour garder une intonation désinvolte. Je veux dire, avant aujourd'hui ?

Slava lève les yeux vers moi. Il comprend une partie de ce que je dis maintenant, mais pas tout.

Avec un soupir, je lui prends la main et l'entraîne vers la maison. Je ne comprends pas pourquoi je suis si impatiente de découvrir qui est cette jeune femme – si Nikolai se désintéresse de moi, c'est mieux ainsi. Pourtant, quoi qu'en dise mon esprit rationnel, la seule pensée de le voir avec Masha me donne envie de briser tous les os de son petit corps à la Marylin Monroe.

19

CHLOÉ

Laissant Slava avec Lyudmila dans la cuisine, je me dirige vers le bureau de Nikolai. J'ai le cœur serré en montant l'escalier.

C'est stupide d'être jalouse. Irrationnel, même. Mais je ne peux pas m'empêcher de sentir l'affreux monstre des sentiments agrippé à ma poitrine. Et si j'avais complètement mal interprété l'évitement de Nikolai, ces deux dernières semaines ? Peut-être qu'au lieu de combattre son désir pour moi, il a simplement cessé de me désirer. Après tout, en pansant mes blessures, il a peut-être vu mon corps sous un autre angle.

Je n'ai jamais appréhendé mon corps, mais il faut dire que je n'ai jamais eu de relation avec un homme aussi beau que Nikolai.

Un instant... Non, nous ne sommes pas en couple. C'était peut-être le cas avant, quand je le prenais pour un homme normal, respectueux des lois quoique riche comme Crésus. Je ne sais pas comment qualifier mon ressenti maintenant. Si la personne avec qui j'ai couché me retient captive tout en me protégeant de quelqu'un qui cherche à me tuer, est-ce une relation ? Même sans syndrome de Stockholm ? Sans compter que, techniquement, c'est toujours mon employeur – les enveloppes contenant ma paye sont arrivées dans ma chambre tous les mardis, avec une régularité d'horloger.

Écartant ces réflexions pour le moment, je m'approche de son bureau. La porte est fermée, et quand j'y colle mon oreille, j'entends des éclats de voix en russe. En tendant l'oreille, je peux discerner le timbre clair et féminin de la nouvelle venue, ainsi que les sonorités plus profondes, douces et dangereusement séduisantes de Nikolai.

— Qu'est-ce que tu fais ?

Surprise, je fais volte-face pour découvrir Alina, debout dans le couloir, la tête penchée d'un air intrigué.

— Hmm...

Ses yeux pétillent avec amusement.

— Est-ce que tu espionnes mon frère ?

— Non, bien sûr que non.

Je sens mon visage s'embraser alors que je cherche une bonne explication.

— J'étais juste...

— Viens.

Elle me prend le coude et m'attire dans le couloir jusqu'à sa chambre, où elle me pousse à l'intérieur avant de se tourner vers moi.

— Bon, maintenant, dis-moi tout. Qu'est-ce qui se passe ?

— Rien.

Elle arque un sourcil dans une mimique qui lui donne une ressemblance déconcertante avec son frère.

Je finis par céder.

— Bon, très bien. Il y a cette jeune femme qui vient d'arriver, et...

— Tu parles de Masha ?

Mon cœur se serre.

— Tu la connais ?

— C'est la dernière trouvaille de Valery.

À mon regard hébété, elle précise :

— Mon plus jeune frère collectionne les surdoués dans toute une palette de compétences. Je n'ai aucune idée des siennes, mais je l'ai croisée un instant chez lui avant de quitter Moscou, et contrairement au reste de sa ménagerie, elle a eu la politesse de se présenter.

— Sa ménagerie ?

Elle acquiesce.

— C'est comme ça que je les appelle. Il inspire à ces gens une loyauté presque pathologique.

Bon, d'accord. Ce n'est peut-être pas la copine de Nikolai, tout compte fait – en tout cas, pas seulement.

— Nikolai l'a déjà rencontrée aussi ? À Moscou ? Ou...

— Chloé...

Alina hésite, puis elle dit doucement :

— Je ne pense pas que tu doives t'inquiéter pour elle de cette façon.

Une fois de plus, mes joues s'empourprent.

— Je ne suis pas...

— Si, et je le comprends. Elle est particulièrement jolie. Mais elle n'est pas là pour réchauffer le lit de Nikolai.

— Alors, tu sais pourquoi elle est là ?

Mon soulagement est vite éclipsé par une curiosité teintée d'anxiété. Pour une raison quelconque, l'arrivée de cette Masha me semble de mauvais augure, comme un présage sinistre.

Alina hésite à nouveau, puis secoue la tête.

— Pas vraiment. Tu devrais parler de tout ça à Nikolai.

— Quoi donc ? C'est en rapport avec ton père ?

Son tressaillement est presque imperceptible, tout comme sa surprise rapidement dissimulée.

— Je ne peux pas te le dire, répond-elle prudemment. C'est mon frère qui a toutes les réponses.

Je la regarde fixement, mon esprit en ébullition. Si ce n'est pas à propos de son père...

— C'est en rapport avec *moi* ?

Elle soupire.

— Parle à Nikolai, Chloé. S'il te plaît.

Avant que je puisse insister davantage, elle me fait sortir de sa chambre.

Je n'ai pas l'occasion de parler à Nikolai avant le soir. Il passe tout l'après-midi dans son bureau avec Masha –

je le sais, parce que je passe devant sa porte des dizaines de fois. À un moment donné, Pavel se joint à eux et le murmure de deux voix se change en trois, le grognement de l'ours russe facilement identifiable.

À l'heure du dîner, Masha s'en va. Slava et moi regardons son pick-up s'éloigner par la fenêtre de sa chambre. Mais un repas de famille n'est pas le moment idéal pour interroger Nikolai sur un sujet potentiellement inflammable, alors je ravale mes questions brûlantes et j'attends patiemment.

Mon moment arrive après le dîner, quand Lyudmila débarrasse la table et que tout le monde se lève pour se disperser dans les chambres. Pendant tout le dîner, j'ai senti l'intense regard félin de Nikolai sur moi et j'ai perçu le doute dans son regard.

J'ignore ce qui se passe, mais ça me concerne. J'en suis presque certaine, maintenant.

Comme si elle avait compris mon plan, Alina attire Slava et disparaît dans l'escalier à une vitesse record, nous laissant seuls, Nikolai et moi, dans la salle à manger.

— On peut prendre un dernier verre ? proposé-je alors qu'il se tourne pour partir, lui aussi.

Ma voix est stable, même si mon cœur cogne tant et plus. C'est dangereux à plus d'un titre. Non seulement je risque de troubler la paix et le calme qui ont régné dans ma vie ces deux dernières semaines, mais ma blessure par balle est presque entièrement guérie.

Si Nikolai s'intéresse toujours à moi sous cet angle, rien ne l'empêche de mettre ce désir à exécution.

Il se tourne vers moi. Sa mâchoire est tendue, ses yeux luisants comme de l'ambre.

— Un dernier verre ? Je pensais que tu n'étais pas une grande amatrice de digestifs, zaychik.

Je déglutis pour humecter ma gorge desséchée.

— Je suis d'humeur à boire un petit cognac.

Au moins, je pourrais toujours puiser dans mon verre pour renforcer mon courage.

La voix de Nikolai est rauque lorsqu'il répond :

— Très bien. Donne-moi une minute.

Il disparaît dans la cuisine et en ressort avec un plateau chargé de carafes en cristal et de verres à liqueur. Pavel ne doit pas être de service, ce soir, à moins que Nikolai veuille lui aussi un peu d'intimité.

Tandis qu'il nous sert un verre chacun, je me rassieds, essuyant subrepticement mes paumes moites sur ma robe de soirée. C'est un tissu soyeux, dans une teinte corail-pêche qui, selon Alina, rend mon teint « doré et éclatant ». Je me demande si Nikolai pense la même chose, ou si tout ce qu'il voit quand il me regarde, c'est la tutrice de son fils.

Au fond, ce serait bien. Fabuleux, même. Je ne devrais pas vouloir qu'un homme aussi dangereux fasse une fixation sur moi, avec toutes sortes de déclarations troublantes sur les fils du destin et...

— De quoi voulais-tu discuter, zaychik ?

Une fois de plus, la voix de Nikolai est tout en velours alors qu'il s'enfonce dans le siège en face de moi. Faisant tournoyer le cognac dans son verre, il me regarde par-dessus le bord, les yeux mi-clos.

— Je suppose que tu n'es pas ici parce que tu as brusquement envie de ma compagnie.

Je me sens rougir. Si, bien sûr, j'ai envie de sa compagnie, même si je suis réticente à l'admettre. Depuis notre promenade dans la forêt, nous n'avons pas passé beaucoup de temps ensemble, du moins jamais seuls. Aux repas, Alina et Slava font office de tampon, et Lyudmila et Pavel sont toujours là, en retrait. Même les changements de bandage, la seule fois où il est entré seul dans ma chambre, ont cessé dès que ma blessure s'est cicatrisée et n'a plus exigé de soins réguliers.

À vrai dire, j'ai à peine interagi avec lui ces derniers jours, et ça m'a manqué. Nos conversations m'ont manqué, son attention inébranlable à mon égard... même ce que je ressens, cette impression d'être une souris traquée par un chat aussi sexy qu'effrayant. Je ne peux pas me permettre de le lui dire. Pas alors que je nourris encore l'espoir qu'un jour ma vie retrouvera son cours normal – à savoir sans hommes redoutables capables de tuer et de torturer.

Avec une inspiration, je me lance :

— Que faisait-elle ici ? Qui est-ce ?

Il garde le silence pendant quelques instants, me dévisageant avec intensité tandis que le cognac reste intact dans sa main.

— C'est un atout, dit-il finalement. Mon frère Valery l'a envoyée quand je lui ai expliqué ta situation.

Mon cœur fait un bond et ma bouche devient sèche. Après ma conversation avec Alina, je me suis demandé si c'était possible, mais cette confirmation si brutale... Toute tremblante, je prends mon verre de cognac et bois une gorgée, le laissant enflammer mon œsophage.

— Quel genre d'atout ? demandé-je une fois que l'envie de tousser disparaît.

— À l'origine, du genre gouvernemental. Maintenant le nôtre.

Une espionne, alors, ou un autre type d'agent – et pas aussi jeune que je le pensais, avec un tel passé. Je commence à comprendre l'intérêt. Si j'avais rencontré Masha dans la rue, je ne l'aurais jamais soupçonnée d'être une sorte d'« atout », et c'est sûrement le but. Sous ses abords jeunes et frais, elle s'est constitué un masque efficace.

Avant que je puisse demander quel est son rôle exactement dans ma situation, Nikolai reprend la parole.

— Zaychik...

Sa voix a retrouvé sa douceur déconcertante.

— C'est confirmé. Bransford est ton père biologique.

Mon rythme cardiaque s'accélère un peu plus et un frisson dévale mes bras.

— Tu veux dire...

— Masha a obtenu un échantillon d'ADN de Bransford. Il correspond au tien.

Il correspond au mien. Mon estomac se noue, me donnant la nausée, et le froid se répand dans tout le reste de mon corps. Je savais que ce moment arriverait, depuis que Nikolai m'a expliqué ce que son frère avait découvert, mais il faut croire que je voulais encore garder un peu d'espoir.

Un espoir qui se trouve maintenant anéanti, réduit en poussière.

— Pourquoi as-tu...

Je m'arrête pour éclaircir ma voix soudain enrouée.

— Pourquoi voulais-tu le confirmer ?

Je n'aime pas penser à la façon dont cette Masha a obtenu l'échantillon de Bransford, pas plus que le mien. Pour le coup, ça n'a pas dû être bien difficile : ma brosse à dents, quelques cheveux sur mon oreiller, une tasse dans laquelle j'ai bu... Un candidat à la présidence avec toute la sécurité qui l'accompagne, en revanche...

— Parce que j'avais besoin d'en avoir le cœur net.

Je cligne des yeux en prenant conscience que j'ai laissé mes pensées se détourner de la question essentielle.

— Mais pourquoi ? Attends, que les choses soient claires, je te suis reconnaissante.

En tout cas, il me semble. Est-ce mieux de savoir que l'on est la progéniture d'un violeur meurtrier ou de le soupçonner fortement ?

Nikolai pose son verre, le liquide intact à l'intérieur.

— J'ai promis de te protéger, zaychik.

Le froid m'envahit à nouveau, mon esprit s'aventurant sur un chemin que j'aimerais mieux ne pas emprunter.

— Oui, c'est vrai. Je suis en sécurité ici, n'est-ce pas ?

Au moins contre Bransford.

Il se penche en avant et ses grandes paumes chaudes recouvrent mes mains gelées.

— Oui. Et tu seras encore plus en sécurité quand il ne représentera plus une menace pour toi.

Je fixe ses iris hypnotiques, cet or chatoyant et intense moucheté de vert.

— Comment ça, plus une menace ?

J'ai évité de penser à l'avenir pour cette raison précise : parce que je n'imagine aucune réalité où Bransford ne serait *pas* une menace. Comme une tortue, je me suis contentée de me cacher à l'intérieur de ma carapace, avançant jour après jour, heure après heure, tout en me disant que tôt ou tard, je parviendrais à me ressaisir et à traduire le meurtrier de maman en justice.

Pas Nikolai, cependant. Il ne s'est pas caché de la réalité, il a tout planifié. C'est la nature de ses plans qui fait danser des doigts glacials le long de ma colonne vertébrale en cet instant.

J'ai l'impression que l'idée que se fait Nikolai de la justice diffère radicalement de la mienne.

Il sourit comme si j'étais une enfant naïve.

— Tu n'as pas à t'inquiéter, zaychik. Je m'en occupe.

Pendant un bref instant de lâcheté, je suis tentée de faire exactement ce qu'il me dit : ne pas m'inquiéter, laisser l'affaire entre ses mains compétentes et impitoyables... celles qui serrent les miennes avec tant de possessivité et de douceur.

Les mêmes mains qui ont ôté deux vies sous mes yeux sans la moindre hésitation.

C'est ce souvenir, le souvenir frappant des cris de l'assassin soumis au supplice, qui finit par décider pour moi. J'ai peut-être développé un talent particulier pour esquiver la réalité, pourtant même moi, je ne peux pas fermer les yeux et faire mine d'être aveugle.

— Que comptes-tu lui faire ? demandé-je d'une voix aussi instable que mon pouls. Nikolai, je t'en prie, je dois savoir. Qu'est-ce que tu vas faire ?

Les petits muscles autour de ses yeux se contractent, l'unique réaction sur son visage impassible.

— Rien qu'il ne mérite pas.

Je recule, retirant mes mains des siennes.

— Tu ne peux pas le tuer.

— Et pourquoi ?

Sa voix est neutre, aussi détachée que si nous parlions de l'organisation d'une fête. Il se penche en arrière et reprend son cognac. Cette fois, il en boit une gorgée avant de le poser.

Je le regarde avec incrédulité.

— Parce que c'est une *personne*.

Cela me semble évident.

— Une personne odieuse, d'accord, mais on ne peut pas tuer tous ceux qui...

— Qui essaient de te tuer ? Oh si, on peut, et je vais même le faire.

Mon cœur rate un battement. Il le pense, ça se voit, et cette vérité fait tournoyer en moi toutes sortes d'émotions bizarres : de la gratitude mêlée à de la terreur, de l'espoir et de la crainte, et plus troublant encore, une sorte de jubilation vengeresse.

Je veux que Bransford meure pour ce qu'il a fait à ma mère. J'en ai tellement envie que c'en est presque palpable. C'est aussi ce que je veux pour moi. Je veux retrouver ma vie, ma liberté, ma tranquillité d'esprit. Je veux pouvoir dormir toute la nuit sans cauchemars et marcher dans la rue sans crainte. Je ne veux plus voir le danger dans chaque pick-up, chaque visage inconnu.

Je veux que Bransford pourrisse sous terre. Si Nikolai y arrive, je serai libre... et tout aussi meurtrière que lui.

C'est cette dernière pensée qui étouffe ma bouffée de désir sombre. J'ai beau avoir soif de liberté et de vengeance, c'est d'un meurtre qu'on parle là – un assassinat de sang-froid, avec préméditation. C'était une chose que Nikolai abatte les deux assassins armés dans les bois. Aussi pénible que ce soit d'assister à une telle scène, un policier dans sa situation aurait fait la même chose, la torture en moins. Ce dont nous parlons ici, cependant, est d'un tout autre niveau, et même si je ne peux m'empêcher de me réjouir que Nikolai cherche à me protéger, je ne peux tout de même pas rester là et le laisser faire.

Puisque l'invocation de la morale et du bon sens n'a pas fonctionné, je tente une autre approche.

— Nikolai, s'il te plaît. Sois raisonnable. C'est un personnage politique important. Tu ne peux pas le tuer comme si de rien n'était. Ce serait un assassinat, avec des ramifications mondiales de premier ordre. Le FBI, la CIA, les médias...

— Je sais. Voilà pourquoi je devais être certain de sa culpabilité.

Un autre frisson me parcourt l'échine. Son visage est implacable, sa voix d'une neutralité sans faille. Il a mûrement réfléchi, ce n'est pas un coup de tête.

Pour me protéger, il va éliminer un candidat à la présidence, et je ne peux rien faire pour qu'il change d'avis.

J'essaie quand même, ne serait-ce que pour le protéger.

— Et ta famille ? La vie que tu construis ici, avec Slava ? S'ils découvrent que tu es derrière tout ça...

— Ils n'en sauront rien.

— Comment peux-tu en être aussi sûr ? Il y aura une chasse à l'homme mondiale, comme on n'en a pas vu depuis...

— Zaychik...

Penché en avant, il prend à nouveau mes mains dans les siennes. Je prends conscience que je les tordais avec angoisse sur la table. Sa voix est douce, d'une sérénité presque sinistre. Les yeux dans les yeux, il reprend :

— Je sais ce que je fais. Bransford va mourir et ce sera de causes naturelles. Son parti fera son deuil, la nation aussi, puis ils passeront à une autre nouveauté, un autre politicien beau parleur.

— De causes naturelles ? À cinquante-cinq ans ?

— Un défaut cardiaque, jusqu'ici jamais diagnostiqué. Ce sera une tragédie.

Il s'assied et prend son verre.

— Quand on veut, on peut. Et nous, les Molotov, nous n'avons pas notre pareil pour provoquer nos occasions.

20

NIKOLAI

Elle se lève en tremblant, le regard fixe, et je résiste à l'envie de la prendre dans mes bras. Il le faut, parce que sous le besoin de réconfort se cachent des pulsions plus sombres, plus dangereuses, qui trouvent racine dans une avidité si profonde et bestiale qu'elle m'épouvante moi-même.

Une fois que j'y aurai cédé, que j'aurai libéré la bête qui gronde en moi, il n'y aura pas de retour en arrière.

Je lui ai accordé deux semaines. Pendant deux semaines qui m'ont semblé durer un siècle, j'ai fait l'impossible et je suis resté à l'écart. Enfin, pas entièrement. J'ai passé des dizaines d'heures à la regarder par l'œil des caméras, dans la chambre de Slava et dans la sienne, mais entre ces visionnages et nos brèves interactions à l'heure des repas, mon tourment est à son comble.

Je ne me suis jamais considéré comme masochiste, pourtant je dois l'être, car j'ai volontairement embrassé la torture exquise de l'avoir à portée de main sans pouvoir la posséder.

Et ce soir, il semblerait que ce soit le test ultime pour mon self-control. Elle est finalement venue me voir, même si ce n'est pas pour les raisons que je souhaitais. J'espérais que je lui manquerais, qu'elle viendrait à moi parce qu'elle me désire avec le même désespoir que je la désire.

Qu'elle serait prête à être mienne, avec tout ce que cela implique.

— Je ferais mieux d'aller me coucher, dit-elle d'une voix chevrotante.

Je dois ravaler ma déception. À quoi est-ce que je m'attendais ? Elle est sous le choc, et pour une bonne raison. Peu de citoyens ordinaires réalisent combien il est facile de déguiser un meurtre, si tel est le résultat souhaité. Tous les assassinats dans les hautes sphères et les irradiations aiguës qui font la une des journaux sont censés éveiller l'intérêt. Ce sont des messages, des avertissements pour ceux qui seraient tentés d'aller à l'encontre de l'ordre établi.

Pour chaque poison exotique qui sous-entend l'implication secrète du gouvernement, il y a des dizaines d'erreurs médicales et d'accidents de routine qui éliminent proprement les obstacles sur le chemin de personnalités puissantes et impitoyables... des personnes comme les membres de ma famille.

Ce n'est pas le premier assassinat secret que je dois planifier.

Au départ, je ne comptais pas en parler à Chloé.

Elle aurait appris la mort de Bransford aux actualités, comme tout le monde, et les soupçons qu'elle aurait pu avoir à ce moment-là n'auraient pas été aussi lourds que ceux qu'elle porte maintenant. Mais elle est venue me voir ce soir pour demander des réponses, et je ne pouvais pas me résoudre à lui mentir. D'une certaine manière, ma sœur en est responsable, elle aussi. Bien qu'Alina ait tenu sa langue en présence de Chloé, elle est venue me voir presque tous les jours, me rabâchant que Chloé a le droit de savoir ce que je prévois, que cela devrait être sa décision.

Je ne suis pas du tout d'accord sur ce dernier point, mais j'en suis venu à reconnaître certains mérites au premier. Je ne veux pas que ma zaychik soit stressée par la situation et redoute qu'à tout moment, d'autres assassins puissent se présenter à notre porte. Ils ne passeraient pas, naturellement, mais tout de même, cela doit lui peser de savoir que quelqu'un, là dehors, veut sa mort.

Que son père biologique veut la tuer.

Non, j'ai bien fait de le lui dire. Masha a besoin d'au moins quelques semaines avant d'accomplir sa mission, et comme ça, Chloé sait que je m'en occupe et qu'elle n'a pas à s'inquiéter.

Après avoir émis ses objections, elle peut se détendre, la conscience tranquille. C'est ma décision, à présent, mon péché, pas le sien.

Je me lève et lui souris en espérant qu'elle ne verra pas l'avidité malsaine dans mes yeux, le besoin sombre qui bouillonne dans mes veines comme de la lave en fusion.

— Bien sûr. Si tu es fatiguée, va te coucher, zaychik.

J'ai beau vouloir la prendre, ce n'est pas le bon soir. J'en ai trop envie, je suis trop près du précipice, et bien que ses blessures soient presque guéries, elle est encore loin d'en être au point de pouvoir me supporter.

Elle recule, comme si elle avait lu dans mes pensées, mais ses épaules se redressent et elle tend son menton délicat.

— Non, déclare-t-elle résolument en contournant la table pour se rapprocher de moi. Je ne partirai pas tant que tu ne m'auras pas promis de trouver un autre moyen.

21

CHLOÉ

Je sais que c'est une mauvaise idée. Je sais aussi que je ne peux pas être lâche et m'éclipser comme s'il ne venait pas de m'avouer qu'il prévoyait d'assassiner un homme en mon nom. Un homme horrible, affreux, mais un homme quand même... qui se trouve être mon père biologique.

Une sombre lueur tournoie dans les yeux de Nikolai alors qu'il me regarde et je remarque avec un temps de retard la dangereuse crispation de sa mâchoire.

— Zaychik...

Sa voix n'est qu'un faible grognement.

— Tu ferais mieux de partir. Maintenant. Tant que tu le peux encore.

Mon souffle reste suspendu lorsque la signification de ce qu'il vient de dire me frappe de plein fouet, propulsant mon pouls et paralysant mes muscles.

Il a toujours envie de moi, c'est évident, mais pour une raison quelconque, il se retient.

Je devrais l'écouter, faire demi-tour et m'éloigner pendant qu'il me donne cette chance. Sinon, cela changera tout entre nous, mettant fin à cet intermède hors du temps et comblant cette distance qui m'a tant protégée.

Parce que le pire danger pour moi n'est pas là dehors.

Il est ici.

Ça a toujours été lui.

J'essaie de faire obéir mes muscles, les faire réagir aux ordres fébriles de mon cerveau, mais autant essayer de soulever une voiture. Tout ce que je peux faire, c'est le regarder fixement, la bouche sèche et le cœur battant, tandis qu'une tension sourde s'accumule dans mon ventre, faisant pointer mes mamelons et danser sur ma peau des tourbillons de chaleur.

Je peux voir l'orage déchaîné qui se prépare dans ses yeux et sentir le crépitement de cette charge électrique dans l'air, et pourtant je reste immobile, figée et muette, la proie parfaite pour ce prédateur.

— Chloé...

Mon prénom prononcé d'une voix rauque est à la fois un avertissement et une capitulation. Lentement, avec une douceur exacerbée, il me prend le visage entre ses mains. La chaleur de ses grandes paumes embrase ma peau glacée. Ses yeux sont comme l'or hypnotique d'un alchimiste lorsqu'il murmure :

— Ma douce zaychik, c'est fini. Tu as perdu ta dernière chance de t'échapper.

22

CHLOÉ

Je suis encore pétrifiée sur place lorsque ses lèvres s'abattent sur les miennes, aussi inévitables et implacables qu'un éclair frappant un arbre dans une plaine. Le choc ébranle tout mon corps, grillant chacune de mes cellules.

Il n'y a pas de finesse dans son baiser, pas de douceur. Il ne demande pas, il réclame. Ma tête entre ses paumes, il prend possession de chaque parcelle de ma bouche, m'aspirant dans un vortex de désir sauvage, une envie si sombre et volcanique qu'elle me brûle de l'intérieur.

Il a le goût du cognac et du danger, de tous mes désirs secrets et inavouables. Cette saveur enivrante me monte à la tête, qui tourne déjà sous les notes sensuelles de son eau de toilette au cèdre et à la bergamote. Toute résistance s'évapore, ma volonté se dissout comme un grain de sucre dans du thé chaud. Avec un gémissement impuissant, je me cambre contre lui, pressant mon ventre contre son entrejambe tandis que mes mains lui agrippent les côtes.

Il est dur et l'épais renflement de son pantalon se heurte à ma douceur, me rappelant ce que je ressentais lorsqu'il était en moi. Ce souvenir évoque à la fois l'excitation et l'appréhension – cela n'a pas été facile d'accueillir un tel volume. Pourtant, même cette pensée disparaît rapidement, emportée par la chaleur virulente du désir, détruite par la séduction brutale de son baiser impitoyable.

J'oublie où nous sommes. J'oublie tout, à tel point que je sursaute lorsqu'il s'écarte pour me serrer contre son torse. Ce n'est que lorsqu'il commence à gravir les marches quatre à quatre que ma tête s'éclaircit suffisamment pour me permettre d'avoir une pensée rationnelle.

Mais qu'est-ce que je fais ? Ce n'est pas ce que je voulais. C'est même tout le contraire. Mon but était de lui parler, de le convaincre de ne pas...

Avec un grognement sourd, il me plaque contre le mur du couloir de l'étage et reprend possession de ma bouche, comme s'il ne pouvait pas se passer de me goûter avant d'être dans sa chambre. Aussitôt, j'en oublie tous mes objectifs. J'oublie que j'existe en dehors de ce moment, qu'il y a autre chose que lui.

Nous fusionnons, ou du moins c'est l'impression que j'en ai. Sa bouche fusionne avec la mienne, son souffle s'infiltre dans mes poumons, son parfum dans mes narines. Son corps puissant m'enveloppe, tout en chaleur, dureté, virilité brute et primitive. Je suis maintenant à la verticale, sur la pointe des pieds tandis qu'il dévore mes lèvres, et ses mains parcourent mon dos, mes côtes et mes fesses, les palpant et les pressant contre lui, faisant remonter ma robe le long de mes cuisses. À bout de souffle, je m'agrippe aux mèches soyeuses de ses cheveux tandis qu'il me soulève. Bientôt, mes jambes sont enroulées autour de ses hanches et mon bassin repose contre le sien, mon sexe endolori contre son érection.

Nous nous embrassons, nos langues en duel jusqu'à nous retrouver à court d'air. Enfin, sa bouche se dirige vers mon cou, déposant une pluie de baisers chauds et piquants dans le creux tendre près de mon oreille. Avec un gémissement, je penche ma tête en arrière et me frotte plus fort contre lui, oubliant tout ce qui n'appartient pas à ce plaisir sombre et brûlant. La tension en moi se comprime avant de prendre de l'ampleur, mes terminaisons nerveuses si sensibles que le simple mouvement de l'air me fait l'effet d'un contact sur ma peau.

Je vais jouir comme ça, plaquée contre lui, pensé-je soudain avec une surprise distante.

C'est imminent.

Soudain, elle déferle, cette extase aussi surprenante que bienvenue. Mes doigts se referment convulsivement dans ses cheveux et mes muscles internes se contractent tandis que le plaisir traverse mon corps, me crispant les orteils et m'arrachant un cri guttural. Seulement, il ne s'arrête pas. Il continue, oscillant des hanches contre mon bassin, intensifiant le contre-coup qui se répercute encore dans tout mon corps. Les yeux fermés, je lâche un nouveau cri, et comme un animal proclamant sa domination, il me mord le cou tandis que sa grande main calleuse s'enfonce dans mon corsage, prenant mon sein nu, son pouce effleurant mon...

— Chloé ? Nikolai, qu'est-ce que tu... Oh, pitié. Arrêtez.

La voix d'Alina m'arrache à mon délire et je me raidis, ouvrant brusquement les yeux. Par-dessus l'épaule de Nikolai, je l'aperçois qui recule, son teint clair plus rose qu'à la normale. Avant que je puisse dire un mot, ou encaisser le fait que c'est la deuxième fois qu'elle nous surprend presque en train de baiser, elle a déjà tourné les talons et disparu dans sa chambre.

Juste au bout du couloir.

Ce couloir ouvert à tous, où n'importe qui aurait pu nous voir et m'entendre jouir.

Mon visage, mon corps et même la racine de mes cheveux me semblent en feu lorsque Nikolai s'écarte pour me regarder. Ses yeux dorés ont des paupières lourdes, sa chevelure est encore hirsute avec mes mains enfouies dedans et ses lèvres sensuelles sont humides et gonflées, entrouvertes dans une expression de luxure pure.

C'est exactement l'allure que pourrait avoir un ange déchu après avoir commis son premier péché – sauf que cet ange n'a jamais mené d'existence innocente.

C'est le diable en personne, depuis le début.

Je m'humecte les lèvres.

— Ta sœur…

— On s'en fout, de ma sœur.

Avant que je puisse répondre à ce sentiment exprimé avec rage, il m'emporte dans ses bras puissants jusque dans sa chambre, à grandes enjambées impatientes.

NIKOLAI

Je devrais m'arrêter, ou du moins ralentir, mais j'en suis incapable. Maintenant que je l'ai goûtée à nouveau, la faim est trop forte en moi, trop vigoureuse. Comme un alcoolique ayant touché à son premier verre de la soirée, je n'ai même plus la moindre notion de modération. Ce besoin sombre palpite dans mes veines, tel un battement de tambour érotique, un désir plus viscéral, moins défini, qui émane presque des tréfonds de mon âme.

Avec ce qu'il me reste de contrôle, je l'allonge sur le lit, prenant soin de ne pas lui blesser le bras. Elle a une croûte, maintenant, qui marque sa peau soyeuse et dorée. Sa vue alimente la bête sauvage qui est en moi, emplissant ma poitrine d'un élan possessif et passionné.

Elle est à moi, et j'anéantirai tous ceux qui cherchent à lui faire du mal.

Personne ne posera plus jamais un doigt sur elle... sauf moi.

Déjà, mes mains ont trouvé de leur propre initiative le chemin de sa robe, déchirant le beau tissu fragile, l'arrachant de son corps avec l'énergie du désespoir pour la mettre à nu devant moi. Ses seins émergent en premier de son corsage, deux petits globes délicieux surmontés de mamelons bruns tendus, suivis de sa cage thoracique étroite et de son ventre plat, avec cette peau brillante et hâlée qui m'évoque un rayon de soleil capturé, la chaleur, la lumière et la pureté – tout ce qui m'attire, tout ce que je désire ardemment.

Le bas de son corps arrive ensuite. Son string presque inexistant disparaît entre mes mains pour exposer un sexe aussi doux et délicat que dans mon souvenir. J'ai l'eau à la bouche en songeant à sa saveur riche et exquise, la sensation de ces replis tendres sous mes lèvres et ma langue, puis entre mes doigts... des doigts qui ne peuvent s'empêcher de lui saisir les cuisses, les écartant largement.

Ses doux yeux bruns rencontrent les miens, voilés par le désir, ourlés de cette méfiance provocante, et les derniers lambeaux de mon self-control s'effilochent. Comme un animal affamé, je me jette sur elle, enfouissant mon visage entre ses cuisses et attaquant sa peau à grands coups de langue, me délectant de son goût de sel et de fruits rouges, de la chaleur et du soleil qui irradient de sa personne.

Elle halète et se cramponne à ma tête, ses doigts dans mes cheveux tandis qu'elle se cambre sous mon corps, frémissant à chaque coup de langue avide. Bientôt, mes doigts se joignent à la danse, jouant avec son clitoris tandis que je lèche sa vulve, excité par la moiteur que j'y trouve. Elle est aussi délicieuse que dans mes souvenirs, tout en soie, chaleur et miel fondu. Même si mon sexe est sur le point d'exploser, je ne peux me détourner de ma tâche, incapable de m'arrêter avant de la sentir jouir à nouveau.

Et c'est ce qu'elle fait. Avec un cri étouffé, elle se trémousse, son dos s'arque au-dessus du matelas et ses doigts se resserrent dans mes cheveux, manquant les arracher par la racine alors que ses sucs si délectables enduisent mes lèvres et ma langue.

La montée de plaisir est aussi intense que brève. Mon désir n'a fait que s'aiguiser davantage avec son orgasme. Le sang chaud est assourdissant dans mes tempes, mes bourses sont serrées et chaque muscle de mon corps tendu par le besoin. Il n'y a plus de douceur en moi, plus de patience, rien qu'une faim brute et primitive, l'envie de posséder et d'exiger, d'enfouir ma queue frémissante dans sa chaleur.

Mû par un instinct purement animal, je la retourne et passe mon bras sous ses hanches, soulevant ses petites fesses vers moi jusqu'à ce qu'elle se tienne à quatre pattes. Ses fesses lisses sont un peu plus rebondies, plus rondes que la dernière fois que je l'ai vue nue. Le bouton de rose entre les deux forme un point minuscule infiniment tentant et ma convoitise devient tranchante comme la lame d'un couteau, mon corps en proie à une tension insoutenable. À peine conscient de mes propres gestes, j'ouvre ma braguette et libère mon membre, l'alignant en droite ligne de sa fente luisante.

Je dois la prendre. Il le faut. Maintenant.

Le cognement du désir engloutit tout le reste, noyant et brouillant le monde qui nous entoure. Je ne suis plus un homme, je ne suis que faim primitive, besoin sauvage et atavique.

Saisissant ses hanches minces, j'y plonge, défaillant sous le plaisir de ses parois autour de moi, de la délicieuse étroitesse de son fourreau. Elle pousse un cri, un gémissement de douleur brute, mais je ne peux pas m'arrêter, je ne peux rien faire d'autre que de m'enfoncer encore plus profondément, la prenant, la réclamant, satisfaisant le désir sauvage qui me brûle de l'intérieur.

Elle est à moi. Tout à moi, putain. Mes hanches convulsent frénétiquement, mon cœur tambourine comme un poing contre ma poitrine. Je me rends compte que je suis bien trop brutal, mais je ne peux pas plus ralentir que la laisser partir. Elle n'est que tension soyeuse et chaleur humide, la chose la plus proche du paradis qu'un homme puisse connaître. Ses halètements et ses cris de supplication m'éperonnent, attisant ma convoitise, alimentant la bête qui me possède.

Je la prends comme s'il n'y avait pas de lendemain, comme si rien d'autre que ce moment ne comptait. La maintenant fermement à une main, j'enroule l'autre dans ses cheveux et je tire, la forçant à se cambrer tandis que je la pénètre plus fort, plus profondément, imprimant ma marque sur sa chair tendre. Je peux sentir l'orgasme affluer à gros bouillons en moi, mes bourses se contracter jusqu'à devenir presque aussi dures que ma queue endolorie. Alors qu'elle crie mon nom, saisie de spasmes autour de moi, la libération déferle comme un tsunami, propageant une extase explosive à travers mes terminaisons nerveuses, peignant le monde autour de moi d'un blanc immaculé.

24

CHLOÉ

Étourdie, je me laisse retomber sur le ventre dès que Nikolai me lâche les cheveux et se retire de ma chair gonflée et palpitante. Même si je suis encore sous le coup de l'orgasme, mon sexe est meurtri, mes muscles douloureux. Mes pensées sont brouillées, elles aussi, mon esprit aussi léthargique que si je sortais d'un sommeil profond.

Malgré cela, lorsqu'il m'attire contre lui et commence à me murmurer des mots doux à l'oreille, j'éprouve à nouveau ce sentiment inhabituel de paix, une paix que je n'ai connue que dans ses bras. Mes yeux se ferment et une sensation de flottement m'envahit sous ses caresses, sous la pluie de baisers légers et rassurants qu'il dépose sur mon visage et dans mon cou, massant les douleurs et les ecchymoses causées par sa manipulation brutale. Enfin, mes pensées disjointes se fondent en un ensemble cohérent et je force mes paupières à s'ouvrir pour trouver ses yeux hypnotiques braqués sur les miens, l'ambre doré de ses iris strié du plus sombre des verts.

— Zaychik...

Sa voix est douce, son expression indéchiffrable alors que sa grande paume épouse ma joue.

— Je n'ai pas utilisé de préservatif.

Pendant un moment, ces mots n'ont aucun sens pour moi. Puis, avec une poussée d'adrénaline, je prends conscience d'une humidité chaude entre mes jambes et sur mes cuisses.

Il y en a beaucoup. Bien plus que je n'en ai jamais senti.

Mon rythme cardiaque s'emballe et la sensation de bien-être disparaît. Me retirant brusquement, je me redresse.

— Qu'est-ce que tu veux dire ? Je ne prends rien du tout, moi. Je n'ai plus de pilules depuis des semaines. Je pensais... je pensais que tu mettais toujours un préservatif.

Je jette un coup d'œil à l'épais liquide blanc sur mes cuisses nues, essayant de ne pas paniquer en comptant frénétiquement les jours.

Quand ai-je eu mes règles pour la dernière fois ? Était-ce cette semaine ou la semaine dernière ? Pourquoi n'ai-je pas pris la peine d'en tenir compte ? Je sais que ça fait plusieurs jours que je ne saigne plus, mais peut-être...

— J'en mets toujours.

Nikolai se redresse à son tour, les muscles puissants de son torse et de ses bras se contractant tandis qu'il passe la main dans ses cheveux, ébouriffant un peu plus ses mèches noires.

— Enfin, toujours jusqu'à aujourd'hui.

Ça y est, je me rappelle enfin quand mes règles ont commencé : au début de la semaine dernière, il y a presque douze jours. Lundi dernier, j'ai dû demander des tampons à Alina.

J'en suis à peu près au milieu de mon cycle.

Je dois avoir l'air aussi paniquée que je le suis, car Nikolai penche la tête, me regardant avec cette même expression impénétrable.

— Ça tombe pile, n'est-ce pas ? Ou plutôt, ça tombe mal ?

Je hoche la tête, ma main se déplaçant instinctivement vers mon ventre.

— Pourquoi...

Je m'arrête pour atténuer les trémolos dans ma voix.

— Pourquoi tu n'as pas utilisé de préservatif ?

La lueur énigmatique dans ses yeux s'approfondit alors qu'il s'approche de moi.

— Si on allait se laver ? On en discutera ensuite.

Je dois encore être sous le choc, car je n'émets aucune objection lorsqu'il me soulève et me porte dans la salle de bain. Au lieu de quoi, je le laisse s'occuper de moi sous la douche, comme il l'a fait lorsque j'étais blessée. Ses gestes ont retrouvé leur douceur, apaisants et tendres, même si sa queue durcit à chaque passage de ses mains rugueuses sur mon corps nu et humide.

Une fois qu'il a fini de nettoyer les traces de notre

erreur, il est de nouveau en pleine érection, et ses mains vont et viennent sur mon corps avec une intention renouvelée. Il me caresse les seins, joue avec mes tétons et s'aventure entre mes cuisses pour trouver mon clitoris. Cela devrait être trop, trop tôt, mais mon anatomie réagit comme si elle ne venait pas de survivre à un cataclysme des sens, comme si le corps-à-corps fougueux qui m'a laissée exsangue n'avait été qu'un avant-goût du clou de la soirée.

Ma respiration s'accélère et une tension s'accumule dans mon bas-ventre alors que ses lèvres glissent sur les miennes dans un baiser profond, puis s'aventurent sur mon oreille, mon cou, mon épaule. Le souffle court, je me raccroche à ses épaules tandis qu'il enroule mes cheveux mouillés autour de son poing et m'arque en arrière sur son bras puissant, approchant mes seins de ses lèvres comme une offrande sacrificielle. Son large dos me protège du jet d'eau tandis qu'il se penche sur moi, s'attardant sur un téton, puis l'autre, la succion chaude et puissante de sa bouche diffusant des sensations aiguës jusqu'au centre de mon corps, attisant mon excitation toujours croissante.

Pourtant, j'ai encore mal, bien trop pour ressentir du plaisir lorsque deux doigts s'enfoncent en moi, écartant les tissus enflés et tendres. Jusqu'à ce que ses doigts se recourbent, trouvant ce point qui fait jaillir des étincelles derrière mes paupières closes, me faisant basculer si rapidement que je peine à prononcer son prénom.

Les spasmes parcourent encore mon corps lorsqu'il

relâche mon téton dans un bruit humide. Il me fait descendre à genoux tout en me protégeant du jet de la douche avec son corps. Hébétée, je lève les yeux vers lui, puis je comprends ce qu'il veut lorsqu'il fait claquer la colonne rigide et massive de son sexe contre ma joue avant de la faire glisser vers ma bouche.

Instinctivement, je pose mes mains sur ses cuisses musclées et entrouvre les lèvres pour l'attirer aussi loin que possible. J'ai déjà pratiqué des fellations auparavant, mais là, c'est différent, rien à voir avec les moments de détente vaguement amusés avec mes ex-petits amis. Ce n'est pas moi qui contrôle, c'est lui, et il n'y a rien de ludique dans la vigueur impitoyable avec laquelle il baise ma bouche. Ses mains agrippent mon crâne, me maintenant immobile, à la merci de ses poussées lentes et intenses. Je m'efforce de ne pas m'étouffer lorsqu'il s'enfonce plus profondément dans ma gorge à chaque coup de reins.

Cela ne devrait pas être torride. Il m'utilise uniquement pour son plaisir, pourtant quelque chose dans le fait d'être traitée comme une poupée sexuelle envoie des impulsions de chaleur directement vers mon clitoris. Il prend ce qu'il veut de mon corps, et c'est à la fois dégradant et perversement libérateur. Il n'y a rien de compliqué dans cet échange. Je lui fais plaisir simplement en existant, en n'étant rien de plus qu'une bouche chaude et humide qu'il peut utiliser à sa guise. Mes yeux se ferment et les larmes coulent sur les côtés tandis qu'il accélère le rythme, enfonçant son membre épais dans ma gorge douloureuse. Je m'étouffe, mais je garde mon calme même si ma bouche est remplie d'une quantité de salive suffisante pour alimenter un lac. Elle ruisselle sur mon menton, mon cou, ma poitrine, pourtant rien de tout cela n'a d'importance, car je peux sentir la tension monter dans son corps, sa verge gorgée prendre du volume dans ma bouche. Avec un gémissement, il me pénètre si profondément que je perds la capacité de respirer. Soudain, le liquide chaud gicle dans ma gorge tandis que ses doigts se crispent dans mes cheveux, tirant sur les racines assez fort pour me faire grimacer.

Lorsqu'il se retire enfin, j'ai tant besoin d'air que mes ongles s'enfoncent violemment dans ses cuisses. En rouvrant mes yeux larmoyants et relevant la tête pour croiser son regard, je frissonne de plaisir devant la possession à l'état pur qui se reflète dans son regard.

— Zaychik...

Sa voix n'est qu'un râle sombre et velouté alors qu'il passe les mains sous mes bras et me hisse sur mes pieds, m'aidant à retrouver l'équilibre. Tenant doucement mon épaule d'une main, il rince le mélange de sperme et de salive de l'autre, puis il me prend le menton et me regarde avec une intensité toute spéciale.

Mon pouls s'emballe à nouveau et un étrange pressentiment me noue les entrailles lorsqu'il dit à mi-voix :

— Tu es tout pour moi, la source de mon bonheur et de mon plus grand plaisir. Je te veux à mes côtés pour le reste de nos vies, aussi longtemps qu'il y aura du souffle dans nos corps. C'est le destin qui t'a amenée à ma porte, qui t'a livrée à moi comme un cadeau, et je ne pourrais pas être plus reconnaissant.

Mon cœur est dans ma gorge, ma respiration si rapide que ma vision s'obscurcit. Ces paroles ne peuvent pas prendre la direction que je pense. Il n'est tout de même pas...

— Chloé Emmons...

Ses paumes encadrent mon visage, ses yeux de prédateur luisant d'un éclat résolument tendre.

— Je veux que tu m'épouses. Je veux que tu sois ma femme.

25

CHLOÉ

Pendant un moment, je suis convaincue d'avoir mal entendu. Parce qu'il est tout simplement impossible qu'il me demande en mariage, pas alors que nous nous connaissons depuis moins d'un mois. Pourtant, je ne peux pas me tromper sur l'intensité de son regard hypnotique, ni sur le fait qu'il vient d'employer les mots « épouser » et « femme ».

L'esprit en ébullition, j'agrippe ses poignets puissants, retirant instinctivement ses mains de mon visage. La douche coule toujours derrière lui, diffusant sa vapeur dans la cabine spacieuse, mais je suis tout à coup glacée, ma peau humide transie par la chair de poule.

— Nikolai, je...

Je ne sais pas quoi dire, comment aborder un sujet aussi insensé. Finalement, je lâche :

— Tu plaisantes, n'est-ce pas ?

Son regard s'assombrit.

— Pourquoi est-ce que je plaisanterais à propos de ça ?

— Parce que... parce qu'on se connaît à peine !

Il pose ses mains sur mes épaules et les serre légèrement. Son intonation demeure douce, même si sa mâchoire se durcit dangereusement.

— Je sais tout ce que j'ai besoin de savoir à ton sujet.

— Eh bien, pas moi. Je ne sais rien de toi.

Je me dégage de son emprise et passe une main tremblante sur mon visage pour en essuyer les gouttes d'eau. Mon cœur bat la chamade et mon estomac se noue devant son expression qui s'assombrit rapidement. Je cherche à tâtons la porte de la cabine de douche.

— Nikolai, s'il te plaît, comprends-moi bien, je suis très flattée. C'est juste que... ce n'est pas une bonne idée pour le moment.

Ni jamais.

Je suis peut-être tombée amoureuse de cet homme à la beauté redoutable, mais je n'ai pas oublié qui et ce qu'il est – ni ce qu'il s'apprête à faire pour moi.

Je ne suis pas faite pour devenir l'épouse d'un mafieux, même si ce n'est pas l'étiquette officielle qui convient.

Il me regarde reculer avec les yeux plissés, tandis que la vapeur s'élève dans l'air derrière son corps imposant. Je prends soin de ne pas trébucher sur le tapis de la salle de bain lorsque je sors en récupérant une serviette.

Je n'ai pas à avoir peur.

Il m'a fait sa demande et j'ai refusé.

Fin de l'histoire.

— Qu'as-tu besoin de savoir sur moi ?

Il me suit, ses mouvements mesurés et précis. Un prédateur traquant sa proie.

— Que faut-il pour que tu dises oui ?

— Eh bien...

J'enroule la serviette autour de moi, cherchant fébrilement la réponse la moins vexante possible. Il n'y en a pas, je suis obligée d'opter pour la vérité.

— Nikolai, je ne peux pas t'épouser. Nous sommes trop différents. Nos valeurs, notre façon d'aborder les choses... La vérité, c'est que je ne pense pas...

Mon cœur fait un bond devant l'orage qui s'accumule dans ses yeux, mais je suis engagée sur cette voie, je n'ai pas d'autre choix que de continuer.

— Je ne pense pas que ça puisse marcher à long terme.

Il reste immobile, la main à mi-chemin de sa propre serviette. Puis, lentement et délibérément, il la retire du support et se sèche sans me quitter un instant des yeux, le visage plus opaque qu'une nuit sans lune.

Je déglutis péniblement alors que la tension augmente dans le silence.

— Je ferais mieux d'aller me coucher. On en reparlera demain matin.

Il évolue comme un félin, dans des mouvements flous et rapides. Soudain, il me barre la route de la porte, ses muscles ciselés bandés et ses yeux dorés réduits à deux fentes étroites.

— Non, zaychik, dit-il d'une voix doucereuse. *Nous* allons nous coucher. Et demain, tu m'épouseras. Peu importe ce que tu ressens.

26

CHLOÉ

Je me réveille en sursaut, la tête dans un étau et le corps tout entier endolori. Réprimant un gémissement, j'essaie de me tourner sur le côté, mais je me retrouve coincée par un bras lourd en travers de ma poitrine.

L'adrénaline inonde mes veines, dissipant le brouillard du sommeil, et je réalise où je suis.

Au lit avec Nikolai.

Le souffle coupé, je tourne prudemment la tête pour le regarder. Je ne l'ai vu dormir qu'une seule fois auparavant, la seule fois où nous avons passé la nuit ensemble, et une fois de plus je suis frappée par la beauté et la dangerosité de son apparence animale au repos, avec ses cils noirs en éventail sur ses pommettes saillantes et sa barbe obscure qui masque les lignes nettes de sa mâchoire. Le sommeil n'adoucit pas ses traits austères, mais leur confère une sensualité sauvage, un attrait sombre et primitif.

Encore maintenant, il y a quelque chose de prédateur, de féroce dans la courbe sensuelle de ses lèvres légèrement entrouvertes.

Consciente que je gâche une occasion précieuse en le dévisageant comme une groupie subjuguée, je m'extirpe prudemment de sous son bras et me dirige vers la porte, entièrement nue, mon cœur battant contre ma cage thoracique.

J'ai besoin de m'échapper, ne serait-ce que dans le refuge de ma propre chambre.

Je dois mettre un peu de distance entre nous.

La soirée – du moins ce qui s'est passé après la douche – me laisse une impression de flou, un mélange de sensations érotiques mal définies et d'émotions sauvages. Je crois que sa déclaration m'a causé un tel choc que je suis restée sonnée. Le temps que je m'en remette, j'étais déjà dans son lit, mes poignets au-dessus de ma tête tandis qu'il pénétrait mon corps pervers qui en redemandait en dépit de la douleur.

Je ne me rappelle pas avoir dit non, mais j'ai bien dû le faire. Je ne veux pas croire que je me sois laissé prendre après ce qu'il m'a dit... ni que j'aie joui encore plusieurs fois sous ses assauts débridés.

Au moins, les fois suivantes, il a utilisé un préservatif. Sans cela, je céderais déjà à l'hyperventilation.

Arrivée à la porte, je jette un coup d'œil par-dessus mon épaule. Dieu merci, il est encore endormi. Je me demande comment je vais bien pouvoir le regarder en face, maintenant, et comment je vais traiter sa menace de mariage. Parce que c'est bel et bien une menace. Je ne sais pas comment il peut me forcer à dire oui contre mon gré, mais je sais qu'il en est capable. Cette noirceur que j'ai toujours sentie en lui est maintenant entièrement dirigée vers moi.

Comme il me l'a dit hier, il n'a pas son pareil pour arriver à ses fins.

Le souffle en suspens, je saisis la poignée et la tourne, grimaçant intérieurement en entendant son déclic. À mon grand soulagement, il dort encore. Je passe la tête dans le couloir, m'assurant qu'il est dégagé, puis je détale vers ma chambre sans tenir compte de l'élancement douloureux dans ma cheville à peine guérie.

J'y parviens sans incident et me dirige vers ma salle de bain, où je me glisse sous la douche pour me frotter vigoureusement au savon afin d'effacer le souvenir de ses mains brutales. C'est inutile. Les traces de sa possession sont partout sur mon corps, ma peau éraflée en une dizaine d'endroits par sa barbe, mes mamelons douloureux là où il les a sucés et mordillés. Le pire, cependant, c'est la douleur au fond de moi, un rappel de son envie insatiable et de mon incapacité totale à lui résister, même à la lumière de sa folie furieuse.

Je coupe enfin l'eau et sors de la cabine, prenant de grandes inspirations pour contrôler ma panique croissante. Peut-être qu'il ne le pensait pas. Il était peut-être seulement contrarié que j'aie refusé sa proposition, et quand il se réveillera ce matin, il se rendra compte lui-même qu'elle était vraiment prématurée.

Après tout, il m'a engagée il y a un peu plus de trois semaines, et nous avons passé deux nuits ensemble en tout et pour tout. Comment peut-il être si absolument certain qu'il me veut pour la vie, que je suis la bonne ?

J'ai beau tenter de m'en persuader, ma panique refuse de céder du terrain. En dépit de ce que j'ai dit hier soir, je connais Nikolai. Au fond, je le connais, et je sais qu'il ne dit pas ce qu'il ne pense pas. Il a décrété que nous étions faits l'un pour l'autre alors que je n'étais là que depuis une semaine, et rien de ce qui s'est produit depuis ne l'a convaincu du contraire.

Le plus effrayant, c'est qu'il ne prétend pas m'aimer – et, pour être honnête, je ne pense pas qu'il m'aime. Ce qu'il ressent pour moi est plutôt de l'ordre de l'obsession. Avec un sursaut, je me rappelle qu'Alina m'a prévenue la nuit où nous avons fumé de l'herbe ensemble, me disant que son frère n'était pas mon chevalier en armure étincelante.

« Les hommes Molotov n'aiment pas, ils possèdent, m'a-t-elle dit. Et Nikolai ne fait pas exception. »

Enroulant une serviette autour de mes cheveux mouillés, je fixe mon reflet dans le miroir. Mes lèvres sont rouges et boursouflées, encore meurtries par ses baisers. Ma clavicule arbore un suçon, et sur mes hanches, j'ai de petites empreintes sombres en forme de doigts.

Non, ce n'est pas de l'amour. Loin de là.

Au mieux, c'est une passion réciproque – parce que

même maintenant, malgré mon allure de victime d'agression, la raison de chaque marque sur mon corps me fait encore frémir d'envie.

C'est en m'habillant que je décide de la meilleure marche à suivre.

Alina.

Elle m'a aidée une fois ; elle peut recommencer.

Je ne sais même pas de quel coup de main j'ai besoin. Après avoir évité de justesse les assassins, je ne suis pas séduite par la perspective d'une nouvelle tentative d'évasion. Cependant, j'ai encore une étincelle d'espoir en frappant à la porte de sa chambre, lorsqu'elle m'ouvre, vêtue de son peignoir. Avant que je puisse m'excuser de l'avoir réveillée, elle jette un coup d'œil dans le couloir et me fait entrer rapidement.

— Tu vas bien ? demande-t-elle, reculant pour m'examiner attentivement.

Son regard se concentre sur mes lèvres gonflées et elle se renfrogne.

— Est-ce que Kolya...

— Non, non, je vais bien.

Mon visage est brûlant et je suis contente que ma peau bronzée dissimule mes rougeurs et que mon t-shirt recouvre le suçon.

— Il ne voulait pas... C'était consenti, crois-moi.

Elle expire vivement.

— Bon, d'accord. Je m'en doutais. Seulement... mon frère n'a pas toute sa tête dès qu'il est question de toi.

— À qui le dis-tu ? murmuré-je.

Elle m'entend et son froncement de sourcils revient.

— Que s'est-il passé ?

Elle me prend la main, m'entraîne vers son lit défait et me fait asseoir à côté d'elle. Elle vient de se réveiller et son visage est au naturel, comme cette fois où elle m'a surprise dans ma chambre. Ses yeux d'un vert de jade sont clairs, seulement assombris par l'inquiétude.

— Qu'est-ce qui s'est passé ? Dis-le-moi, Chloé. S'il te plaît.

Je prends une grande inspiration et me prépare à sa réaction.

— Nikolai m'a fait sa demande.

Aucune réaction. Pas même un battement de cils.

Elle ne m'a pas entendue ?

— Il m'a demandé de l'épouser, précisé-je au cas où ce ne serait pas très clair. Hier soir, il m'a demandé d'être sa femme.

À présent, ses longs cils frémissent devant ses yeux.

— Je vois.

— Pourquoi ça ne te surprend pas ? demandé-je, abasourdie et plus que troublée par son acceptation calme. Tu savais qu'il ferait ça ?

— Si je le savais ? Non. Si je m'en doutais ? Oui.

Elle soupire, repoussant une mèche de cheveux rebelle.

— Dès l'instant où j'ai vu tes clés dans son tiroir, je me suis dit que c'était une direction probable. Mais bien sûr, Kolya ne me parle pas de ces choses-là, alors je ne peux pas dire que j'en étais certaine.

Mon inquiétude est à son comble.

— Je ne comprends pas.

— Chloé...

Elle se tourne vers moi, prenant mes mains dans les siennes.

— Mon frère est obsédé par toi. J'en ai vu les signes dès le premier jour où nous t'avons embauchée, mais je pensais... j'espérais que c'était juste une attirance passagère de sa part, que tu serais une autre fille qu'il baiserait et oublierait ensuite.

— Eh bien, merci.

— Ce n'est pas contre toi. Il aurait mieux valu, crois-moi.

Elle exerce une pression sur mes mains.

— Écoute, Nikolai est... Il ressemble beaucoup à notre père. Et à notre grand-père. Et d'après les histoires que j'ai entendues, à d'autres hommes Molotov avant eux. Konstantin et Valery... Ils sont un peu différents, mais Nikolai... C'est un Molotov jusqu'au bout des ongles.

— Qu'est-ce que ça veut dire ? demandé-je, frustrée. Comment est-il exactement ? C'est une tendance de faire sa demande en mariage à une femme qu'on ne connaît que depuis un mois ?

Elle secoue la tête.

— Pour autant que je sache, il n'a jamais demandé qui que ce soit d'autre en mariage et il n'a jamais été aussi obsédé par une femme.

Elle prend une inspiration avant de reprendre :

— Tu es la première, et je dirais aussi la dernière. C'est souvent comme ça avec les hommes de notre famille. Notre père a aperçu notre mère à une fête. Il l'a éblouie en couvrant sa famille de cadeaux et il l'a épousée deux semaines plus tard. Son père, notre grand-père paternel, a littéralement kidnappé notre grand-mère à l'âge de seize ans. Il l'a enlevée dans son village quand il l'a vue en train de cultiver un champ avec d'autres jeunes filles.

— Tu te fiches de moi.

— J'aimerais bien, répond-elle, la mine sombre. Notre grand-mère est décédée quand j'avais dix ans, mais je me souviens des histoires qu'elle me racontait sur sa vie avec mon grand-père, le contrôle qu'il avait sur ses moindres mouvements et l'obéissance absolue qu'il exigeait d'elle. Elle était terriblement malheureuse avec lui, mais elle n'était qu'une pauvre paysanne, et lui, un homme puissant au bras long, alors elle ne pouvait rien faire. Il ne voulait pas qu'elle le quitte.

Je la regarde fixement, l'estomac sens dessus dessous.

— Et ta mère ? Elle était malheureuse aussi ?

Elle retire ses mains, le visage fermé.

— Pas au début. Elle ne savait pas quel genre d'homme elle avait épousé. Il a fallu attendre bien plus tard. C'est quand elle l'a découvert que tout a commencé à se dégrader et...

Elle s'interrompt pour reprendre son souffle.

— De toute façon, il ne s'agit pas de ça. Ce que je

veux dire, c'est que Nikolai possède cette même personnalité intense et passionnée, une tendance obsessionnelle. Quand il cherche quelque chose ou quelqu'un à qui se raccrocher, il finit toujours par trouver. Comme notre père et notre grand-père avant lui, il est déterminé à mettre la main sur la femme qu'il veut. Celle qu'il veut, c'est toi, Chloé. Et il t'aura, à n'importe quel prix.

Je ne sais pas quoi dire. Je me contente de la regarder fixement tandis qu'elle reprend doucement :

— Je ne sais pas si tu l'as remarqué, mais il y a une part de mysticisme chez Nikolai, cette croyance au destin qu'il a héritée de notre grand-mère. Comme elle a grandi dans un petit village rural, elle était à la fois religieuse et profondément superstitieuse, et elle a passé beaucoup de temps avec Nikolai quand il était petit. Il le nierait sûrement – il ne se considère pas religieux le moins du monde –, mais il a absorbé beaucoup de ses croyances, y compris ses attitudes envers notre famille, le mal que porterait soi-disant notre sang... d'après elle, il était inévitable que notre père, son fils, devienne ce qu'il est devenu.

Je déglutis.

— C'est-à-dire ?

Et plus important encore, est-ce que Nikolai a tourné de la même façon ?

Alina pince les lèvres.

— Ne t'en préoccupe pas. C'est de Nikolai que nous parlons en ce moment.

— Et moi. Alina...

C'est mon tour de lui saisir les mains.

— Qu'est-ce que je fais ? Je lui ai dit que je ne pouvais pas l'épouser, mais il ne veut pas entendre raison. Il insiste pour qu'on se marie aujourd'hui même.

Son visage exprime enfin une certaine stupéfaction.

— Aujourd'hui ?

— Oui, aujourd'hui !

Je relâche ses mains et reprends d'une voix plus posée :

— Écoute, je panique peut-être pour rien. Je ne sais pas comment il peut me forcer à me marier, nous ne sommes pas au Moyen-Âge. Mais juste au cas où, tu pourrais peut-être lui faire entendre raison ? Ou m'aider à trouver un moyen ?

Elle penche la tête et ses yeux de jade irradient.

— Alors, que les choses soient claires, tu ne veux pas l'épouser ?

Je cligne des paupières.

— Bien sûr que non. Enfin... Je le connais depuis moins d'un mois.

— Mais il te plaît, non ? La nuit dernière et l'autre fois...

— C'est différent.

Une fois de plus, mon visage vire au rouge.

— C'est juste biologique. C'est un homme très attirant et...

— Alors, ce n'est que du sexe pour toi ?

J'ouvre la bouche pour dire oui, mais le mot refuse de sortir.

— Je vois.

La lueur dans ses yeux s'intensifie.

— Est-ce que tu l'aimes ?

— Je...

Je déglutis pour tempérer la sécheresse soudaine de ma gorge.

— Je ne sais pas. Quelle différence ? Je ne peux pas l'épouser, dans tous les cas. Il est... enfin, il n'est pas...

— Qu'est-ce que tu imaginais comme mari ? demande-t-elle alors que ma phrase s'éteint d'elle-même.

Un sourire en coin se dessine sur ses lèvres.

— Tu sais, la plupart des femmes sauteraient sur l'occasion d'épouser un homme riche et beau complètement fou d'elles.

— Et toi ? Tu sauterais sur l'occasion d'épouser quelqu'un comme ton frère ?

Ses traits se crispent et son sourire disparaît.

— On ne parle pas de moi.

Brusquement, elle se lève et se dirige vers la fenêtre, le dos raide comme un piquet et le regard tourné vers les sommets lointains.

Troublée, je la rejoins. Je n'ai aucune idée de ce qui l'a bouleversée, mais visiblement, il se passe quelque chose. Prudemment, je touche son épaule.

— Eh, je...

Lorsqu'elle se tourne vers moi, elle a retrouvé sa contenance.

— Écoute-moi, Chloé. Tu as raison de paniquer. Si mon frère dit que tu vas l'épouser aujourd'hui, c'est ce qui va se passer. Je ne sais pas exactement comment, mais il ne manque pas de ressources. Si tu ne veux vraiment pas, ta meilleure chance est de retarder le mariage.

— Le retarder ? Mais...

— Le retarder, insiste-t-elle. Un refus catégorique ne fonctionnera pas. Au contraire, ça ne fera que renforcer sa détermination. Alors, tu dois lui dire oui et trouver ensuite un moyen d'imposer certaines conditions. Tu as peut-être toujours rêvé d'un lieu de mariage en particulier, d'une robe spéciale ou d'avoir tes amies de la fac comme demoiselles d'honneur. Il peut respecter cela comme il peut ne pas y prêter attention. Mais dans tous les cas, ça vaut le coup d'essayer.

Je la regarde fixement et mon pouls s'accélère. Elle a raison : je m'y suis mal prise. Hier soir, avant que je dise la vérité à Nikolai – que selon moi, cette relation ne pouvait pas fonctionner à long terme –, il a semblé raisonnable, cherchant plus à me persuader qu'à me plier à sa volonté.

Si j'accepte de l'épouser dans un avenir proche, nous pourrons peut-être retrouver une dynamique plus saine, rétablir les choses comme elles étaient jusqu'à présent.

— Je suis désolée de ne pas pouvoir être plus utile, me dit Alina.

Je sens bien qu'elle est sincère.

— Tout ce que je lui dirais se retournerait contre toi. Il vaut mieux que tu l'approches toi-même.

— Non, c'était très utile, merci.

Je tourne le dos pour partir quand une pensée me vient. Pleine d'espoir, je fais volte-face.

— Tu n'aurais pas la pilule du lendemain, par hasard ? Il y a eu un petit... oubli de notre part la nuit dernière.

Elle reste immobile, comme hébétée. Quand elle reprend la parole, sa voix est étrange.

— Non, je crains de ne pas avoir ce genre de chose. Chloé... je te conseille de trouver une bonne tactique pour retarder le mariage. Tu te souviens de ce que je t'ai dit sur mon frère et les accidents ? C'est la même chose pour les oublis de cette nature.

Je la dévisage, l'estomac noué.

— Tu veux dire...

— J'ai l'impression qu'il est bien décidé à te lier à lui et qu'il fait déjà son possible pour y parvenir.

27

NIKOLAI

Je me réveille avec une troublante impression de déjà-vu. Avant même de me retourner et de sentir les draps froids et vides à côté de moi, je sais que Chloé est partie.

Je ressens son absence au plus profond de moi.

La logique me dit qu'elle n'a pas pu s'enfuir à nouveau – les gardes ont reçu l'ordre strict de ne pas la laisser quitter l'enceinte –, mais mon cœur bat toujours contre ma cage thoracique alors que je saute du lit et m'habille à la vitesse militaire.

Je dois la retrouver. Tout de suite.

Avant que je puisse sortir de la chambre, un mouvement à l'extérieur attire mon attention. Je me dirige vers la fenêtre et une vague de soulagement m'envahit.

Chloé et Slava sont debout ensemble au bord de l'allée, tournés vers le bosquet sur le côté. En regardant de plus près, je remarque une boule de poils d'un brun gris devant eux. Un lapin sauvage. J'aperçois également une carotte longue et fine dans la main de mon fils.

Le soulagement se mêle à une nouvelle sensation, un délice pur, sorte de chaleur rayonnante qui se propage dans chaque recoin de ma poitrine. Mon fils et ma future femme, c'est si juste, si parfait.

C'est aussi très malsain.

Je ne le mérite pas. Au fond, j'en suis conscient. Un homme comme moi n'a pas la chance de connaître ce genre de bonheur, de nager dans une joie véritable. Quant à Chloé, elle ne me mérite clairement pas. Le sang qui coule dans mes veines est un pur poison, et ma nature impitoyable. Un homme meilleur l'aurait laissée partir depuis longtemps pour la protéger des aspects les plus sombres de lui-même au lieu de saisir ce bonheur illusoire à bras-le-corps.

Pourtant, c'est ce que je fais. Parce que je suis un monstre d'égoïsme. Parce que, quand je l'ai enfin tenue dans mes bras hier soir, je savais que sa place était là. Et je savais aussi que ce n'était pas suffisant.

J'ai besoin que le monde entier sache qu'elle est à moi, qu'elle n'appartient qu'à moi.

Je me laisse aller à la regarder avec Slava pendant un moment encore, appréciant ce bonheur immérité, ces moments volés de joie simple. Je ne sais pas comment j'ai pu me retenir pendant tout ce temps, comment j'ai pu prendre mon temps et lui accorder ce sursis de deux semaines. Maintenant que je l'ai retrouvée, je n'imagine pas passer une autre nuit sans elle, incapable de remettre ma bête en laisse.

Elle ne veut pas m'épouser ? Très bien. La brûlure de la rage et de la douleur causées par son refus est toujours présente, mais elle s'est légèrement refroidie, changée en une sombre résolution.

Il est temps que Chloé comprenne à qui elle a affaire. D'une manière ou d'une autre, elle portera ma bague à son doigt.

Ce soir, elle va devenir ma femme.

28

CHLOÉ

Je viens à bout de la matinée par la force de ma volonté, concentrée en souriant sur mes leçons avec Slava en dépit de l'angoisse qui me ronge les nerfs. Le fait que Nikolai ne se présente pas au petit-déjeuner et s'enferme dans son bureau avec Pavel m'aide un peu. En fait, je ne le vois pas du tout, sauf brièvement dans le couloir, lorsqu'il passe devant moi sans autre forme de procès qu'un regard furieux et un « excuse-moi, zaychik » murmuré du bout des lèvres.

On dirait que la nuit dernière n'a jamais eu lieu, comme si mon corps ne portait pas l'empreinte de sa possession et que mon estomac n'était pas noué lorsque j'essaie de trouver le courage de l'affronter.

Ce n'est qu'à onze heures que le premier signe des changements à venir apparaît. Depuis le temps, j'ai commencé à espérer que Nikolai puisse avoir changé d'avis et que sa menace ne soit que paroles en l'air, tout compte fait. Mais non. J'entre dans ma chambre et découvre Lyudmila dans mon dressing, en train de saisir par brassées des dizaines de robes avec leurs cintres pour les emporter, passant devant moi sans un mot.

— Eh !

Je m'empresse de la suivre alors qu'elle s'éloigne d'un pas rapide dans le couloir.

— Qu'est-ce qui se passe ?

Elle me décoche un regard en coin quand je la rattrape.

— Tu déménages aujourd'hui. Dans la chambre de Nikolai, non ?

— Quoi ? Non ! Donne-moi ça.

J'essaie de lui prendre les vêtements, mais elle s'avère étonnamment agile. Esquivant mon geste, elle se précipite dans la chambre de Nikolai, puis en ressort trente secondes plus tard et retourne dans la mienne.

Putain.

Je m'élance après elle.

— Arrête. Laisse mes affaires.

Sans m'écouter, elle ramasse d'autres vêtements à pleines mains et me repousse, son visage de poupée matryoshka dénué de toute expression.

— Si tu es sur mon chemin, je demande à Pavel de m'aider.

Merde.

Débordante de colère, mais impuissante, je recule.

L'option alternative – résister physiquement, à elle et à son colosse de mari – serait à la fois vaine et stupide. Bien sûr, je me fiche de l'endroit où se trouvent mes vêtements, mais c'est ce que signifie cette initiative qui compte.

Nikolai m'enlève ma chambre, mon espace privé... mon seul refuge contre lui.

Je ne peux pas retarder la confrontation plus longtemps. Si je ne veux pas devenir sa femme aujourd'hui, je dois passer à l'action.

Laissant Lyudmila faire ce qu'elle veut de ma garde-robe, je me dirige à grands pas vers le bureau de Nikolai et frappe à sa porte avec détermination.

— Oui ?

— C'est Chloé.

Ma voix est basse et furieuse, ma colère balayant toute prudence.

La porte s'ouvre, révélant la grande silhouette de Nikolai, ses larges épaules. Un avant-bras musclé sur le chambranle, au-dessus de sa tête, il promène son regard sur mon corps. Quand ses yeux reviennent vers mon visage, leurs paillettes d'or irradient, brillantes et menaçantes.

— Qu'y a-t-il, zaychik ?

— Il faut qu'on parle.

Il recule un peu, ses lèvres sensuelles exprimant un amusement sinistre.

— Alors, entre.

Il est encore en partie dans l'embrasure de la porte

et je n'ai pas d'autre choix que de le dépasser. Mon épaule frôle son torse ferme et musclé, et je sens son vague parfum de bergamote et de cèdre, mêlé à l'odeur alléchante de sa peau chaude et virile. Une chaleur familière me brûle les veines et je me liquéfie de l'intérieur en dépit de la fureur qui gronde dans ma poitrine.

Foutue biologie. C'est la dernière chose dont j'ai besoin.

Serrant les dents, je me dirige vers la table ronde, où je m'assieds sur une chaise, les yeux rivés sur son visage. Je refuse de laisser mon corps dicter mes actes, de laisser mes besoins sexuels décider de mon destin.

Je n'épouserai pas cet homme aussi magnifique qu'amoral si je peux m'y opposer. Quelles que soient les réactions de mon corps en sa présence.

— Alors...

Il se penche en arrière, croisant ses longs doigts devant lui. Sa voix n'est que soie et douceur lorsqu'il reprend :

— Tu voulais me parler ?

J'ai eu toute la matinée pour réfléchir à la meilleure façon de l'aborder, pourtant je me retrouve bloquée, les idées en vrac. C'est en partie son regard, ce demi-sourire cynique et moqueur, comme s'il avait déjà regardé l'avenir et savait exactement ce que je m'apprête à faire et à dire. Mais surtout, c'est la détermination froide que je devine en lui. Les arguments que j'ai répétés me semblent soudain ineptes, le principe même d'une négociation terriblement bancal.

— Comment comptes-tu t'y prendre ? lâché-je enfin.

Ce n'est pas ce que je voulais dire, mais je dois savoir ce qui m'attend en cas d'échec.

— Comment peux-tu me forcer à t'épouser contre mon gré ?

Les muscles autour de ses yeux se contractent imperceptiblement, mais il ne se départit pas de son sourire.

— Contre ton gré ? C'est le mensonge que tu t'infliges, zaychik ? Tu crois que tu es forcée ?

Le sang me monte au visage, ma colère soudain mâtinée d'un embarras incohérent.

— Qu'est-ce que tu dis ?

— Je dis que je te rends service, répond-il avec un sourire affûté. Les décisions peuvent être un lourd fardeau, surtout quand ton idée du bien entre en conflit avec tes désirs réels.

Mes ongles m'entament les paumes.

— Je ne veux *pas* t'épouser. Tu me l'as demandé et j'ai dit non, tu te souviens ?

— Oh, je sais.

Il s'affaisse sur son fauteuil, son sourire tout à coup envolé.

— Certaines choses sont inévitables. Un jour, tu le comprendras et tu seras reconnaissante, zaychik. Pour l'instant, je fais mon devoir.

— Je peux savoir comment ? Tu vas faire venir un

agent officiel ici ? Et ensuite ? Comment vas-tu me faire dire oui ?

Il ne répond pas, penché en arrière sur son siège avec une expression impénétrable. Mon imagination s'emballe.

Le regardant avec horreur, je m'étrangle :

— Tu vas me droguer, c'est ça ? C'est ton plan.

29

NIKOLAI

Maline, ma petite zaychik. Elle me connaît bien, quoi qu'elle en dise.

La fiole est déjà sur mon bureau, le liquide à l'intérieur prêt à être aspiré dans une seringue et injecté dans ses veines. C'est la forme la plus douce de l'une de nos drogues spéciales, le dosage à peine suffisant pour brouiller les limites de la réalité et réduire les inhibitions.

Quand je l'utiliserai sur Chloé, elle sera toujours consciente de ce qui se passe, mais elle ne s'y opposera pas... parce qu'au fond, c'est ce qu'elle veut.

Je la connais, moi aussi, maintenant.

Voilà pourquoi je ne suis pas surpris lorsqu'elle prend une inspiration et redresse ses frêles épaules au lieu de me supplier ou de pleurnicher.

— Bien, dit-elle d'une voix légèrement chevrotante. Tu as gagné. Mais sache que je ne te le pardonnerai jamais, si tu vas jusqu'au bout. Ça empoisonnera tout entre nous... comme les actes de ton grand-père ont gâché toute chance de bonheur dans son mariage.

Merde, Alina ! J'aurais dû m'y attendre, mais les paroles de Chloé me transpercent comme un hameçon, me pénétrant profondément et s'accrochant directement à mon cœur.

Je me penche en avant et lui réponds d'une voix claire et nette :

— Tu ne me laisses pas le choix.

— Non. C'est toi qui essaies de ne pas *me* laisser le choix.

Elle se penche en avant, à son tour, me dévisageant depuis l'autre côté de la table.

— L'absence de capote, c'était fait exprès, n'est-ce pas ? Tu n'as pas vraiment oublié.

Je soutiens son regard et la flamme de la colère se refroidit dans ma poitrine, remplacée par une douleur particulière. A-t-elle raison ? Sur le moment, cela ne m'a pas semblé être une décision consciente, mais plutôt une impulsion bestiale, une envie irrésistible d'être en elle sans aucune barrière entre nous. Je n'ai même pas envisagé le préservatif, comme si mon esprit avait rejeté l'existence de telles mesures de protection, sans compter leur nécessité.

Je ne veux pas d'autres enfants – ou du moins, c'est ce que je croyais. Puis j'ai vu mon sperme sur les cuisses de Chloé, et toutes sortes d'images attirantes ont envahi mon esprit : le ventre de Chloé arrondi par notre enfant, son sein allaitant un nourrisson potelé...

nous deux, jouant avec un bambin aux yeux bruns dont le sourire radieux illuminerait la pièce.

C'était comme le montage d'un putain de film à l'eau de rose, mais la douleur en moi était vive.

Au prix d'un gros effort, j'ai chassé ce doux rêve. Aucune importance que j'aie agi consciemment ou pas. Le résultat est le même, dans les deux cas.

Décrispant délibérément mes épaules, je me redresse et examine les traits tendus de Chloé.

— Dis-moi quelque chose, zaychik... que faut-il pour que tu acceptes notre mariage et que tu sois heureuse ? Pour que nous évitions le sort de mes grands-parents ?

Elle est trop intelligente, trop prudente pour venir ici rien que pour me fustiger. Elle cherche quelque chose, une sorte d'objectif qu'elle espère atteindre, et je pense savoir ce dont il s'agit.

Elle me regarde fixement pendant de longues secondes et je sens la bataille qui se joue dans sa tête. Va-t-elle continuer à me mettre la pression sur la question du préservatif ou passer à sa véritable intention ?

Elle a dû prendre sa décision, car elle se redresse et déclare :

— Eh bien, pour commencer, à moins que j'accepte d'avoir un bébé, et en attendant, je veux que nous utilisions toujours une protection. D'ailleurs, je veux que tu me remettes tout de suite sous pilule contraceptive et que tu me procures une pilule du lendemain.

— Ça marche, dis-je en réprimant une déception irrationnelle.

Elle a raison, c'est pour le mieux. Un autre Molotov est bien la dernière chose dont ce monde a besoin. Je ne sais pas ce qui m'a pris, hier soir, mais je dois mieux me contrôler à l'avenir. En fait, j'ai utilisé des préservatifs pendant tout le reste de notre nuit ensemble, alors ce qui s'est passé au début doit relever d'une défaillance momentanée de ma raison, voilà tout.

Chloé cligne des paupières, visiblement surprise par mon acquiescement facile.

— D'accord. Bon. Et si on discutait de la date du mariage ? Je pense que l'été ou l'automne prochain serait...

— Non.

Je n'avais pas l'intention de la précipiter dans le mariage, mais maintenant que nous avons emprunté ce chemin, je n'imagine pas attendre un jour de plus. Aussi impatient que j'aie été de l'avoir dans mon lit, ce n'est rien en comparaison avec mon besoin brûlant de la lier à moi. Je n'avais pas prévu de la demander en mariage avant quelques semaines, après m'être occupé de Bransford, mais tout a changé dès que j'ai vu mon sperme sur elle et que j'ai su que j'avais pu la mettre enceinte. À ce moment-là, lui passer la bague au doigt est devenu ma priorité absolue – et cela n'a pas changé. Enfant ou non.

Cette simple possibilité m'a fait comprendre que je ne serais pas satisfait avant qu'elle devienne ma légitime épouse.

— Mais... se récrie-t-elle dans un souffle.

— Non. Le timing n'est pas négociable.

Je sais que ce n'est pas raisonnable, mais je ne peux pas – je ne veux pas – débattre sur ce point. Quelque chose d'insensé en moi est convaincu que je la perdrai si je n'agis pas tout de suite... Je dois saisir cette chance de bonheur, aussi illusoire qu'elle soit.

Elle serre les poings et des taches sombres marbrent ses joues.

— Je croyais que tu voulais que ça marche, qu'on soit heureux en couple.

— C'est ce que je veux... et nous le serons. Mais d'abord, il doit y avoir un couple. Et pour cela, nous devons nous marier. Ce sera à dix-sept heures aujourd'hui.

— Cet après-midi ?

Sa voix monte dans les aigus.

— Tu réalises la folie de tout ça ?

Je lui réponds avec un sourire sinistre :

— La santé mentale, c'est surcoté, zaychik. Quelle personne saine d'esprit est vraiment heureuse ? De toute façon, tu n'as pas besoin de te stresser pour la logistique. Tout a déjà été arrangé.

Pendant quelques instants, elle me regarde fixement, la respiration tremblante, puis elle repousse sa chaise et se lève.

— Et ce que je veux, moi ? Ce dont j'ai besoin pour accepter ce mariage ?

— Dis-moi ce que tu veux et je ferai mon possible pour te l'obtenir... tant que ça n'entraîne pas de retard.

Me levant à mon tour, je contourne la table et prends son menton délicatement sculpté, inclinant son visage pour percevoir son expression rebelle.

— Dis-moi, zaychik. Que puis-je faire pour te rendre heureuse ? De quoi as-tu besoin ?

Elle s'agrippe à mon poignet, des émotions tumultueuses se succédant dans son regard.

— J'ai besoin que tu ne me forces pas.

Je souris et penche la tête, déposant un baiser sur le lobe fragile de son oreille. Mon corps se tend lorsque je respire son parfum de fleurs sauvages.

— Non, zaychik, chuchoté-je en la sentant frissonner. C'est précisément ce dont tu as besoin.

Une jeune femme aussi innocente qu'elle n'acceptera jamais un homme tel que moi sans craindre de compromettre sa morale imposée par la société et sans ressentir ne serait-ce qu'une certaine forme de culpabilité.

Je pensais ce que j'ai dit. Même si c'est égoïste, je lui fais une faveur. Au moins, elle peut prétendre qu'elle ne veut pas, qu'elle m'accepte contre sa volonté.

La ligne délicate de sa gorge ondule lorsqu'elle déglutit. Avec une vive inspiration, elle se dégage de mon emprise. Ses yeux sont encore plus sombres lorsqu'ils croisent les miens, ses jolis traits crispés.

— Dans ce cas, dit-elle sur un ton hésitant, j'ai deux autres conditions. Si tu peux les remplir, je t'épouserai à cinq heures aujourd'hui, sans avoir besoin d'être droguée.

Intrigué, je penche la tête.

— Vas-y.

— D'abord, je veux que tu me dises ce qui s'est passé exactement avec ton père. Et deuxièmement...

Sa voix vacille, mais elle persiste.

— J'ai besoin que tu me promettes de ne pas tuer le mien. Je veux que Bransford paie, mais pas de cette façon.

30

CHLOÉ

La mâchoire de Nikolai se transforme en pierre, des nuages volcaniques s'accumulant dans ses yeux. D'une voix dangereusement posée, il me dit :

— Je peux accéder à ta première demande, mais pas à la seconde. Bransford est une menace pour toi tant qu'il est en vie.

— Pas s'il est dévoilé au grand jour et que les gens savent ce qu'il est. Je peux rendre publics mes résultats d'ADN. Avec ce genre de preuve, les médias seront obligés d'écouter.

Je ne sais pas quand l'idée de ce marché diabolique avec Nikolai m'est venue, mais j'ai décidé que, puisqu'il n'y avait aucun moyen de remporter la bataille du mariage, j'allais au moins me rendre à mes conditions. Ces deux questions – découvrir la vérité sur le passé de Nikolai et faire en sorte qu'il laisse Bransford en vie – sont tout aussi importantes pour moi, et je dois exercer le peu d'influence dont je dispose.

Bransford doit payer pour ses crimes, mais je ne veux pas que son sang salisse les mains de Nikolai et, par extension, ma propre conscience.

— Les médias ? fait Nikolai, les lèvres pincées. Tu comprends ce que ça impliquerait, n'est-ce pas, zaychik ? Ils seront sur toi comme une volée de mouettes affamées. Chaque parcelle de ta vie sera disséquée, la mort de ta mère et tout ce qui concerne son passé analysés dans ses détails les plus sordides. Tu n'auras plus jamais un moment de paix. Et même si le scandale risque d'anéantir la carrière politique de Bransford, il n'y a aucune garantie qu'il aille en prison pour le viol de ta mère. Il y a sûrement prescription.

— Il est aussi coupable d'avoir commandité son meurtre.

— Oui, mais bonne chance pour le prouver maintenant que les assassins sont hors-jeu !

Merde. Il a raison. Dans ma hâte de trouver une alternative au meurtre de Bransford, je n'ai pas considéré cette dernière partie. Je n'ai aucune idée de ce que Nikolai a fait des corps des assassins, mais de toute façon, un homme mort ne peut pas témoigner de l'identité de son employeur. Pire encore, indiquer aux autorités la tombe des assassins – ou même simplement révéler l'incident dans les bois – pourrait entraîner toutes sortes de problèmes pour Nikolai. La dernière chose que je souhaite, c'est qu'il soit arrêté pour m'avoir protégée... ou que les médias se jettent sur lui, ce qu'ils ne manqueront pas de faire si nous sommes mariés.

Comme Slava doit rester caché de la famille de sa mère, je ne peux pas rendre publique ma relation avec mon père. Cette idée même est vouée à l'échec.

Pourtant, je ne suis pas prête à abandonner.

— Et s'il n'y avait pas que moi ? Je parie qu'il a fait ça à d'autres femmes que ma mère, d'autres filles agressées à un moment donné. Les hommes comme ça ont tendance à suivre un certain mode opératoire. On pourrait peut-être trouver ses autres victimes et...

— Comment ? répond Nikolai d'une voix douce. Je comprends ce que tu essaies de faire, zaychik, crois-moi, mais même si d'autres victimes existent quelque part, ça pourrait nous prendre des mois ou des années pour les identifier et les persuader de se manifester. Dans l'intervalle, il sera devenu président des États-Unis, et alors, le faire tomber demandera des efforts infiniment plus importants. Pendant ce temps, il continuera à te pourchasser... et à faire potentiellement d'autres victimes. Tu y as réfléchi ? S'il a effectivement un goût prononcé pour les adolescentes non consentantes, alors chaque minute où il reste en vie, il ne représente pas seulement une menace pour *toi*. En l'éliminant, je rendrai un service au monde.

Hmm. Je me détourne en me frottant le front. Il a encore raison, mais je ne peux pas accepter que le meurtre soit notre seule solution. Il doit bien y avoir autre chose à faire. Je serais même d'accord pour quelque chose de louche, comme le chantage ou...

Je reprends :

— Et si on n'avait pas besoin de retrouver les victimes ? Si on les créait nous-mêmes ?

Les sourcils sombres de Nikolai remontent sur son front, son regard éclairé par une lueur amusée.

— Tu suggères de payer des femmes pour l'accuser ? De fabriquer de fausses preuves ? Tu ne trouves pas cela contraire à l'éthique ?

— Pas si l'alternative est de le tuer. Et puis, ce n'est pas comme s'il était innocent.

— Non, déclare Nikolai froidement, sans humour. Il n'est pas innocent.

— Alors, c'est un oui ?

Je me rapproche et le regarde avec espoir.

— On peut essayer, voir si ça marche ?

Il écarte une mèche de cheveux de mon visage.

— Non, zaychik. Les fausses accusations ne marcheront pas.

— Mais...

— S'il faut créer des victimes, elles doivent être réelles... ou du moins, les preuves doivent l'être.

Je lève les yeux vers lui.

— Qu'est-ce que tu veux dire ?

— J'ai une idée, mais je dois la soumettre à Valery.

Une ampoule s'éclaire dans ma tête.

— Tu parles de Masha ?

Quel que soit l'âge réel de « l'atout » de son frère, elle pourrait facilement passer pour une adolescente. Si nous la rapprochons de Bransford...

— Exactement.

Nikolai se dirige vers son bureau et ouvre son ordinateur portable. Je regarde avec impatience ses longs doigts danser sur le clavier tandis qu'il envoie un message.

Je vends peut-être la peau de l'ours avant de l'avoir tué, mais il me semble qu'il est d'accord. Il trouve que cette idée a du mérite.

— Très bien, dit-il après une minute en refermant l'ordinateur. Voyons ce qu'en pense Valery et si Masha est ouverte à une modification du plan actuel.

— À savoir ?

Son sourire est teinté d'ironie lorsqu'il répond :

— Disons que la première partie n'est pas très différente.

Je cligne des paupières.

— Elle allait le séduire ?

— Juste assez pour qu'il prenne un repas avec elle.

Où elle lui administrerait ce qui était censé entraîner ce fatal « défaut cardiaque ».

Je fais de mon mieux pour garder un ton impassible.

— D'accord, alors ça devrait être facile, non ? Elle pourrait le séduire un peu plus et prendre des photos compromettantes. Ou...

— Ne t'inquiète pas pour les détails, zaychik.

Il contourne son bureau et s'arrête devant moi, la nuance ambrée de ses yeux flamboyante alors qu'il glisse une autre mèche de cheveux derrière mon oreille.

— Ton seul travail aujourd'hui est de choisir ta robe.

31

CHLOÉ

Nikolai avait tort. Il n'y a pas que la robe.

Après le déjeuner, un groupe de personnes élégantes envahit la maison, apportant avec elles tout le nécessaire, depuis les chaussures de marque jusqu'au matériel de coiffure. Alina dirige les opérations avec une efficacité redoutable, et avant même que je m'en rende compte, je suis lavée, épilée, parfumée, coiffée et maquillée à la perfection.

Quand arrive le choix de la robe, j'ai l'impression d'avoir subi une légère forme de torture, et tout prend une allure surréaliste. Le jour de mon mariage... Rien que ces mots me semblent sortis d'un livre ou d'un film, un récit fictif mettant en scène une fille qui ne peut pas être moi.

Je n'ai jamais rêvé du mariage, contrairement à certaines femmes. C'était juste une chose que je pensais pouvoir réaliser un jour, si je rencontrais la bonne personne et que toutes les étoiles étaient alignées. Si nous réussissions tous les deux dans nos carrières, par exemple, si nous appréciions nos familles et nos amis mutuels et si nous avions de très nombreux points communs. Et pas avant un âge approprié, la fin de la vingtaine au plus tôt.

Je ne m'imaginais pas mariée à vingt-trois ans, et certainement pas avec un mafieux russe. Parce que c'est précisément ce qu'est Nikolai, qu'il accepte ou non cette étiquette. Les Molotov se parent des atours de la haute société, mais au fond, Nikolai et ses frères sont des brutes, aussi violentes et amorales que n'importe quel chef de cartel.

L'idée d'unir ma vie à un tel homme devrait me terrifier, pourtant je me sens engourdie, tellement dépassée que tout n'est qu'un bruit de fond. Il y a moins de deux mois, mon seul souci était de trouver un emploi après l'obtention de mon diplôme, mais ma vie a tellement déraillé que tout ce qui se passe aujourd'hui ne me semble plus si effrayant ni même étrange.

À moins que ce soit un mensonge que je me raconte pour venir à bout de cette journée. Peut-être que l'énormité de ce que j'ai fait me frappera plus tard, quand je serai mieux équipée pour y faire face.

Les robes qui me sont présentées sont éblouissantes, de véritables œuvres d'art. Il y en a quatorze en tout, et Alina me les fait essayer avant de déclarer que la numéro sept est la bonne – une robe sirène ivoire avec un décolleté jusqu'aux épaules.

Je ne sais pas si je suis d'accord avec elle – pour moi, toutes ces robes sortent d'un conte de fées –, mais je la remercie pour ses précieux conseils. Quoi qu'elle puisse penser de l'ordre du jour, elle a pris les choses en main, s'interposant en mon nom auprès de la meute envahissante. Grâce à elle, je n'ai pas à prendre de décisions délicates, comme la couleur du fard à paupières, par exemple. Elle leur dit exactement quoi faire et comment. Moi, je n'ai qu'à rester assise comme une poupée zombie pendant qu'ils défilent devant moi, allant jusqu'à m'appliquer de l'anti-cernes dans le cou pour cacher le suçon et les autres traces de mes ébats avec Nikolai.

Il est presque dix-sept heures quand je suis prête, et alors que la meute s'en va, deux nouvelles voitures arrivent. L'une d'elles est occupée par deux personnes munies d'un matériel photographique sophistiqué, tandis que l'autre révèle un homme mince d'âge moyen, vêtu d'un costume noir avec un col blanc.

— Un prêtre œcuménique, m'explique Alina à côté de moi, près de la fenêtre. Il dirigera la cérémonie.

La cérémonie, c'est vrai. Mon cœur s'emballe, en proie à la panique, et mon engourdissement s'estompe. C'est bien réel. C'est vraiment en train de se passer. Un vrai mariage, avec une robe raffinée, un prêtre et une équipe de photographes-vidéastes. Je me demande bien comment Nikolai a réussi à organiser tout cela en si peu de temps, mais lorsqu'on a de l'argent à jeter par les fenêtres, j'imagine que l'on n'a pas à se préoccuper de questions aussi triviales que de réserver à l'avance des professionnels très demandés.

— Où est Slava ? demandé-je, prenant conscience

seulement maintenant que je n'ai pas vu le garçon depuis nos leçons du matin. Il sera présent à la cérémonie ?

Alina acquiesce.

— Lyudmila l'a gardé à l'écart. Moins de personnes savent qu'il est ici, mieux c'est. Mais Nikolai tient à ce qu'il soit présent au mariage et sur les photos, alors il a pris les précautions nécessaires avec le prêtre et l'équipe de photographes.

— Des précautions ? Comme un accord de non-divulgation ? Attends, à la réflexion, je ne veux pas savoir.

Elle m'adresse un sourire éblouissant.

— C'est sage de ta part. Mais oui, ce genre de clause en fait partie, je crois. Avec quelques mesures plus coercitives.

Une fois de plus, mon cœur fait un bond, puis se lance dans un galop effréné. La réalité s'impose à moi rapidement, et avec elle, un sentiment de panique.

Que suis-je en train de faire ? Pourquoi ai-je accepté ? Comment puis-je savoir que Nikolai respectera sa part du marché ? Il ne m'a toujours pas dit ce qui s'est passé avec son père. Cela dit, avec tous les préparatifs du mariage, nous n'avons pas eu beaucoup de temps pour parler. C'est un problème en soi. Tout va beaucoup trop vite, des décisions qui ne sont pas de mon ressort, avec des implications démentielles. Brusquement, je prends conscience qu'en épousant Nikolai, je ne gagne pas seulement un mari, mais aussi un fils.

Je vais devenir la belle-mère d'un enfant de quatre ans.

Je dois avoir l'air un peu déphasée, car Alina se penche vers moi pour me serrer les mains.

— Respire. Tout va bien se passer. Tu dois juste vivre une minute après l'autre.

C'est un bon conseil. C'est ce que maman m'a toujours dit : il faut se concentrer sur la prochaine étape, la prochaine chose à faire. Personne n'a de boule de cristal pour connaître l'avenir, alors il est inutile de penser trop loin. De toute façon, devenir la belle-mère de Slava est la partie la moins effrayante de toute cette aventure. J'aime déjà ce garçon et je n'imagine pas ma vie sans lui.

Je prends une profonde inspiration pour calmer mon rythme cardiaque effréné.

— Merci. On ferait mieux de descendre avant que Nikolai ne vienne nous chercher.

En reculant, je jette un coup d'œil rapide à sa robe couleur océan.

— Tu es superbe, au fait.

Le sourire d'Alina revient.

— Moi ? C'est toi la magnifique mariée.

Peut-être, mais elle me surpasse, comme toujours. En temps normal, la sœur de Nikolai pourrait déjà passer pour une starlette sur le tapis rouge, mais quand elle fait des efforts supplémentaires pour se coiffer et se maquiller, comme aujourd'hui, sa beauté est presque irréelle. Si je voyais une photo d'elle comme je la vois en cet instant, je serais certaine qu'elle a été photoshopée, perfectionnée au moyen de toutes sortes de filtres. Pourtant, elle est là, debout à côté de moi, en chair et en os.

— Tu as quelqu'un en Russie ? demandé-je sur un coup de tête. Un petit ami ou quelque chose comme ça ?

Malgré notre amitié grandissante, Alina est aussi fermée sur ce sujet que sur celui de sa famille, et je ne peux m'empêcher de me demander pourquoi. Moi, je lui ai tout raconté sur mes ex, mais elle ne m'a jamais rendu la pareille avec ses propres histoires.

Si je ne la connaissais pas mieux, je penserais qu'elle n'a pas connu beaucoup d'hommes.

— Un petit ami ?

Son éclat de rire semble forcé.

— Non. Personne.

Nous voilà de retour à la case départ.

— Pourquoi ? insisté-je, incapable de laisser tomber.

Je préfère de loin me concentrer sur la vie amoureuse d'Alina que me demander où se dirige la mienne.

— Sûrement...

— On devrait descendre, m'interrompt-elle en se détournant. Allons-y avant d'être en retard.

32

NIKOLAI

— Slavochka...

Je m'accroupis devant mon fils.

— Il faut que je te parle de quelque chose.

Il me fixe sans sourciller, le malaise évident dans son expression. Il n'a pas pu manquer tous ces gens qui sont entrés et sortis de la maison toute la journée, et je sais qu'il s'interroge. Lyudmila m'a dit qu'il l'avait harcelée de questions pendant tout l'après-midi : des questions auxquelles elle s'est bien gardée de répondre, estimant que c'était à moi de lui annoncer la nouvelle.

— Ce n'est rien de grave, dis-je devant son silence obstiné. En fait, c'est même quelque chose de vraiment génial. Tu te souviens, quand je t'ai promis que Chloé allait rester avec nous pour toujours ?

Il hoche la tête avec méfiance.

— Eh bien, c'est le but de cette journée, ajouté-je avec un grand sourire. Nous allons nous marier. Chloé ne sera pas seulement ton professeur, mais ta nouvelle maman.

Ses yeux s'écarquillent et son petit menton frémit.

— Ma mère ?

— Techniquement, ta belle-mère, mais je suis sûre que Chloé aimerait que tu la considères comme ta mère avec le temps.

Je m'attends à ce que Slava réagisse avec joie, car il adore Chloé. Au lieu de quoi, son menton tremble encore plus fort et des larmes luisantes s'accumulent dans ses yeux.

— Ça veut dire que...

Sa voix enfantine se brise, mais il reprend :

— Ça veut dire qu'elle va mourir ?

Putain. Encore ? J'ai l'impression qu'on m'a broyé la poitrine avec un marteau.

Si Ksenia n'était pas déjà morte, je la tuerais pour la punir d'avoir perdu la vie dans cet accident de voiture, ancrant cette terreur au plus profond de notre fils.

Je lui saisis fermement les bras.

— Non, Slavochka. Elle ne va pas mourir. D'ailleurs, je l'épouse justement pour m'assurer qu'il ne lui arrive jamais malheur. Elle sera en sécurité ici avec nous.

Ses tremblements cessent, même si des gouttes perlent encore au bout de ses cils, les faisant scintiller.

— Promis ?

— Je te le promets.

— Elle restera toujours avec nous ?

— Toujours.

Ou du moins, tant qu'il y aura un souffle dans mon corps, mais je ne vais pas le lui dire de peur qu'il commence à craindre que je meure, moi aussi.

Il me récompense par un sourire radieux et le marteau frappe à nouveau ma poitrine, la douleur se répercutant jusqu'au bout de mes membres. Mais cette fois, c'est une douleur différente, que j'ai appris à accueillir. C'est difficile d'exprimer ce que mon fils me fait ressentir. Tout ce que je sais, c'est que je ne peux plus envisager une existence sans lui, sans ces émotions puissantes qui me donnent souvent l'impression de me déchirer.

Ces deux dernières semaines, le rapport provisoire que nous avons établi grâce à Chloé s'est approfondi, notre relation se transformant en quelque chose que je n'aurais jamais pensé connaître... un sentiment qui me pousse à me demander si avoir un autre enfant avec Chloé serait si terrible, après tout.

Mais non. J'ai promis que ce serait sa décision et je dois respecter cela si nous voulons que notre enfant ait une chance de vaincre la malédiction Molotov. Je ne veux pas qu'il soit élevé par une mère qui n'aime pas sa vie et lui dise que tout ce qu'il est la dégoûte, que le mal fait partie de lui et qu'il ne changera jamais.

Je ne veux pas qu'il finisse comme mon père.

Je chasse cette pensée sinistre et souris à Slava.

— On va t'habiller et te préparer. C'est bientôt l'heure du mariage.

Je me lève et lui tends la main. Lorsque ses petits

doigts se referment avec confiance autour de ma paume, je suis plus certain que jamais de prendre la bonne décision... pour moi, pour Chloé et pour mon fils.

33

CHLOÉ

Nous prononçons nos vœux sur la terrasse vitrée qui surplombe le ravin, où le panorama des montagnes constitue une toile de fond digne d'Instagram et où le soleil de fin d'après-midi projette sur le paysage une lumière chaude et dorée.

Vu de l'extérieur, cela ressemblerait au plus parfait des mariages en petit comité, jusqu'à la musique diffusée par les haut-parleurs du plafond et l'adorable enfant en smoking, rayonnant d'excitation.

— Chloé Emmons, voulez-vous prendre Nikolai Molotov... comme époux légitime... et le chérir...

Les mots du prêtre s'estompent, comme une transmission de radio crachotante, et mes oreilles bourdonnent, assaillies de bruit blanc. Je suis vaguement consciente de la présence d'Alina à mes côtés, qui joue officieusement le rôle de demoiselle d'honneur, ainsi que de l'ours Pavel, près de Nikolai.

Est-ce son témoin ? Je ne sais même pas si la tradition l'exige, en Russie.

— Je le veux, dis-je quand le prêtre se tait.

Nikolai a déjà prononcé ses vœux, c'est mon tour maintenant.

Lyudmila, qui tient la main de Slava, dit quelque chose au garçon en russe tandis que le prêtre sourit et déclare :

— Maintenant, échangez les alliances.

Nous avons des alliances ?

Aussitôt, les doigts puissants de Nikolai saisissent mon poignet droit. Il tourne la paume de ma main vers le haut et y dépose un anneau d'or ordinaire, puis il prend ma main gauche et fait glisser un délicat cercle d'or incrusté de diamants sur mon annulaire.

Eh bien oui, il faut croire que nous avons des alliances.

Maladroitement, j'enfile celle de Nikolai à son doigt et je lève les yeux. Les siens ont la même teinte que le métal précieux sur sa main, la chaleur brûlante qu'ils dégagent chassant le grondement dans mes oreilles. Tout devient brusquement très réel.

Putain de merde.

Nous venons de nous marier.

L'homme en face de moi est maintenant *mon mari*.

— Félicitations. Vous pouvez embrasser la mariée, dit le prêtre.

Mon cœur s'emballe lorsque Nikolai incline mon visage vers le haut et penche la tête. Un sourire sombre danse sur ses lèvres alors qu'elles s'approchent des miennes.

C'est un baiser bref, presque platonique, mais on ne peut pas se méprendre sur la possessivité brute qu'il dégage. Ensuite, il me saisit la main et se retourne vers les applaudissements et les félicitations qui nous parviennent. Même pendant les embrassades, il ne me lâche pas.

Enfin, les adultes se retirent et Nikolai s'agenouille devant Slava, ma main toujours fermement dans la sienne.

— Slavochka...

Son intonation est solennelle, ses mots en anglais soigneusement énoncés.

— Nous sommes une famille, maintenant. Chloé est ma femme et ta nouvelle maman.

Oh là, waouh ! Je ne m'attendais pas à ça. On ne devrait pas y aller doucement, plutôt ? Je ne veux pas que Slava m'en veuille de prendre la place de sa mère décédée. Bien sûr, techniquement je suis sa belle-mère, mais ça ne veut pas dire qu'il ne peut pas continuer à me considérer comme Chloé tout simplement, pour l'instant. Plus tard, quand le moment sera venu, nous pourrons...

Mes pensées s'arrêtent net lorsque Slava m'adresse le plus grand et le plus radieux des sourires et passe ses petits bras autour de ma jupe, serrant mes jambes de toutes ses forces.

— Maman Chloé, s'exclame-t-il en me regardant, le visage rayonnant.

Je ne peux retenir ma stupeur. Il vient d'accepter ce bouleversement dans notre dynamique avec une telle facilité. Où est le ressentiment ? La méfiance devant ce changement soudain dans sa vie ? Bien sûr, je suis ravie qu'il l'accepte. Nikolai a dû lui parler dans la journée, le prévenir de ce qui allait se passer, mais tout de même, j'aurais attendu au moins une courte période d'adaptation. À moins, bien sûr...

J'interromps le cours de mes pensées. Rien de tout cela n'a d'importance, pour le moment. J'encadre le visage de Slava entre mes paumes et lui offre le plus beau sourire que je puisse faire.

— Oui, mon chéri. Nous sommes une famille maintenant. Tu peux m'appeler maman ou tout ce que tu voudras.

Même si c'est un choc de me retrouver tout à coup dans le rôle de parent, j'ai le sentiment que Slava sera la partie la moins compliquée de ce mariage, et pas seulement parce que je n'ai aucune honte à admettre que l'enfant a déjà conquis mon cœur.

Quand je jette un coup d'œil à Nikolai, son expression est chaleureuse, approbatrice. Tout sourire, il porte ma main à ses lèvres et embrasse mes jointures une à une, me donnant le frisson et faisant rire son fils.

— Maman Chloé, répète Slava avec enthousiasme avant de bondir vers Alina en lui parlant en russe.

— Encore toutes mes félicitations, me dit cette dernière quand je croise son regard.

Elle ajoute à mi-voix :

— Je suis heureuse de t'avoir comme sœur.

Ma sœur. C'est vrai. Parce que c'est aussi ce que signifie le mariage. On ne gagne pas seulement un mari, mais toute une famille. Comme un fils, une sœur, deux frères, et autant de cousins... tous les proches parents que je n'ai jamais eus.

Pour la première fois, je comprends combien ma vie est en train de changer.

Je ne suis plus une orpheline seule qui se fraye un chemin dans le monde.

———

Je suis encore sous le coup de cette révélation quand le photographe nous fait sortir pour prendre un million de photos, à flanc de montagne, où la brise d'été embrasse nos visages d'une fraîcheur parfumée aux pins.

Plus une orpheline.

Plus l'enfant unique d'une mère célibataire qui n'avait pas de famille.

Combien de temps ai-je secrètement souhaité un tel bonheur ? Dans mon imagination, c'était mon père qui revenait dans ma vie et me présentait à tous les cousins, tantes et oncles dont j'ignorais l'existence et qui s'avéraient merveilleux. Maintenant, sachant ce que je sais de Bransford, je ne peux plus me le permettre. Rien que l'idée de rencontrer un parent de cet homme qui essaie de me tuer me révolte. Dieu merci, il n'a pas d'autres enfants biologiques, du moins aucun dont les médias soient au courant. D'après le peu que j'ai lu à son sujet, je sais qu'il est veuf et qu'il s'est récemment remarié. Sa première femme a lutté contre une forme rare de cancer pendant une décennie avant de mourir, il y a quelques années, et sa nouvelle épouse a deux jeunes enfants d'un précédent mariage – une fille et un garçon qu'il exhibe régulièrement devant les caméras, jouant à la perfection le rôle du mari et du père idéal à l'américaine.

Si seulement ils savaient.

Perdue dans mes pensées, j'obéis aux instructions du photographe en pilote automatique. Lorsque je prends à nouveau conscience de mon environnement, le soleil se couche derrière les sommets, baignant les environs d'une lueur rouge orangé.

— Ça devrait suffire, déclare Nikolai.

Nous retournons à l'intérieur, où la table est garnie de plats gastronomiques qui feraient de l'ombre à la fête d'anniversaire d'Alina. Il y a de tout, depuis les fruits de mer jusqu'aux plats traditionnels russes, en passant par une grande variété de sushis et de délices internationaux comme les escargots.

Ils ont dû faire venir la plupart de ces mets par avion. Pavel n'a pas eu le temps de préparer ne serait-ce qu'une fraction de ce qui se trouve devant nous.

Mon estomac émet un grognement et je réalise soudain que je meurs de faim. Toutes ces photos ont dû me demander plus d'énergie qu'il n'y paraissait. Ou alors, c'est le stress. Quoi qu'il en soit, dès que nous sommes assis et que Pavel a porté le premier toast à notre santé, j'ai rempli mon assiette de cinq types de petits fours différents au caviar, suivis de blintzes, de feuilletés, d'une grande variété de fruits et légumes marinés, de queues de homard, viandes salées, fromages raffinés et salades de toutes sortes. C'est aussi délicieux que beau, et ma robe éclate presque aux coutures lorsque je m'arrête enfin pour reprendre mon souffle.

En levant les yeux de mon assiette, je vois Nikolai qui me regarde avec un sourire indulgent.

— Quoi ? demandé-je, gênée, en posant ma fourchette.

— Rien. J'aime te voir manger.

Me goinfrer, plutôt. Mes oreilles brûlent, mais je prends éhontément une autre queue de homard. Cette cuisine est un vrai délice, et s'il y a quelque chose que j'ai appris durant mon mois de cavale, c'est de ne pas prendre la bonne chère pour acquise – ni n'importe quelle nourriture, en général.

Deux discours plus tard, cependant, je dois rendre les armes. Je ne peux plus rien avaler, et le plat principal n'est même pas encore servi. Pour me changer les idées de cette sensation de trop-plein, je regarde Nikolai qui explique quelque chose à Pavel en russe.

J'attends qu'il termine, et quand il me regarde, je lui dis :

— Tes frères... Tu leur as parlé du mariage ?

Je viens de me rendre compte que je n'ai pas encore rencontré mes nouveaux beaux-frères, et qu'ils ignorent peut-être que je fais maintenant partie de leur famille.

Nikolai fait un geste vers le vidéaste, qui tourne discrètement autour de la table avec sa caméra.

— Valery et Konstantin reçoivent la vidéo en direct. Ils vont nous appeler en visio pour nous féliciter.

Bien sûr. Il a pensé à tout. Pourquoi suis-je surprise ? Organiser un mariage en quelques heures, ce doit être un jeu d'enfant comparé à la planification d'un assassinat de haut vol. Cela dit, ce dernier point n'est plus au programme, du moins si Nikolai tient parole.

Avec effort, je me recentre sur la fête. Elle me rappelle beaucoup l'anniversaire d'Alina, si ce n'est que cette fois, tous les toasts sont portés pour Nikolai et moi. La majorité d'entre eux viennent de Pavel et Lyudmila, visiblement déterminés à se surpasser en matière de vœux, mais Alina n'est pas la dernière à lever son verre, d'abord pour nous souhaiter un long et heureux mariage, puis pour me rendre hommage, à moi « la sœur qu'elle a toujours souhaité avoir ».

Elle a bu au moins quatre verres de vodka, je le sais, mais ses paroles me vont droit au cœur. Elles font vibrer cette partie secrète de mon être qui a toujours rêvé d'avoir une sœur.

Peut-être que ma vie de Molotov ne sera pas si mal, tout compte fait. Gagner une famille, même une famille de mafieux, cela pourrait en valoir la peine.

Mon enthousiasme timide perdure jusqu'au plat principal et pendant le dessert, alimenté par plusieurs verres de vin et deux shooters de vodka. Tout le monde autour de moi est joyeusement éméché, à l'exception de Slava et Nikolai.

Comme pour l'anniversaire d'Alina, j'ai l'impression que l'alcool ne fait qu'aiguiser les facultés de mon nouveau mari, que la vodka lui fait plutôt l'effet d'un Red Bull ou d'un café. À moins qu'il n'écorne très légèrement sa façade policée et élégante, celle qu'il utilise pour masquer la force brute de sa personnalité, cette intensité sombre qui mijote en lui et cherche à plier tout et tout le monde à sa volonté.

Me plier, en l'occurrence, me modeler pour que je devienne ce qu'il veut que je sois.

Sa femme. Sa possession. Sienne dans tous les sens du terme... parce que l'alliance à mon doigt est une cage, une cage dont je ne peux m'échapper.

Cette réalité devrait m'épouvanter – et ce serait le cas, en temps normal –, mais l'alcool n'agit pas sur moi comme du Red Bull. Au contraire, il peint mon monde dans des tons chauds et flous, comme l'aquarelle d'un coucher de soleil. Voilà pourquoi je ne m'oppose pas à ce que Nikolai me prenne sur ses genoux, où il me fait goûter des fraises enduites de chocolat pendant que nous parlons à ses frères sur un ordinateur que Pavel apporte à la table.

Konstantin appelle en premier. Son visage fin ressemble tellement à celui de Nikolai que mon cœur fait un bond lorsqu'il apparaît à l'écran. De plus près, cependant, les différences ressortent. Le nez de Konstantin est légèrement plus grand et plus crochu, son menton fort est fendu d'une cicatrice et ses yeux plus enfoncés dans leurs orbites, leur couleur frappante dissimulée derrière des lunettes à monture noire. Plus important encore, ses lèvres n'ont pas la courbe cynique et espiègle de celles de Nikolai, plus austères quoique tout aussi belles.

Pour une raison quelconque, je n'éprouve aucune difficulté à imaginer le frère aîné de Nikolai en moine guerrier, transcrivant à la main d'anciens parchemins tout en décimant des hordes de barbares envahisseurs.

— Félicitations pour votre mariage, nous dit-il.

Sa voix est profonde, comme celle de Nikolai, son accent américain parfait. Je me demande s'il a aussi étudié ici, aux États-Unis.

— Je suis content pour vous deux.

Son regard se fixe sur moi et il ajoute :

— Bienvenue dans la famille, Chloé.

— Merci. C'est un plaisir de te rencontrer.

Nous échangeons encore quelques banalités pendant que Nikolai me donne des fraises, son bras possessif autour de moi. Ce n'est que lorsque Konstantin raccroche que je me rends compte qu'il n'a pas réagi en me voyant sur les genoux de son frère, nourrie comme un enfant. Il n'avait pas le moindre sourire taquin, comme s'il n'en était même pas conscient.

J'ai presque l'impression que nous venons de parler à une intelligence artificielle au lieu d'un être humain – et d'après ce que j'ai entendu sur le QI et le génie de

Konstantin en matière de technologies, ce n'est pas hors du champ des possibles.

Valery est le suivant. L'impression qu'il dégage est complètement différente. Le frère cadet de Nikolai ressemble encore plus à son jumeau – ou plutôt à son clone, étant donné leurs quatre ans d'écart. Mais c'est là que s'arrêtent les similitudes. Il y a quelque chose de froid et de calculé chez Valery. Le sourire sur ses lèvres sensuelles n'atteint pas tout à fait son regard, qui scrute mon visage avec une absence d'émotion troublante.

Un marionnettiste, voilà à quoi il me fait penser alors qu'il nous félicite d'un ton froid et impassible, sa voix grave comportant aussi peu d'accent que celles de ses frères.

Comme avec Konstantin, notre appel est bref, à peine un simple échange. À la fin, je n'ai aucune idée de ce qu'il pense de moi et de notre mariage précipité – ou de quoi que ce soit d'autre, d'ailleurs.

— Tes frères sont... intéressants, dis-je à Nikolai après la déconnexion. Vous étiez proches quand vous étiez plus jeunes ?

Il porte une autre fraise à mes lèvres.

— Pas exactement.

Avant que je puisse lui demander de développer, il pousse le fruit sucré dans ma bouche, puis prend un verre de champagne et me le tend.

J'avale et bois une gorgée de vin pétillant légèrement sucré, tandis que Nikolai prend une autre coupe de champagne et attend que tous les regards se tournent vers nous.

— À ma belle épouse, déclare-t-il en me fixant de son intense regard de tigre. Zaychik… Je ne pourrais pas être plus heureux de t'avoir dans ma vie, et je ferai tout mon possible pour assurer *ton* bonheur.

Une fois de plus, je perçois le sous-entendu : « même si tu t'y opposes ».

34

NIKOLAI

Après deux autres toasts de Pavel et Lyudmila, le dîner est terminé. Je soulève Chloé dans mes bras et la porte à l'étage, dans ma chambre.

Non, *notre* chambre. Maintenant qu'elle est ma femme, elle va dormir avec moi toutes les nuits.

Mon cœur bat la chamade quand je pousse la porte avec l'épaule et l'emmène à l'intérieur, où je la pose délicatement sur ses pieds devant le lit. Elle se balance légèrement et ricane. Manifestement, le vin et le champagne lui sont montés à la tête.

Ma tête aussi est embrumée, mais pas par l'alcool. C'est le désir qui étourdit mes pensées et fait couler un flot de lave dans mes veines. Cette longue soirée a mis mon contrôle à rude épreuve, mais j'ai réussi à me contenir.

Je meurs d'envie d'emmener Chloé au lit depuis que nous avons prononcé nos vœux, afin de sceller notre lien de la manière la plus viscérale qui soit. Si j'ai résisté, c'est uniquement pour les souvenirs.

Quand nous serons vieux et grisonnants, je veux pouvoir regarder les photos et les vidéos et me souvenir de chaque détail de cette journée.

Chloé titube à nouveau et cligne des yeux vers moi à la manière d'un hibou. Je la retiens aux épaules pour lui éviter de tomber. Ignorant l'envie qui me tenaille, je prends le temps de l'admirer, imprimant chacun de ses traits, chaque détail de son visage dans mon esprit. Parce que les photos et les vidéos ne suffiront pas. Je veux me remémorer toutes les sensations, depuis la chaleur soyeuse de sa peau jusqu'à son haleine au champagne et aux fraises.

Ma jeune mariée.

Ma femme.

Aucun mot ne m'a jamais paru aussi juste, aussi satisfaisant.

Elle est de toute beauté aujourd'hui, dans cette robe blanche et éthérée qui me donne envie de l'arracher pour découvrir sa peau éclatante en dessous. Ses cheveux aux reflets dorés sont savamment coiffés et ses lèvres pulpeuses teintées d'une riche couleur cramoisie. Ses yeux bruns paraissent encore plus grands et plus doux, soulignés de noir. Pourtant, je n'ai qu'une envie, la voir au naturel, son visage encore ensommeillé et ses cheveux emmêlés par mes doigts.

Je veux la voir se réveiller dans mes bras demain matin, et chaque matin pendant le reste de nos vies.

Sourd au désir qui me brûle les entrailles, je pose

une main sur sa joue et penche la tête, aspirant son parfum frais et vivifiant dans mes poumons tandis que j'embrasse le lobe tendre de son oreille. J'ai beau éprouver une envie enivrante, ce soir je serai doux pour compenser ma sauvagerie de la veille.

Quoi qu'il m'en coûte, notre nuit de noces sera tout ce dont ma zaychik a toujours rêvé.

35

CHLOÉ

Je m'attends à ce que Nikolai me tombe dessus aussi sauvagement que d'habitude, mais il fait preuve d'une tendresse hors du commun, déboutonnant lentement ma robe tout en posant de doux baisers brûlants dans mon cou et le long de ma gorge, jusqu'à ce que toute la tension abandonne mon corps, laissant une chaude lassitude dans son sillage. Une fois que je suis nue, j'ai l'impression de me liquéfier jusqu'aux os alors même qu'une tension d'une tout autre nature s'accumule au plus profond de moi, m'enflammant de l'intérieur.

Après m'avoir étendue sur le matelas, il recule pour se déshabiller et je le regarde, le cœur battant, enlever sa veste de smoking noire et son nœud papillon. En dessous, il porte un gilet argenté sur mesure par-dessus la chemise d'un blanc immaculé qui épouse son torse large et musclé.

Il a tôt fait de s'en débarrasser avant de retirer son

pantalon et son boxer. À l'inverse du soin qu'il a pris avec ma robe, ses mouvements sont saccadés et impatients. Je comprends qu'il est loin de se contrôler autant qu'il le laisse paraître. Son érection, dure et massive, se tend vers son ventre musclé, trahissant son envie.

Lorsqu'il grimpe sur le lit, cependant, il est tout aussi attentionné. Prenant l'un de mes pieds entre ses mains, il dépose de petits baisers sous ma voûte plantaire avant de remonter le long de ma jambe. Mon souffle reste suspendu lorsque sa bouche s'approche du V entre mes cuisses, mais il le dépasse sans s'y attarder, embrassant et caressant mon ventre, puis ma cage thoracique et ma poitrine.

La chambre à l'éclairage tamisé tournoie autour de moi, son plafond brouillé dans ma vision alors qu'il referme les lèvres sur mon téton gauche, le caressant amoureusement avec sa langue avant de reporter son attention sur l'autre. Je gémis et mes mains glissent dans ses cheveux soyeux. C'est l'alcool, je sais, mais j'ai l'impression de flotter dans l'espace, ancrée seulement par la chaleur humide de sa bouche sur mes seins et la douce caresse de ses mains calleuses sur ma peau brûlante.

Notre nuit de noces.

C'est aussi surréaliste que ça en a l'air.

Mes paupières se ferment alors que les lèvres de Nikolai remontent, embrassant ma clavicule et mon cou avant de s'emparer de mes lèvres dans un baiser profond, tendrement cajoleur. Ce baiser me fait l'effet d'une drogue, d'un aphrodisiaque surpuissant. Son parfum sensuel emplit mes narines, se mêlant à l'arôme léger de la vodka dans son haleine, et mon excitation s'accentue à mesure que sa langue s'aventure dans les recoins de ma bouche, se délectant de moi avec une tendre habileté.

Sans cesser de m'embrasser, il passe la main entre nos corps pour trouver mon clitoris douloureux et je gémis dans sa bouche lorsque ses doigts appuient pile au bon endroit, aiguisant mon envie et ajoutant à la tension qui monte en moi – une tension qui devient rapidement insoutenable lorsque ses doigts entreprennent un rythme irrégulier et aguicheur, ses lèvres revenant à la charge dans mon cou où la chaleur moite de son souffle m'arrache un frisson de plaisir.

Je suis si excitée que je pourrais exploser, mais l'orgasme échappe toujours à ma portée.

Le souffle court, je me trémousse sous sa main, cherchant éperdument un contact plus ferme. Ses dents effleurent le lobe de mon oreille en guise d'avertissement.

— Non, zaychik, murmure-t-il, ses lèvres taquines tout contre ma gorge. Tu n'es pas encore prête.

Pas prête ? Je suis à deux doigts de le supplier corps et âme, de lui promettre ma vie et plus encore. Chaque fois que ses doigts m'effleurent, je me rapproche du bord sans parvenir à basculer, en dépit de tous mes efforts.

— S'il te plaît...

Je remue les hanches, au désespoir, mes mains fermement agrippées à ses cheveux.

— S'il te plaît, j'ai besoin de...

Sa langue passe sans se presser sous mon oreille.

— Quoi ? De quoi as-tu besoin ?

— De jouir, dis-je dans un souffle, me pressant à nouveau contre sa main. S'il te plaît, Nikolai, j'ai besoin de jouir.

— Mauvaise réponse.

À présent, ses doigts ne bougent plus du tout. Avec délicatesse, il mordille mon pavillon avant de relever la tête, le regard sombre.

— Dis-moi la vérité, zaychik. De quoi as-tu vraiment besoin ?

— De toi, chuchoté-je alors en le regardant dans les yeux. J'ai besoin de toi.

C'est vrai. Je ne m'imagine pas ailleurs, avec quelqu'un d'autre. Jamais. J'ai besoin de lui, non seulement pour cet orgasme, mais pour ce qu'il représente, ce qu'il est, le bon comme le mauvais, le sublime et le terrifiant.

Ce doit être la bonne réponse, car il m'embrasse à nouveau et ses doigts reviennent sur mon clitoris, me ramenant vers le précipice, cet insaisissable et indéfinissable tremplin vers l'extase. Mais il est sadique, car il me maintient là, au sommet, prolongeant le tourment exquis jusqu'à ce que je sois pantelante, suspendue à lui. Alors – mais pas avant –, quand je suis prête à hurler de frustration, il me laisse basculer.

La montée du plaisir est si intense qu'on dirait

qu'une bombe d'endorphine explose dans mon cerveau. Toutes mes terminaisons nerveuses s'illuminent sous sa puissance, ma vision s'éteint tandis que mes muscles internes se contractent. Les sensations sont si fortes que je m'y perds, et quand je reviens sur terre, il est déjà en moi, son membre épais écartant mes tissus tendres. Son visage est crispé, sa mâchoire serrée à force de retenue, et aussi prévenant qu'il soit, j'ai tellement mal depuis hier soir que je ne peux contenir une grimace.

Aussitôt, il s'arrête pour me laisser m'ajuster, me distrayant par d'autres baisers aussi doux qu'intenses. Une fois que je ne suis plus qu'un nœud d'envie contracté, mon corps alangui et humide, il entame ses va-et-vient. Son rythme est lent, au début, mesuré, mais lorsque j'enroule mes jambes autour de ses fesses musclées, l'attirant plus profondément en moi, il perd le contrôle et me prend avec toute la puissance de son corps avide.

Je jouis à nouveau, hurlant son nom tandis qu'il vient buter en moi. Ce n'est que lorsqu'il se retire quelques minutes plus tard que je me rends compte qu'il a tenu parole et mis un préservatif – dont il se débarrasse avant de m'emmener dans la salle de bain, m'installant dans la baignoire déjà remplie.

— Merci, murmuré-je en croisant son regard alors qu'il me rejoint dans l'eau chaude et mousseuse.

Il sourit, son regard de prédateur si tendre que mon cœur se comprime dans ma poitrine.

— Merci pour quoi, zaychik ?

Pour toi. Je retiens péniblement ces mots, trop proches d'un aveu. Au lieu de quoi, je pose ma paume sur le contour de sa mâchoire et mes lèvres sur les siennes, exprimant par mon corps ce que je n'ose pas lui dire à haute voix.

Pas encore, du moins.

36

CHLOÉ

Quand je me réveille, je ressens toujours cette chaude lueur, cette sensation qui s'accroît lorsque j'ouvre les yeux et le découvre allongé, hissé sur le coude à côté de moi, un sourire tendrement possessif aux lèvres.

— Bonjour, murmuré-je en repoussant les cheveux de mon visage, réprimant l'envie de frotter mes yeux ensommeillés.

Depuis combien de temps est-il réveillé et me regarde-t-il ainsi ? Et surtout, n'ai-je pas trop l'air d'une épave ? J'ai fait de mon mieux pour me démaquiller dans le bain hier soir, mais je dois encore avoir des traces de fard à paupières et de mascara étalées autour des yeux, à la manière d'un raton laveur, sans compter mon haleine qui ne doit pas être de la première fraîcheur après tout cet alcool.

Cela ne semble pas le déranger, cependant, car il se penche en avant et m'embrasse avec une telle ferveur que je crains qu'il ne me prenne à nouveau. Mais il finit par s'écarter avec un sourire. Mon visage dans sa grande paume, il me dit :

— Bonjour, zaychik. Comment te sens-tu ?

Comme si ce mariage n'était pas une si mauvaise idée, tout compte fait.

— Ça va, dis-je en souriant.

Cela ne fait qu'une journée, mais j'ai déjà du mal à me rappeler pourquoi j'ai paniqué quand il m'a demandée en mariage. Comme l'a dit Alina, c'est un rêve de contes de fées : un mari aussi beau que riche, fou amoureux de moi.

Certes, Nikolai se rapproche plus du prince des ténèbres que du prince charmant, mais presque toutes les horreurs qu'il a commises – ou prévu de commettre – visaient à me protéger.

À l'exception de son père.

Cette idée troublante vient entamer mon bonheur, mais je la repousse. Je n'ai pas envie de penser à ça ce matin. Je suis sûre qu'il y a une explication raisonnable, et bientôt, je connaîtrai le fin mot de l'histoire.

Pour l'instant, je veux profiter de mon premier matin de femme mariée avec l'homme qui me regarde comme si j'étais tout en chocolat et en étoiles.

Et j'en profite. Nous prenons une douche ensemble, qui donne lieu à une longue séance d'amour enveloppée de vapeur – au sens propre du terme, la salle de bain est embuée – au cours de laquelle Nikolai me dévore comme si j'étais son petit-déjeuner. Il me fait jouir trois fois de suite avant de me plaquer contre la vitre et de me baiser si fort que je crie à nouveau son nom.

Il a dû décréter que me prendre une seule fois la nuit dernière suffirait à guérir mes douleurs, et il a raison. Bien sûr, je suis un peu endolorie après cette nouvelle séance, mais je suis comblée.

Après quoi, Nikolai décide que nous avons besoin d'un vrai petit-déjeuner. Lyudmila nous apporte un plateau de fruits et les restes de la veille, ainsi que du thé et du café. Nous nous donnons à manger sans quitter le lit. Ou plutôt, Nikolai me donne à manger, mais quand j'essaie de lui rendre son geste, il me prend la fourchette des mains et m'embrasse jusqu'à me faire tout oublier. Un peu de miel se mêle à nos jeux, et l'instant d'après, j'ai à nouveau besoin d'une douche et je suis encore un peu plus endolorie.

Lorsque nous émergeons enfin de notre chambre, c'est presque l'heure du déjeuner. Alors que nous nous dirigeons vers l'escalier, Slava sort en courant de sa chambre, Lyudmila sur ses talons.

— Maman Chloé !

Ses yeux de chaton tigré étincellent et il referme ses petits bras autour de mes jambes pour les serrer vigoureusement. Puis il reporte son attention sur Nikolai. Se jetant contre ses jambes, il lève les yeux vers lui.

— Papa ! Tu m'as manqué et Chloé aussi !

Devant le visage de Nikolai, je fonds. Il n'y a pas

d'autre mot. Au lieu de n'être qu'un muscle aux fonctions vitales, mon cœur se change en une flaque à l'eau de rose, et le reste de mon corps suit le mouvement.

Nikolai se penche, soulève son fils et l'installe sur sa hanche avec une aisance qui paraît naturelle.

— Slavochka...

Sa voix est chargée d'émotions, son regard sur le visage de l'enfant.

— Tu nous as manqué aussi.

Les yeux de Lyudmila rencontrent les miens et je vois mes sentiments se refléter sur son visage habituellement impassible. Elle se racle la gorge et dit avec un accent plus prononcé que d'habitude :

— Je vais aider Pavel, d'accord ?

Sur ce, elle s'empresse de descendre.

Nous la suivons d'un pas tranquille, Nikolai avec Slava sur sa hanche comme si c'était encore un bébé. Le garçon semble heureux d'être là et je le comprends.

Il a manqué ça pendant les quatre premières années de sa vie.

Alors que nous rejoignons Alina à table, je ne peux m'empêcher de sourire. Elle le remarque.

— Bonne soirée ? me chuchote-t-elle en douce pendant que Nikolai remplit l'assiette de son fils.

J'acquiesce en rougissant et elle éclate de rire, attirant l'attention de Slava et Nikolai qui nous regardent d'un air interrogateur.

Mon humeur joyeuse doit être contagieuse, à moins que tout le monde soit encore sur la lancée de la fête d'hier soir, car le déjeuner se déroule sans les tensions habituelles entre le frère et la sœur. Aujourd'hui, Nikolai et Alina font équipe pour me raconter des histoires amusantes sur la Russie, depuis la façon dont les Américains sont perçus là-bas jusqu'à la tradition familiale des bains d'hiver dans les lacs gelés.

— Quelle horreur ! m'exclamé-je lorsqu'Alina me décrit comment elle a failli perdre un orteil à cause des engelures après avoir marché pieds nus sur la glace quand elle avait sept ans. À quoi pensaient tes parents ?

Je réalise aussitôt mon erreur. La dernière chose que je souhaite, c'est leur rappeler leur père, mais à mon grand soulagement, Alina ne sourcille même pas.

— Oh, ce n'était pas l'idée de nos parents. C'était notre grand-mère qui croyait que l'exposition au froid était bonne pour le corps et pour l'âme. Et tu sais quoi ? Les dernières découvertes scientifiques le confirment. Comme pour les saunas, un autre incontournable de la culture russe. Il semblerait que ça imite l'exercice physique et que les protéines de choc thermique libérées pendant ces séances de transpiration aient des effets variés, allant de l'amélioration de la santé cardiaque à la prévention du cancer. Alors, si tu veux vivre longtemps et en bonne santé, je te conseille les bains de glace et les saunas – idéalement, d'enchaîner les deux.

— Non, merci, dis-je en frissonnant.

Mais Nikolai rit en promettant qu'il me fera essayer ce régime extrême cet hiver.

— Nous allons te rendre accro, tu verras, ajoute-t-il en souriant.

Je prends conscience avec stupeur que je serai avec lui cet hiver, et tous les autres après cela.

Parce que c'est ce que signifie le mariage.

Nous sommes ensemble pour le reste de nos vies.

Un écho de ma panique d'avant me revient, mais je le réprime. Je ne laisserai pas mes peurs irrationnelles assombrir ce qui promet d'être une belle journée ensemble, la première d'une longue série, espérons-le.

Après tout, le bonheur est un choix, et je préfère de loin être heureuse, même si c'est un mariage forcé.

37

CHLOÉ

Les jours suivants s'avèrent tout aussi idylliques. Nous ne sommes pas partis, mais nous avons l'impression d'être en voyage de noces. Nous faisons l'amour plusieurs fois par nuit, et même le jour, et enchaînons les grasses matinées et les petits-déjeuners au lit. Nous passons beaucoup de temps en forêt, à nous promener seuls ou avec Slava. Alina s'est même jointe à nous, une fois, et nous avons fini par nous baigner dans un lac voisin, où les trois Russes se sont moqués de mes réticences à entrer dans l'eau de source glaciale.

Il se trouve que Slava est aussi à l'aise dans le froid que les adultes, ce qui fait de moi la seule mauviette.

Je nage un peu, et pour m'aider à chasser mes frissons, Nikolai me réchauffe en me frictionnant de ses grandes mains énergiques. Si nous étions seuls, il en aurait sans doute fait plus, mais il ne peut tout de même pas me faire l'amour devant son jeune fils et sa sœur.

C'est à peu près la seule chose qu'il semble s'interdire, cependant. Nous sommes tout le temps collés l'un à l'autre, même en public. Mon mari n'a aucune honte à m'embrasser, à me masser le cou et les épaules, et à m'attirer sur ses genoux dès que l'envie lui en prend. On dirait que je suis un animal de compagnie qu'il aime câliner. Je ne peux pas dire que cela me déplaise. Au contraire, j'adore son attention et je ne m'en cache pas.

Ce serait différent si quelqu'un dans la famille s'en moquait ou me mettait mal à l'aise. Mais tout le monde nous regarde avec tendresse. Même Alina, qui me taquine parfois gentiment, semble avoir accepté que son frère ne puisse pas se retenir de me toucher. J'en viens à me demander si ce n'est pas l'une de ces caractéristiques légendaires propres aux « hommes Molotov ».

Je leur poserais bien la question, mais j'ai peur de trop m'approcher du sujet que j'évite soigneusement, des réponses que je me persuade de vouloir sans me résoudre à les demander. C'est trop agréable de ne pas penser aux ténèbres de Nikolai et à toutes ces choses terrifiantes dont il est capable. Je ne me suis même pas renseignée sur Masha et son nouveau plan pour faire tomber Bransford. Chaque fois que je pense à mon père biologique, mon pouls s'accélère et mon estomac forme un nœud compact.

Demain matin, me dis-je chaque soir. *J'en parlerai à Nikolai demain matin à la première heure.* Mais le matin, je me réveille dans son étreinte, au chaud et en sécurité, choyée et transie d'amour, et je ne peux pas me résoudre à risquer une telle paix. Je me dis alors que nous en parlerons plutôt le soir.

Je sais que quelque chose va forcément venir percer notre bulle de bonheur, mais je ne tiens pas à en être moi-même la cause.

Nous continuons ainsi pendant trois semaines, au cours desquelles je savoure l'attention qu'il me porte, sa tendresse comme son empressement. Les deux versions de Nikolai – l'amant doux et le sauvage implacable – me font vibrer. Tant mieux, car avec mon mari, je ne peux jamais prévoir ce qui m'attend. Dans la même nuit, il peut vénérer mon corps comme si j'étais en cristal et me baiser jusqu'à ce que je puisse à peine marcher le lendemain. Parfois, j'ai l'impression qu'il en veut encore plus, qu'un jour, il pourrait me pousser plus loin, essayer de me posséder encore plus complètement. Comme moi, il semble encore réticent à tenter quelque chose qui risque d'attirer des conflits et des tensions dans notre vie, mettant un terme à notre lune de miel.

En attendant, il me couvre de cadeaux : des bijoux, des accessoires et des vêtements hors de prix. J'ai l'impression qu'une nouvelle robe, une paire de chaussures, une écharpe et autres articles apparaissent chaque jour dans mon placard. C'est presque trop pour moi. Certaines boucles d'oreilles et certains bracelets que je possède maintenant coûtent plus cher qu'une maison. Mais il insiste, prétextant que ça lui fait plaisir de m'acheter des choses, et je cesse de m'y opposer... Après tout, ses cadeaux m'enchantent aussi.

Je n'ai jamais connu la misère, grâce au travail acharné de ma mère pour subvenir à nos besoins, mais je ne me rappelle pas non plus avoir vécu sans compter chaque centime ni planifier soigneusement mon budget avant chaque dépense. Quand j'étais petite, la plupart de mes vêtements étaient achetés d'occasion et les seuls bijoux que je possédais étaient des babioles fantaisie bon marché. Aujourd'hui, mon dressing ressemble à une boutique de Saks Fifth Avenue survitaminée, et aussi superficiel que ce soit, j'adore ça. Les riches savent ce qu'ils font en achetant tous ces produits de luxe. Il n'y a pas à dire, ça embellit la vie.

Les cours de russe que Nikolai a commencé à me donner, avec l'aide de Slava, bien sûr, améliorent aussi mon quotidien. Le garçon s'amuse de mon incapacité à prononcer les phrases qu'il dit avec une facilité déconcertante, tandis que Nikolai a décidé de m'apprendre des mots d'amour et de sexe au lit.

— Dis *Ya hochu tebya*, m'ordonne-t-il en me maintenant tout au bord de l'orgasme.

Quand j'obéis, cherchant éperdument la délivrance dont j'ai besoin, il reprend sans pitié :

— Maintenant, dis *Ya lyublyu tebya*.

Je m'exécute, lui disant tout ce qu'il veut entendre, y compris des phrases si vulgaires que j'en rougis en vérifiant leur traduction après-coup. Quoi qu'il en soit, ma connaissance du russe s'accroît de jour en jour, pour le plus grand plaisir d'Alina et de Lyudmila – cette dernière trouve ma prononciation carrément comique.

— Tu es tellement américaine, me dit la femme de Pavel en riant alors que je tente de lui demander un *zavtrak* – petit-déjeuner – dans sa langue maternelle. Pourquoi est-ce que tu essaies ? Tout le monde ici parle anglais, même moi.

Je pourrais me vexer, mais elle a raison. Même son anglais, aussi imparfait qu'il soit, est mille fois meilleur que mon russe. Je lui ai proposé de lui donner des cours pour l'améliorer, mais elle ne m'a pas encore prise au mot. D'après Alina, elle espère retourner en Russie et ne pas en avoir besoin.

— Moscou lui manque beaucoup, m'explique-t-elle. Elle s'ennuie ici, sans rien à faire ni personne à voir.

Je peux la comprendre. Malgré le luxe moderne et la beauté naturelle qui nous entourent, ce domaine est une sorte de prison, ou pour être plus positive, une retraite à l'écart du monde. Mes amis me manquent aussi et je passe du temps sur les réseaux sociaux pour avoir un aperçu de leurs vies après les études. J'ai tellement envie de les contacter, de répondre à tous leurs messages me demandant où je suis et pourquoi je n'ai rien posté sur mes profils depuis des mois, mais je n'ose pas, de peur de conduire Bransford jusqu'à moi, cette maison et ma nouvelle famille.

Je ne peux pas les mettre en danger, pas même pour apaiser les inquiétudes de mes amis à mon sujet.

Je me sentirais très mal si je faisais courir un risque quelconque à Slava. Chaque jour qui passe, mon attachement pour le fils de Nikolai est plus fort et je me sens de plus en plus à l'aise dans le rôle de mère. À la place d'Alina ou de Lyudmila, c'est souvent Nikolai et moi qui lui donnons son bain et le mettons au lit, lui racontant des histoires de super-héros et lui lisant ses livres préférés jusqu'à ce qu'il s'endorme.

Nous devenons peu à peu une vraie famille, tous les trois, ce qui m'emplit d'une douce chaleur, d'une paix qui ne devrait pas être possible avec un homme aussi dangereux et imprévisible que Nikolai.

Non que tout soit parfait, bien sûr. Tout d'abord, nous ne sommes pas d'accord sur ce qu'un enfant de moins de cinq ans devrait avoir le droit de faire. Il s'avère que Nikolai et ses frères – et dans une moindre mesure Alina – étaient des enfants à part, autorisés et même encouragés à jouer dehors tout seuls, cultivant une indépendance presque dangereuse. Ainsi, alors que je panique chaque fois que je vois un couteau à steak dans la main de Slava ou qu'il escalade un arbre de plus d'un mètre, Nikolai est étonnamment calme.

— Ça ne te fait rien qu'il puisse tomber et se briser tous les os du corps ? demandé-je, frustrée, lorsque nous partons en randonnée et qu'il laisse Slava grimper sur un vieux chêne jusqu'à ce que sa petite silhouette soit à peine visible à travers le feuillage. Ou pire, qu'il tombe sur la tête et se rompe le cou ?

— Bien sûr que si, rétorque-t-il en me fusillant du regard. Tu crois que je ne redoute pas toutes les choses terribles qui peuvent lui arriver un jour ou l'autre ? Les escaliers qu'il peut dévaler, les maladies qu'il peut attraper, les baies empoisonnées qu'il peut trouver et manger ? Parfois, je ne pense qu'à ça et je suis convaincu de devenir fou. Mais tout comme on ne peut pas être là pour lui tenir la main chaque fois qu'il prend l'escalier, on ne peut pas s'attendre à être là à chaque arbre qu'il rencontre ou chaque couteau qui se trouve sur son chemin tout au long de sa vie. Il n'y a même aucune garantie que nous soyons là pour lui demain. L'existence peut être imprévisible et brutale. Mieux il est préparé à y faire face, plus il a de chances de survivre.

— Mais c'est encore un enfant. Il faut justement lui apprendre à survivre.

— C'est ce que je lui apprends en le laissant affronter par lui-même autant de dangers que possible. Les enfants de son âge ne sont pas bêtes, ils sont tombés assez souvent pour savoir que ça fait mal. Il ne grimperait pas aussi haut s'il ne se sentait pas sûr de sa force, et la seule façon de grandir et de tester cette force, c'est bien de se mettre au défi quand ça veut dire quelque chose... quand il n'y a pas de tapis en caoutchouc en dessous. Et puis, ajoute-t-il alors que je m'apprête à objecter, je garde un œil sur lui. S'il commence à tomber, je le rattraperai.

Je me tais, parce qu'en effet, il y a des chances qu'il

le fasse. Cet homme a les réflexes d'un chat. L'autre jour, j'ai fait tomber un verre d'eau avec le coude sans faire exprès et Nikolai l'a rattrapé en plein vol sans même interrompre la conversation. Une autre fois, j'ai trébuché sur l'un des Lego de Slava et j'aurais pu tomber à la renverse, mais Nikolai m'a prise dans ses bras avant que je touche le sol alors qu'il était encore à l'autre bout de la pièce une seconde plus tôt.

Si je ne le connaissais pas mieux, je le prendrais pour l'un des super-héros de Slava – ou plutôt un super-méchant.

Après tout, cette étiquette lui convient aussi bien qu'une autre.

Plus tard dans la soirée, alors que nous entrons dans notre chambre, une pensée me revient à l'esprit à propos de notre discussion.

— Si tu tiens vraiment à favoriser l'indépendance de Slava, pourquoi es-tu si déterminé à me protéger de tous les dangers, moi ? demandé-je en m'asseyant sur le lit pour regarder Nikolai enlever sa veste et sa cravate.

Nous sommes toujours en tenue de soirée après le dîner et je dois avouer que cette coutume me plaît bien. Non seulement j'ai l'occasion de porter de superbes robes tous les jours, mais mon mari est d'une beauté inouïe dans ces costumes sur mesure qu'il affectionne.

C'est comme si nous alternions entre deux mondes :

celui de la journée, quand nous partons en randonnée dans la nature et n'avons pas peur de nous salir, et celui de la soirée où le glamour et les paillettes règnent en maîtres.

— Parce que tu n'es pas une enfant et que tu n'as pas été élevée comme j'élève Slava, répond Nikolai avec douceur en défaisant ses boutons de manchette. Ta mère, aussi merveilleuse qu'elle soit, ne t'a pas préparée à affronter des assassins, des zaychiks… ou des hommes comme moi.

Je déglutis et mon sang s'échauffe tandis qu'il promène son regard sur mon corps encore tout habillé. Depuis notre mariage, j'ai appris à mieux interpréter les humeurs sexuelles de Nikolai et à comprendre à quel genre de soirée je dois m'attendre. Celle-ci promet d'être l'une des plus débridées, de ces moments dont je ne sais jamais où ils nous mèneront.

Une fois de plus, il va me donner un aperçu de l'obscurité qui l'habite. Je la sens déjà affleurer à la surface.

Je n'ai pas peur de lui. Pas vraiment. Je sais qu'il ne me fera pas de mal, pas au point de me blesser, du moins. Parfois, j'ai juste l'impression que ce que nous vivons n'est pas suffisant pour lui, que son envie vorace envers moi demeure insatisfaite.

J'ai souvent l'impression qu'il veut me consommer tout entier, et que pour lui, rien de moins ne fera l'affaire.

Il retire sa chemise, révélant sa musculature magnifiquement définie, et s'approche de moi. Ses mouvements me rappellent une fois de plus la démarche mortellement gracieuse d'un gros félin.

Peut-être était-il un tigre dans une autre vie.

Et peut-être étais-je sa proie.

Instinctivement, je recule dans le lit alors que ses lèvres ébauchent un sourire diabolique. Comme toujours, il sait ce que je pense et ce que je ressens – et il adore ça.

Il aime me rendre un peu nerveuse.

Se mouvant avec la même intention prédatrice, il grimpe sur le lit et sur mon corps, m'y plaquant avant d'attraper mes poignets à une main pour les coincer au-dessus de ma tête.

Ma bouche devient sèche sous son regard, devant l'intensité sombre qu'il dégage. J'humecte mes lèvres et son regard suit le chemin de ma langue, son visage crispé. Quand ses yeux rencontrent à nouveau les miens, ils irradient d'une chaleur si brûlante que j'ai l'impression que je pourrais m'embraser sur place. Mon cœur bat la chamade et ma peau s'empourpre tandis qu'il baisse la tête, prenant une grande inspiration comme s'il se nourrissait du parfum de mes cheveux.

— Hmm, Nikolai...

Je me trémousse et mon pouls s'accélère lorsque je sens son membre rigide pressé contre mes cuisses. En dépit de son pantalon et de ma robe, qui nous séparent encore, je devine son érection chaude, dure et volumineuse. Je déglutis à nouveau.

— Quand tu dis « les hommes comme moi », qu'est-ce que tu veux dire, au juste ?

Ses lèvres frôlent mon oreille et la chaleur de son souffle me donne le frisson alors qu'il murmure :

— Oh, ma douce et curieuse zaychik... Tu vas vite le découvrir.

38

CHLOÉ

Un frisson parcourt mon corps et il lève la tête pour me regarder, un sourire sinistre aux coins des lèvres. Je sens bien qu'il se délecte de ma nervosité, prolongeant avec sadisme mon attente impatiente.

J'essaie de bouger les mains, de me dégager de sa poigne, mais c'est inutile. Ses doigts forment une entrave de fer autour de mes poignets, les maintenant en place au-dessus de ma tête. Son sourire s'accentue et l'éclat doré dans ses yeux s'intensifie à mesure que je me débats. Je sais qu'il aime ça, lui aussi, me voir sans défense sous son emprise.

Il baisse la tête et prend une nouvelle inspiration gourmande. Enfin, il me lâche les poignets. Avant même que je puisse souffler, il me retourne sur le ventre et, me tenant d'une main, baisse la fermeture éclair de ma robe. Lorsqu'elle est ouverte jusqu'au bas de mon dos, il fait glisser une paume chaude le long de ma colonne vertébrale. Sa peau rugueuse laisse une agréable sensation dans son sillage.

— Je t'ai déjà dit que j'adore ton dos ?

Le timbre doux et grave de sa voix est à la fois apaisant et troublant.

— Si tonique et gracieux, comme celui d'une ballerine. Mais ce que je préfère chez toi, ce sont tes fesses.

Sa paume s'y pose et me presse légèrement.

— Fermes, rondes et parfaites... si baisables.

Mon cœur fait un nouveau bond lorsqu'il m'attire en position assise, mon dos contre son torse et un bras puissant autour de mes côtes pour me maintenir en place tandis qu'il fait glisser la robe le long de mon buste. Il me manipule comme une poupée à taille humaine. Il y a quelque chose de perversement érotique là-dedans, quelque chose qui fait appel à une partie de mon être à laquelle j'essaie de ne pas penser... celle qui n'est pas repoussée par les ténèbres en lui, mais au contraire attirée par cela.

Je ne porte pas de soutien-gorge, et lorsqu'il baisse la robe jusqu'à ma taille, mes seins nus se libèrent sur son avant-bras, mes tétons déjà pointus et douloureux. Un grognement sourd monte de sa poitrine et il me replie sur son bras comme il aime le faire, de cette façon qui me donne l'impression d'être un sacrifice humain, une offrande à un dieu féroce et primitif.

Sa bouche chaude et moite se referme sur mon mamelon, et je sursaute, m'agrippant à sa tête alors qu'il resserre les dents, provoquant un élan brûlant jusqu'à mon clitoris. Mes terminaisons nerveuses s'embrasent dans la confusion, la douleur et le plaisir se mêlant jusqu'à ce que j'en veuille plus. Et il en redemande, lui aussi, répétant ces attentions sur mon autre sein, alternant entre la succion du mamelon et d'infimes morsures. Lorsqu'il relève la tête pour croiser mon regard, je suis pantelante, vibrante d'excitation.

J'ai besoin de lui. Putain, j'ai tant besoin de lui !

Oubliant toutes mes craintes, j'attire sa tête vers la mienne et nos lèvres se fondent dans un baiser violent et profondément charnel. Nos langues s'entremêlent tandis que je réponds à la virulence de son envie, lui rendant langue pour langue, dents pour dents. Je me fiche de ce qu'il me fera ce soir, du moment que je peux goûter encore ce plaisir sombre et étourdissant, tout ce dont j'ai besoin.

Nous respirons péniblement, tous les deux, lorsqu'il interrompt le baiser et me couche à plat ventre pour tirer la robe sur mes hanches. Comme elle refuse de s'enlever facilement, il la déchire aux coutures, trop impatient pour appréhender d'abîmer encore une autre robe coûteuse. Personnellement, je m'en fiche aussi, surtout avec la tension qui monte rapidement en moi et se répand dans chaque partie de mon anatomie.

Une fois que je me retrouve en string, il me repose sur le ventre et place deux oreillers sous mes hanches pour tirer le bout de tissu le long de mes jambes. Puis il tend la main vers la droite et j'entends un tiroir s'ouvrir.

La nervosité me revient, prenant brièvement le pas

sur mon excitation. Je crois savoir ce qu'il a l'intention de faire, ce que me confirme un coup d'œil par-dessus mon épaule lorsque je vois le flacon de lubrifiant et un plug anal dans ses mains. Malgré tout, mon cœur remonte dans ma gorge et ma cage thoracique me paraît soudain trop étroite autour de mes poumons.

— Nikolai, je... commencé-je avant d'inspirer. Je n'ai jamais... c'est...

— Jamais été prise par-derrière ?

Ses paroles crues me déstabilisent encore plus et je redouble d'embarras. Je réussis tant bien que mal à hocher légèrement la tête. Il me sourit avec une satisfaction typiquement virile, puis il murmure « bien » avant de faire couler un peu de lubrifiant frais entre mes fesses.

Je halète et me crispe instinctivement quand il appuie le plug contre mon ouverture, repoussant ma tête sur le lit.

— Détends-toi, zaychik.

Sa voix est une caresse de velours, empreinte d'une chaleur sombre.

— Je te promets que tu vas aimer.

J'ai envie d'objecter – la seule fois où mon ex a essayé de m'y mettre un doigt, j'ai détesté cela –, mais il s'agit de Nikolai, qui maîtrise mon corps de manière absolue. Dans son étreinte, je perds toute conscience de moi-même et le peu de bon sens qu'il me reste. Je préfère encore me taire et faire de mon mieux pour respirer par le nez tandis que la pointe effilée en caoutchouc s'enfonce, franchissant l'anneau de muscle serré.

Lentement, il me pénètre plus profondément et j'étouffe un gémissement contre le matelas, submergée par les sensations nouvelles. Comme l'autre fois, je me sens presque trop comblée, avec le sentiment désagréable d'être étirée et possédée, envahie d'une manière qui n'a rien de naturel. Mais ce n'est pas tout. Je sens aussi une pression particulière qui fait monter mon pouls en flèche et me contracte de l'intérieur, une impression qui s'intensifie lorsque Nikolai se penche sur moi, me recouvrant de son corps imposant et ferme, son parfum viril et sensuel m'enveloppant tout entière.

Son souffle réchauffe mon oreille tandis qu'il embrasse le creux sensible de mon cou, propageant des frissons de plaisir le long de mon bras. Il passe une main sous mon ventre et trouve mon clitoris. En même temps, il entreprend de me baiser lentement avec le jouet. Immédiatement, la pression augmente, cédant le pas à une véritable tension érotique, un plaisir sombre et torride qui prend le dessus sur la gêne, comme s'il s'en nourrissait. Entre ses doigts sur mon renflement nerveux, le jouet entre mes fesses et ses lèvres dans mon cou, c'est une surcharge sensorielle, un balancier de plaisir et de douleur qui va et vient, un peu plus haut à chaque vague.

Je me laisse enfin aller avec un cri étouffé, tremblant de tous mes membres. Mais il n'en a pas fini avec moi. Retirant le jouet de mes fesses dans un bruit de succion, il me pénètre à nouveau, d'abord avec un doigt, puis deux. L'étirement douloureux n'est supportable que grâce à la magie diabolique que son autre main exerce sur mon clitoris. Ça me fait mal, ça me brûle, mais une fois de plus la douleur alterne avec un plaisir puissant, le renforçant curieusement. Hors d'haleine, je me laisse traverser par un nouvel orgasme. Mes fesses se contractent autour de ses doigts brutaux et des éclats noirs et blancs brouillent ma vision. Au même instant, un râle s'échappe de ma gorge.

Avant que je puisse me ressaisir, il retire ses doigts de mon corps encore ébranlé et je sens son gland épais et lisse devant mon ouverture. Je me fige et mon pouls s'emballe. Une fois de plus, il glisse une main rassurante dans mon dos.

— Respire, zaychik. Tu peux me recevoir.

Son murmure grave et chantant est aussi réconfortant que les douces caresses dans mon dos. Pourtant, au moment où il saisit mes hanches et exerce une pression contre l'anneau de muscles compacts, je bascule vers la douleur et je sais qu'il se trompe.

Je ne peux pas y arriver.

Il est bien trop épais pour moi.

— Nikolai, s'il te plaît, arrê... soufflé-je en haletant.

Ma demande s'éteint dans ma gorge lorsque mes résistances cèdent sous la pression et que sa verge épaisse me pénètre enfin. L'air est expulsé de mes poumons et ma vision s'obscurcit pendant un moment vertigineux. Il est si gros, si volumineux, que j'ai l'impression d'être fendue en deux, et alors qu'il enfonce lentement son sexe, je sens que je vais m'évanouir.

Pourtant, je résiste. Je ressens chaque centimètre long et rigide de son membre, j'expérimente chaque centimètre de cette invasion atrocement progressive. J'ai l'estomac noué, la peau moite de sueurs froides, pourtant je n'arrive pas à trouver les mots pour y mettre un terme, mon cerveau tout aussi submergé que mon corps.

Il se penche à nouveau sur moi, m'embrasse dans le cou et me chuchote des mots doux à l'oreille d'une voix rauque, ce qui ne m'aide pas. Pas plus que ses doigts habiles qui retrouvent le chemin de mon clitoris, provoquant des sensations qui ne peuvent pas – ne devraient pas – coexister avec ce type de douleur. Ce n'est pas exactement du plaisir, mais quelque chose de cet ordre, un mélange entre agonie et extase qui me propulse à nouveau, arrachant à mon corps un orgasme tourmenté.

Enfin, je m'évanouis – du moins pendant un instant, car la prochaine chose que je remarque, c'est qu'il va et vient lentement entre mes fesses, chaque coup de reins générant une sensation différente dans un mouvement régulier qui fait monter en flèche la tension déjà puissamment érotique. Mon corps est inondé de chaleur et mon cœur se déchaîne à l'intérieur de ma cage thoracique. Alors que je jouis pour la quatrième fois avec un cri éraillé, il gémit et tressaute en moi, des jets chauds inondant mes entrailles douloureuses.

Secouée et brisée, je reste étendue, trop faible pour bouger tandis qu'il se retire et quitte le lit, revenant une minute plus tard avec une serviette chaude et humide. Il me nettoie, puis me retourne et m'attire sur ses genoux. Je force mes paupières lourdes à s'ouvrir pour découvrir ses yeux de tigre qui me dévisagent avec leur intensité caractéristique.

Doucement, avec vénération, il caresse ma joue tout en murmurant :

— Je ne te laisserai jamais partir, tu sais. Même si tu me supplies.

— Je sais, dis-je en soutenant son regard.

— Tu me détestes ?

Je devrais. Aussi agréable qu'ait été cette lune de miel, la vérité, c'est qu'il m'a forcée à me marier, qu'il m'a enlevé ma liberté et mes choix. Dans tous les domaines de ma vie, je suis sa captive, à la merci de ses caprices et de ses passions les plus sombres. Pourtant, le mensonge refuse de quitter mes lèvres. Au lieu de quoi, c'est la vérité qui les franchit :

— Je t'aime.

Parce que c'est le cas. Aussi malsain que ce soit, j'aime cet homme magnifique, terrifiant et complexe. Je l'aime, même si je redoute son obsession implacable.

Je sais que dans la lumière vive du lendemain, je regretterai cette confession. Je penserai que c'était une erreur. Mais pour l'instant, dans cette chambre baignée d'une douce lueur, avec ses bras forts autour de moi et mon corps qui palpite encore des échos entremêlés de la douleur et de l'extase qu'il m'a fait vivre, je n'ai pas l'impression d'avoir commis une erreur. Au contraire. Le sourire tendre qui s'épanouit sur son visage est le plus beau spectacle que j'aie jamais vu.

— Moi aussi, je t'aime, zaychik, répond-il à mi-voix. Je t'aimerai toujours.

39

NIKOLAI

Je me réveille avec le petit corps de Chloé blotti dans mes bras et mon cerveau inondé de bonheur. Le genre de bien-être incandescent qui semble pourtant aussi vacillant et éphémère que la mèche brûlante d'une bougie.

Comme chaque fois au cours de la semaine écoulée depuis que nous nous sommes avoué nos sentiments, je m'imprègne de ces sensations, de sa peau chaude contre la mienne, de ses courbes délicates moulées contre les surfaces dures de mon corps, de son souffle sur mon avant-bras. Et comme c'est le cas depuis une semaine, je résiste contre l'envie de la réveiller et d'exiger d'elle qu'elle me parle à nouveau afin d'entendre sa voix douce et vaguement cassée me dire qu'elle m'aime.

C'est déjà bien assez que je la force à me le répéter chaque nuit, chaque fois que je la prends.

Enfouissant mon visage dans ses cheveux, je hume

son parfum, la douce fraîcheur florale nuancée de sa peau féminine réchauffée par le sommeil. Et comme je l'ai fait ces deux derniers mois, je lutte contre la vague de panique qui me prend aux tripes.

La peur de la perdre, que la mèche s'éteigne, ne laissant que des cendres.

C'est irrationnel, illogique, pourtant je ne peux pas m'en empêcher. Je pensais qu'en lui arrachant les mots, cette peur se dissiperait, me permettant de passer la journée au calme et en toute sécurité, en sachant qu'elle est à moi. Or l'inquiétude s'est renforcée, plus envahissante que jamais. Parfois, je ne pense qu'à ça : combien ce bonheur est fragile, illusoire.

Après tout, au début, ma mère aussi aimait mon père. Autrefois, ils ont connu le bonheur ensemble.

J'essaie de ne pas y penser, à la façon dont tout s'est écroulé pour eux, mais par moments, je regarde Chloé et je vois le visage de ma mère. Pas aussi éclatant et sain, comme quand j'étais enfant, mais tiré et pâle, profondément malheureux – son regard, dans les dernières années.

C'est en partie parce que je n'ai toujours pas raconté à Chloé ce qui s'est passé cette nuit d'hiver – et elle ne me l'a pas demandé. Même si elle l'a imposé comme condition pour notre mariage, elle semble réticente à entendre l'histoire au complet. Je pense que c'est parce qu'elle a peur de la vérité, peur de découvrir l'horrible monstre qu'elle a épousé. Alors, elle évite le sujet, et moi aussi.

Il y a de fortes chances qu'elle me déteste pour ce que j'ai fait, qu'elle me regarde avec terreur et dégoût.

Cela n'aide pas beaucoup que je sois conscient de garder Chloé comme une princesse captive dans une tour d'ivoire, isolée de tout et de tous. Nous ne quittons pas le domaine, nous n'allons nulle part. Nous existons dans notre propre petit monde, un monde où elle n'a pas d'autre choix que d'être à moi. C'est pour sa sécurité, certes, mais c'est aussi pour ma tranquillité d'esprit.

Si elle en avait l'occasion, s'enfuirait-elle à nouveau ?

Si le danger qu'elle encourt était éliminé, voudrait-elle partir ?

Je ne connais pas les réponses et les questions me tourmentent, à tel point que je suis devenu encore plus obsessionnel, un œil constamment sur elle. Je sais qu'elle ne peut pas partir – et qu'avec Bransford à ses trousses, elle n'en a sûrement aucune envie –, mais je me sens quand même obligé de savoir où elle se trouve à chaque instant. Pour cela, j'ai installé des caméras dans notre chambre et dans tous les coins de la maison, à l'exception de la chambre de ma sœur et des quartiers privés de Pavel et Lyudmila. Je consulte la vidéo sur mon téléphone avec la fréquence insensée d'un accro aux réseaux sociaux.

— Qu'est-ce que tu regardes toujours ? me demande Alina en me surprenant dans la salle à manger, un jour où j'attends que Chloé termine sa leçon avec Slava et descende pour le déjeuner. Il se passe quelque chose ?

Aussitôt, je range mon téléphone.

— Il se passe toujours quelque chose.

Ce n'est pas un mensonge. Non seulement Masha travaille à se rapprocher de Bransford et m'envoie des nouvelles quotidiennes sur ses progrès, mais j'ai aussi des hommes qui surveillent étroitement Alexei Leonov. Il est toujours ici, aux États-Unis – à Chicago, ces derniers jours. Apparemment, c'est pour des réunions d'affaires, mais je ne peux m'empêcher de me sentir mal à l'aise.

Chicago est un peu plus proche de l'Idaho, de ma compagne et de mon fils.

Alina me regarde pensivement.

— C'est le truc avec Volkov ? Konstantin a dit qu'il s'est renseigné pour investir dans son entreprise nucléaire.

— Oui, ça aussi.

Je ne suis pas surpris qu'elle ait entendu parler de cela. Oligarque autodidacte, Alexander Volkov est l'un des hommes les plus riches et les plus dangereux de Russie. Une alliance avec lui serait à la fois avantageuse et risquée, surtout quand on connaît sa propension à des pratiques commerciales aussi impitoyables que les nôtres.

Si les choses tournent mal pour une raison quelconque, nous aurons un autre ennemi puissant, mais si tout va bien, il pourrait contribuer à accélérer le processus d'approbation de notre nouvelle technologie – ce qui précipiterait son adoption dans le monde entier.

Alina soupire.

— J'aimerais qu'il n'aille pas là-bas, mais Konstantin écoute rarement. Tu pourrais lui parler... à moins que tu penses que c'est une bonne idée de s'impliquer avec Volkov ?

Je hausse les épaules et change de sujet. La vérité, c'est que Volkov et l'éventuelle entreprise commune ne font pas partie de mes préoccupations. Je suis content de laisser Konstantin s'en occuper. Notre frère, ce génie, est peut-être trop intellectuel parfois, mais il n'en est pas moins un Molotov et donc parfaitement capable d'évaluer les risques pour lui-même.

Mes priorités, ces jours-ci, sont Slava et Chloé. J'ai l'intention de faire mon possible pour les garder et les protéger tous les deux.

———

Cette nuit-là, l'une de mes pires craintes se réalise. Peu après minuit, la porte de notre chambre s'ouvre et Lyudmila fait irruption à l'intérieur en m'appelant.

Je me lève d'un bond, armé du pistolet que je garde sous le matelas, avant qu'elle ne puisse s'expliquer. Quand elle le fait, je pose mon arme et me précipite dans notre placard.

— Que s'est-il passé ? demande Chloé en courant après moi alors que Lyudmila s'élance hors de la pièce.

Me voyant m'habiller, elle commence à enfiler ses propres vêtements.

— Qu'est-ce qu'elle a dit ?

Prenant conscience que Lyudmila vient de parler en russe, je lui explique rapidement que Slava est tombé malade.

— Il a des vomissements incontrôlables et une forte fièvre, dis-je en enfilant précipitamment une chemise. Il faut l'emmener à l'hôpital tout de suite.

Les yeux de Chloé s'agrandissent.

— Oh, non. Je viens avec toi.

— Hors de question.

Mon intonation est beaucoup trop dure, mais je m'en fiche. La peur, tranchante et métallique, a pris possession de ma langue. Mon fils est malade. À tel point que je n'ai pas d'autre choix que de risquer de révéler son emplacement. La dernière chose dont j'ai besoin, c'est que Chloé se mette aussi en danger.

— Reste ici, c'est plus sûr.

Elle cligne des paupières.

— Mais...

— Je t'appelle en chemin.

Lui saisissant le menton, je lui vole un baiser furtif, puis je me rue vers la chambre de Slava, l'esprit focalisé sur mon fils et le moyen le plus rapide de l'emmener à l'hôpital.

40

CHLOÉ

— Encore du café ? propose Alina.

Je hoche la tête, sautant du tabouret de bar pour marcher jusqu'à la fenêtre de la cuisine. Il fait nuit noire, dehors, sans le moindre rayon de lune derrière les épais nuages.

On annonce des orages ce soir – mauvais signe, étant donné la vitesse à laquelle Nikolai, Pavel et quatre gardes descendent ces routes de montagne sinueuses dans leurs 4x4. Lyudmila est partie avec eux pour prendre soin de Slava, nous laissant seules à la maison, Alina et moi.

Nous sommes les seules à ne pas avoir le droit de quitter le domaine.

Selon Alina, son frère a placé tous les gardes restants en état d'alerte maximale. Cinq d'entre eux gardent la maison, tandis que les autres patrouillent sur tout le périmètre en cas d'attaque.

— Quelle attaque ? demandé-je quand elle évoque

ce risque. Slava est juste malade.

Elle me lance un regard suggérant que je suis une idiote vraiment trop naïve.

— Il y a malade et *malade*, et pour le coup, on ne sait pas de quoi il s'agit.

— Tu penses qu'il a pu être *empoisonné* ?

— On ne peut rien exclure, répond-elle, me faisant réaliser une fois de plus combien son éducation et celle de ses frères ont été différentes de la mienne.

Dans mon monde, personne ne ferait délibérément du mal à un enfant.

Je me détourne de la fenêtre et retourne au plan de travail de la cuisine.

— D'autres nouvelles de Pavel ou Lyudmila ?

— Non.

Alina me tend une tasse de café frais. Ses yeux sont aussi fatigués que les miens, mais son maquillage et sa robe sont impeccables – au cas où nous serions invités à un gala au beau milieu de la nuit, peut-être ?

— Je pense qu'ils ne sont pas encore arrivés à l'hôpital, poursuit-elle alors que je prends une grande gorgée de café. Lyudmila a dit qu'elle m'enverrait un message quand ils arriveront.

Le liquide chaud me brûle le palais, mais je vide quand même le reste de la tasse, savourant la douleur un peu par masochisme. Au moins, cela m'empêche de m'attarder sur les possibilités les plus terrifiantes, comme un empoisonnement volontaire de Slava pour les attirer, Nikolai et lui, hors de la sécurité de l'enceinte, ou encore le dérapage de leur voiture sur une route obscure et pluvieuse.

Pour ne rien arranger, je ne peux même pas appeler ni envoyer de texto à Nikolai pour le rassurer, car il a oublié son téléphone ici.

— Ça ne lui ressemble pas du tout, marmonné-je en jetant un nouveau coup d'œil à l'appareil que j'ai apporté en bas après l'avoir trouvé dans notre chambre. Il n'oublie jamais rien.

Alina acquiesce d'un air sombre.

— Je sais. Je ne l'ai jamais vu aussi inquiet. Enfin, à l'exception de cette fois-là, avec toi.

C'est vrai. Quand je me suis enfuie et qu'il a dû me sauver des griffes des assassins – un incident qui me semble maintenant remonter à une éternité.

Reposant la tasse vide, je retourne à la fenêtre, le cœur serré et l'estomac en feu sous l'effet des nerfs et de l'excès de caféine. Je ne me suis jamais sentie aussi inutile et impuissante. Prisonnière, aussi. J'ai beau savoir depuis le début que Nikolai ne me laissera pas quitter le domaine, je ne l'ai pas vraiment compris avant ce soir, quand il a ouvertement refusé de m'emmener.

D'un point de vue logique, je comprends pourquoi. Il ne veut pas s'inquiéter pour moi comme pour Slava. Mais cela ne change rien au fait que je ne peux pas être avec les deux personnes qui comptent le plus pour moi... Je suis coincée ici, quoi qu'il arrive.

— Je reviens tout de suite, dit Alina en s'éclipsant de la cuisine, vraisemblablement pour aller aux toilettes.

J'envisage de me verser une autre tasse de café en attendant, mais je décide que trois tasses devraient suffire pour l'instant. Au lieu de ça, je prends le téléphone de Nikolai et passe sur l'écran, au cas où il serait déverrouillé.

Ce n'est pas le cas, bien sûr. Mon mari, obsédé par la sécurité, ne serait jamais assez négligent pour laisser traîner un téléphone accessible à tous. L'appareil demande soit une empreinte digitale soit un code, et je n'ai ni l'un ni l'autre.

Avec un soupir, je pose le téléphone sur le plan de travail et commence à faire les cent pas. C'est de la torture au sens propre du terme. Je m'inquiète tellement pour Slava et Nikolai que je me sens physiquement malade, sensation aggravée par les éclairs et les coups de tonnerre ponctuels.

L'orage n'est pas encore arrivé, mais il est peut-être sur eux.

Mon Dieu, et s'ils n'arrivaient pas à l'hôpital à temps ? Une aiguille glaciale me transperce le cœur. *Si Slava était malade au point d'en mourir ?* C'est une pensée que je ne m'étais jamais permise auparavant, mais maintenant qu'elle s'est insinuée en moi, je ne peux plus la chasser et mon anxiété maladive s'étend, étouffant jusqu'à l'air qui occupe mes poumons.

Je devrais être là-bas, avec eux.

Je devrais être dans cette voiture.

— Là où tu devrais être, c'est dans ta chambre, à essayer de te reposer, dit Alina à voix basse.

Je me retourne, surprise de la découvrir à nouveau sur son tabouret de bar.

Quand est-elle revenue ? Et est-ce que je parlais à voix haute ?

Sans doute, car elle me regarde avec une compassion lasse, une autre tasse de café dans ses mains. En temps normal, elle boit du thé, mais ce soir, elle est passée à la bonne vieille caféine, comme moi.

— Tu crois vraiment qu'on va se faire attaquer ? demandé-je, ignorant sa suggestion absurde. Et par qui ? Mon père ?

Alina soupire, le menton dans sa main.

— Ou l'un de nos ennemis. Dieu sait qu'il y en a beaucoup. Cela dit, Nikolai et Valery ne me disent rien du tout.

— Mais Konstantin t'en parle, lui ?

D'après ce que j'ai compris, ces dernières semaines, elle entretient une relation beaucoup plus étroite avec leur frère aîné, le génie des technologies. Ils se parlent au moins deux fois par semaine.

— Parfois. Quand il pense que ça ne m'énervera pas.

Sa belle bouche se pince.

— Il me croit fragile au point de m'effondrer au moindre soupçon de mauvaise nouvelle. Surtout si ça a un rapport avec...

Elle s'arrête avant de reprendre :

— Peu importe. Le fait est que je ne suis pas vraiment dans le coup.

Moi non plus, et je n'ai pas l'excuse des migraines

d'Alina, dont Nikolai m'a dit qu'elles provenaient presque entièrement de son état mental.

« Certaines personnes ont des maux d'estomac quand elles sont stressées, et pour elle, ce sont des maux de tête. Elle a d'atroces migraines, m'a-t-il expliqué alors qu'elle n'était pas venue dîner, un soir. Parfois, ils durent plusieurs jours et deviennent si douloureux qu'elle doit s'assommer avec tout un cocktail de médicaments addictifs. Espérons que ce ne sera pas le cas ce soir. »

Heureusement, ce n'était pas le cas, et Alina a retrouvé son état normal dès le lendemain. Cependant, je comprends pourquoi Konstantin s'inquiète. Je n'oublierai jamais l'état dans lequel elle était à cause des substances, ce matin-là dans ma chambre.

Si Alina n'a pas déjà un problème avec les anti-douleurs, elle n'en est pas loin.

« Tu crois qu'elle pourrait bénéficier d'une cure de désintoxication ? ai-je demandé à Nikolai, plus tard ce jour-là. Ou au moins d'une thérapie ? »

« Elle déteste les psys et refuse de leur parler. Quant à la désintox, nous l'avons envisagée, mais on n'est pas certain qu'elle soit réellement dépendante. Sa consommation de drogues est sporadique, concentrée sur des périodes de stress particulières. Ça commence par des maux de tête plus fréquents, puis ça s'aggrave jusqu'à ce que les migraines ne soient même plus le problème principal. Elle a toujours été capable d'arrêter les cachets après un certain temps, c'est pour ça que je l'autorise à continuer à en prendre. C'est le seul moyen pour elle d'échapper à la douleur paralysante quand elle frappe. »

« Et l'herbe ? » ai-je demandé prudemment.

Je ne voulais pas dénoncer Alina, au cas où Nikolai ne serait pas au courant de ses séances de fumette occasionnelles avec Lyudmila.

« Peut-être que ça pourrait l'aider aussi ? »

« Bien sûr, a-t-il répondu avec une grimace. C'est pour ça que je ne dis rien quand elle arrive en empestant le coffee-shop d'Amsterdam. »

Alors, il le savait. Ce n'était pas surprenant. Après tout, il voit tout ce qui se passe ici, y compris les contradictions dans ma propre tête.

Je l'aime. Je n'ai aucun problème à l'admettre maintenant, à moi-même comme à lui. Et il dit qu'il m'aime aussi. Ça devrait être suffisant, pourtant ça ne l'est pas. Même lorsque je suis étendue dans ses bras, après des ébats explosifs, il y a une distance inexplicable entre nous, des non-dits et des craintes tacites.

C'est surtout ma faute, je pense. D'abord, je n'ai toujours pas pu me résoudre à l'interroger sur son père. Chaque fois que l'occasion se présente, je me dégonfle. Les ténèbres de Nikolai sont comme un aimant à double face qui m'attire et me repousse à la fois. J'ai envie de le connaître pleinement, de comprendre son passé aussi bien qu'il comprend le mien, mais j'ai peur de m'enfoncer davantage dans cette partie de lui que j'ai vue, ce jour-là, dans les bois, quand il a réglé leur compte à mes assassins.

Parfois, lorsque je me réveille au milieu de la nuit, blottie contre lui, j'entends encore les cris de cet homme sous la torture et j'ai envie de crier moi aussi.

Je ne peux pas non plus oublier que Nikolai a menacé de me droguer pour que je l'épouse. Nous n'en sommes pas arrivés là, mais c'était envisageable. Parce que pour mon mari, l'amour et la possession sont une seule et même chose.

Il ferait n'importe quoi pour m'avoir.

Bien sûr, avec mon esprit de contradiction, je n'apprécie pas toujours son caractère impitoyable. Par moments, je suis contente qu'il ait forcé le destin en passant outre les étapes normales d'une relation avant le mariage. Et j'aime très souvent son côté sombre au lit – pratiquement chaque fois où il le fait ressortir, à vrai dire. Notre vie sexuelle est aussi torride que variée, et aussi écrasante que puisse être son envie dans ce domaine, je ne suis jamais insatisfaite, à tel point que je me demande s'il n'y a pas quelque chose qui cloche chez moi... s'il est vraiment sain de me perdre si complètement dans son étreinte.

Dans l'étreinte d'un homme qui, à bien des égards, est toujours mon ravisseur.

Perchée sur un tabouret de bar à côté d'Alina, j'attrape le téléphone de Nikolai et j'effleure distraitement l'écran.

Oui, c'est bien ça, mot de passe obligatoire.

Peu importe. Je ne sais même pas pourquoi je cherche à m'en mêler. Ce dont j'ai vraiment besoin, c'est parler à Nikolai, mais il doit être très occupé avec Slava, à naviguer sur ces routes difficiles.

— Pourquoi est-ce que tu continues à faire ça ? demande Alina alors que je regarde à nouveau l'écran. Tu veux lire ses messages ?

Je repousse le téléphone.

— Non. Peut-être. Je ne sais pas.

Ce que je veux, c'est Nikolai au lit à côté de moi et Slava qui dort à poings fermés de l'autre côté du couloir, mais pour le moment, rien de tout cela n'est possible.

— Essaie 785418, propose Alina.

Devant mon regard étonné, elle explique :

— J'ai une bonne mémoire des chiffres, et j'ai vu Nikolai le saisir il y a quelques semaines. Il a pu le changer depuis, mais bon...

Mes doigts volent déjà sur l'écran tactile.

— J'y suis !

Avec un sourire triomphant, je précise :

— *Nous* y sommes.

C'est alors que les implications me frappent.

Alina vient de m'aider à mettre un pied dans la vie privée de Nikolai.

Tout à coup, je ne me sens plus très enthousiaste.

Elle doit le voir sur mon visage, car elle dit sur un ton frustré :

— Il est collé à ce truc depuis une semaine. Il ne m'a pas dit pourquoi, mais ça pourrait avoir un rapport avec le code rouge sous lequel tous les gardes sont placés. Et je ne sais pas pour toi, mais s'il y a une menace spécifique, j'aimerais bien savoir ce que c'est. J'en ai assez d'être maintenue dans l'ignorance.

Moi, en revanche, je me suis volontairement tenue dans l'ignorance pendant des semaines, sans même l'interroger sur la progression de nos plans au sujet de Bransford.

Mon malaise se transforme en honte quand je songe à ma lâcheté. Je me ressaisis et tends le téléphone à Alina.

— Tiens. Tu sauras mieux où chercher.

Je m'excuserai auprès de Nikolai pour avoir envahi sa vie privée une fois cette crise passée.

Elle acquiesce et je me rapproche d'elle tandis que ses doigts aux ongles rouges effleurent l'écran. La première chose qu'elle ouvre, c'est la boîte de réception. Elle fait rapidement défiler les messages, dont beaucoup de titres sont en russe. Elle ouvre un message et le parcourt, les sourcils légèrement froncés tandis que ses yeux survolent le texte en écriture indéchiffrable.

— Alors ? demandé-je lorsqu'elle ferme l'e-mail et fait défiler la suite de la boîte de réception. Quelque chose ?

Elle lève les yeux de l'écran et cligne des paupières, comme si elle avait oublié ma présence.

— Pas vraiment.

Sa voix est étrange, cependant, crispée et un peu sèche. Tout comme le sourire qu'elle m'adresse en ajoutant :

— Les conneries habituelles.

— Je peux ?

Sans attendre sa réponse, je récupère le téléphone et parcours les sujets moi-même. Mon incapacité à comprendre le russe est un sérieux obstacle et je quitte la boîte de réception pour vérifier plutôt les textos. Nikolai utilise une application que je n'ai jamais vue – cryptée, très certainement – et la plupart de ces messages sont en russe, eux aussi.

Voilà comment se solde ma grande tentative de piratage.

Je suis sur le point de poser le téléphone quand une icône dans le coin supérieur gauche de l'écran attire mon attention. C'est l'une des rares applications présentes sur ce téléphone, et son emplacement privilégié me fait penser que Nikolai s'en sert souvent.

Intriguée, je clique sur l'icône – une petite maison – et une série d'images, ou plutôt de vidéos, apparaissent à l'écran. Chacune est trop petite pour que je puisse en voir le détail, alors je clique sur celle qui semble bouger.

Alina regarde par-dessus mon épaule.

— Est-ce que c'est...

— Cette cuisine, oui.

En fait, je nous vois, toutes les deux, assises devant le téléphone. En fronçant les sourcils, je regarde le plafond et les armoires. L'angle de la vidéo suggère que les caméras sont en hauteur et à gauche, mais j'ai beau regarder, je ne les vois pas.

Je ferme la vidéo de la cuisine et zoome sur une autre image, puis sur toutes les autres à tour de rôle.

Salle de séjour.

Salle à manger.

Véranda.

Buanderie.

Couloir de l'étage.

Escalier.

Chambre de Slava.

Mon ancienne chambre.

Mon cœur bat plus vite alors qu'une étrange oppression me saisit la poitrine.

Bien sûr, je découvre aussi notre chambre.

— Ma chambre y est aussi ? demande Alina sur un ton prudemment maîtrisé.

Elle ne devait pas être au courant des caméras, elle non plus. Et dire qu'il y a un instant, je me sentais mal d'avoir lorgné sur la vie privée de Nikolai.

Je retourne à l'écran d'accueil de l'application et j'examine attentivement la collection de miniatures.

— Je ne la vois pas, dis-je à Alina. Tiens, jette un coup d'œil.

Elle passe méthodiquement en revue toutes les entrées.

— Aucune de ma chambre, conclut-elle, visiblement soulagée. Ni de celle de Pavel et Lyudmila. C'est logique, puisque c'est sûrement Pavel qui a installé les caméras. Il est doué avec les technologies de surveillance et de sécurité.

— Installé quand ?

À mon avis, il s'agit de ce genre de caméras pour surveiller les nounous et les baby-sitters, quelque chose que Nikolai a mis en place quand il a décidé de passer l'annonce pour un professeur particulier. Si c'est le cas, les caméras ont été installées peu avant ou après mon arrivée, quand j'étais encore une inconnue dans cette maison et que l'on ne pouvait pas me faire confiance avec Slava. Cela dit, la raison pour laquelle notre chambre, à l'origine celle de Nikolai, est aussi sous surveillance est un mystère...

— On dirait que l'application a été installée il y a quelques mois, dit Alina en examinant les paramètres. Mais il y a eu deux mises à jour depuis : une en juillet, juste après ton arrivée, et une autre, beaucoup plus importante, plus récemment. Il y a une semaine, d'ailleurs.

Ses yeux rencontrent les miens.

— À peu près au moment où j'ai commencé à voir Kolya collé à cet écran.

Ce qui correspond aussi au moment où je lui ai avoué que je l'aimais.

Peut-être que tout cela n'est qu'une coïncidence. C'est peut-être sans rapport avec moi, plutôt lié à l'e-mail auquel Alina a réagi si bizarrement, mais mon instinct me dit le contraire.

Les caméras sont là pour moi. Pour me surveiller.

L'obsession de mon mari à mon égard ne cesse de croître de manière terrifiante, et puisque j'ai gardé la tête dans le sable comme une autruche, je ne sais toujours pas de quoi il est vraiment capable.

41

NIKOLAI

— Les résultats des tests viennent d'arriver, m'informe le médecin quand je retourne dans la chambre de Slava après une brève pause aux toilettes. Empoisonnement à la salmonelle.

Mon souffle s'échappe de ma gorge nouée et une vague de soulagement m'envahit. Ils ont déjà interrompu les vomissements de Slava et l'ont mis sous perfusion, mais jusqu'à ce moment, nous n'avions aucune idée de ce qui le rendait aussi malade.

Salmonelle.

Pas un poison exotique pour lequel il n'existerait aucun remède.

Putain de salmonelle.

Je me tourne vers la pauvre Lyudmila, qui a le malheur d'être la seule autre personne dans la chambre.

— Tu l'as laissé toucher de la viande crue ou des œufs ?

Elle blêmit.

— Non, je te le jure ! Il n'a même pas mangé d'œufs aujourd'hui, à moins que...

Elle écarquille les yeux et plaque une main sur sa bouche.

— Oh, non.

— Quoi ? Crache le morceau.

— La pâte à cookies, murmure-t-elle, son visage rond livide. Je pense qu'il a dû goûter de la pâte crue. Pavel préparait des cookies aux pépites de chocolat pour le dîner, et Slava et moi, nous sommes venus chercher des fruits pour le goûter...

Merde, pas de chance. Il devait y avoir un œuf infecté par la bactérie, et bien sûr, il fallait que Slava goûte cette pâte. Avec le recul, c'est logique. J'ai personnellement contrôlé chaque garde, et avec notre sécurité aussi stricte, les risques qu'un assassin puisse introduire du poison dans l'enceinte étaient proches de zéro. Pourtant, je ne pouvais pas l'exclure complètement, pas avant que ces résultats n'arrivent.

— Ces empoisonnements sont beaucoup plus fréquents qu'on le pense, surtout chez les personnes âgées et les jeunes, intervient le médecin qui a compris l'essentiel de ma conversation avec Lyudmila, bien qu'elle se soit déroulée en russe. La salmonelle est particulièrement résistante dans le jaune d'œuf. Il faudrait faire bouillir l'œuf pendant plus de huit minutes pour être certain de tout tuer, et presque personne ne le fait.

Il soupire.

— Vous ne croiriez pas le nombre de personnes qui atterrissent aux urgences après une omelette ou des œufs brouillés classiques... et je ne parle même pas des œufs au plat ou de la sauce hollandaise. C'est un peu comme une roulette russe... sans vouloir vous offenser.

Je suis trop soulagé pour être vexé.

— Quelles sont les prochaines étapes ?

Je jette un regard inquiet vers le lit d'adulte où Slava dort, son petit visage blafard et fatigué par les vomissements et la diarrhée. Il semble déjà aller mieux, grâce aux fluides, mais je frissonne encore au souvenir de notre trajet effréné jusqu'ici. Je me suis demandé s'il allait s'en sortir.

— Normalement, nous devrions laisser la maladie suivre son cours, mais il a de la fièvre, alors nous lui avons donné des antibiotiques au cas où. Entre cela et les fluides, il devrait bientôt se sentir mieux. J'aimerais le garder en observation un jour ou deux.

— Bien sûr.

Si j'avais su que c'était la salmonelle, je me serais débrouillé pour qu'une équipe médicale s'occupe de Slava à la maison, comme je l'ai fait avec Chloé, mais j'étais tellement terrifié à l'idée que mon fils ait été empoisonné ou exposé à une neurotoxine que je ne pouvais pas prendre le risque de ne pas avoir les bons spécialistes ou le matériel adéquat sous la main. Maintenant que nous sommes à l'hôpital, cela n'aurait aucun sens de débrancher Slava de toutes les machines pour repartir sous l'orage. Pour une guérison plus rapide, il doit se reposer et laisser les antibiotiques faire leur travail.

Je n'ai qu'à espérer que les Leonov n'auront pas vent de notre présence – ou du moins, que nous serons loin depuis longtemps quand ils l'apprendront.

Le médecin s'en va, et Lyudmila, la mine contrite, s'excuse à son tour pour aller aux toilettes. Nous sommes tous les deux au chevet de Slava, tandis que Pavel et les gardes patrouillent dans le couloir. Je ne m'attends pas à une attaque dans un hôpital américain – en tout cas, pas maintenant que je sais que mon fils n'a pas été délibérément empoisonné. Le domaine n'est probablement pas plus à risque non plus, même si je ne compte pas libérer les gardes des contraintes du code rouge avant notre retour.

J'ai oublié mon putain de téléphone, et même si Lyudmila a envoyé des messages à Alina et que tout va bien à la maison, je suis très mal à l'aise de ne pas être en mesure de regarder Chloé par les caméras.

C'est comme si l'on m'avait bandé les yeux ou aveuglé.

— Je peux utiliser ton téléphone un moment ? demandé-je à Lyudmila quand elle revient.

Elle me le tend avant de disparaître discrètement de la chambre.

Dès qu'elle est partie, j'appelle ma sœur et lui demande d'aller chercher Chloé si elle est encore réveillée.

Si je ne peux pas voir ma zaychik, au moins je pourrai entendre sa voix.

— Dis-moi d'abord comment va Slava, répond Alina.

Je l'informe rapidement de son état de santé – Lyudmila lui a déjà annoncé le diagnostic de la salmonelle – avant de réclamer à nouveau Chloé.

— Donne-moi une minute.

La voix d'Alina a une note particulière. J'espère qu'elle n'est pas en proie à une autre migraine. Je n'en serais pas surpris, cela dit, étant donné les événements de la nuit.

Je ne suis pas personnellement sujet aux maux de tête, mais j'ai l'impression que mes tempes sont frappées par des marteaux.

J'attends impatiemment que Chloé prenne le téléphone. J'aurais dû appeler plus tôt au lieu de laisser Lyudmila les tenir au courant de la situation, mais je devais d'abord savoir ce qui se passait avec Slava. La peur était comme un rocher écrasant sur ma poitrine, mais maintenant, je peux enfin respirer et parler à nouveau comme un être humain rationnel.

Il y a une heure, j'étais prêt à arracher la gorge du personnel médical avec les dents quand ils ont essayé de nous faire attendre notre tour.

Heureusement, l'argent fait toujours de l'effet, même dans ce coin de la forêt, et dès que j'ai annoncé à la réceptionniste des urgences que je ferais un don d'un million de dollars à leur département de pédiatrie si mon fils était traité *immédiatement,* tout est devenu beaucoup plus facile et je n'ai pas eu à recourir à des mesures plus extrêmes – comme, par exemple, distribuer des balles aux plus récalcitrants.

— Nikolai, salut.

La voix douce de Chloé me fait l'effet d'une couverture chaude qui m'enveloppe, atténuant le martèlement dans ma tête et libérant la tension dans mon cou et mes épaules. Je n'avais pas réalisé jusqu'à ce moment combien j'étais crispé.

Me détournant du lit de Slava, je me dirige vers la fenêtre pour ne pas le réveiller.

— Salut, zaychik. Comment ça va ?

— Mieux maintenant que je sais que Slava et toi, vous allez bien, répond-elle doucement.

Je perçois un léger soubresaut dans sa respiration.

— J'étais si inquiète, avec l'orage et tout le reste.

Mon cœur se serre avec tendresse.

— Tout va bien. On s'en est bien sortis.

À voix basse, je lui raconte notre terrible trajet. Slava a été malade tout du long et nous avons dû nous arrêter une douzaine de fois pour qu'il vomisse et fasse ses besoins sous la pluie battante. Je n'ai pas cessé de souhaiter être à sa place, que les maux de ventre s'abattent sur moi, et je redoutais d'arriver trop tard à l'hôpital.

— Je savais que les enfants tombaient malades, dis-je à mi-voix. Et je savais que Slava pourrait attraper quelque chose un jour, même s'il est fort et en bonne santé. Ce que je ne savais pas, c'est que je le ressentirais aussi fort... comme si quelqu'un sciait mon cœur avec un couteau émoussé et l'ouvrait une cellule à la fois.

— Bien sûr, me dit Chloé sur un ton empreint de tendresse et de compassion. Les parents sont toujours comme ça quand quelque chose ne va pas avec leurs enfants. Maman m'a dit une fois qu'elle ne connaissait pas le sens de l'angoisse avant de m'avoir... et qu'ensuite, elle n'a plus jamais su vivre sans.

Je me pince l'arête du nez.

— Génial, franchement génial.

— Elle m'a dit aussi qu'elle ne voudrait pour rien au monde ne pas être ma mère.

Elle marque une pause, puis demande doucement :

— Et toi ? Tu échangerais le fait d'être le père de Slava contre la tranquillité d'esprit ?

— Certainement pas.

Je jette un coup d'œil à la frêle silhouette sur le lit, et le sentiment de tension et d'inconfort que j'ai cherché à éviter au début envahit à nouveau ma poitrine. Cette fois, cependant, je reconnais qu'il s'agit d'une véritable angoisse. De l'angoisse mêlée à un amour profond et dévorant. C'est un type d'amour bien différent de la passion obsessionnelle que Chloé éveille en moi, mais il n'en est pas moins puissant.

Je tuerais pour eux deux.

Je mourrais pour eux.

Si je perdais l'un ou l'autre, je ne sais pas comment j'aurais la force de continuer.

— Alors, quand penses-tu rentrer à la maison ? demande Chloé.

Comme avec Alina, je perçois une inflexion étrange

dans sa voix. Pas une crispation, mais quelque chose de légèrement inhabituel.

— On devrait être de retour avant ce soir, dis-je en jetant un coup d'œil à l'horloge.

Il est cinq heures, presque le matin bien qu'il fasse encore nuit dehors.

— Zaychik... tout va bien ?

Le ton de Chloé est clairement tendu lorsqu'elle répond :

— Bien sûr. Pourquoi ça n'irait pas ?

— Dis-moi, quelque chose ne va pas ?

— Non, rien... rentre à la maison et nous parlerons.

— Parler ? De quoi ? Il s'est passé quelque chose pendant mon absence ?

— Non, bien sûr que non.

Elle prend une inspiration et ajoute :

— Ça va. Je suis juste un peu fatiguée d'être restée éveillée toute la nuit, c'est tout.

Elle ment. J'en suis certain, et je suis sur le point de lui demander des éclaircissements quand Pavel entre dans la chambre.

— Masha au téléphone, dit-il sans préambule en me tendant son appareil. L'opération est enfin lancée. Il arrive chez elle dans quinze minutes.

Putain.

— Zaychik, je dois y aller. Dors un peu et je t'appelle plus tard dans la journée, d'accord ?

Sans attendre la réponse de Chloé, je raccroche et porte le téléphone de Pavel à mon oreille.

— Tu as installé les caméras ? Et le direct ?

La voix de Masha est aussi dynamique que d'habitude.

— Oui.

— Envoie l'enregistrement à Konstantin pour le montage, et pour le direct, dirige-le vers ce téléphone. Je n'ai pas le mien sur moi.

— Aucun problème. Maintenant, à propos du plan B...

— Concentre-toi sur le plan A.

J'ai besoin que Bransford soit compromis, pas mort, comme prévu dans mon accord avec Chloé.

Masha pousse un soupir exaspéré.

— Bien sûr, évidemment. Mais si quelque chose tourne mal et que je ne peux pas le contenir, vous voulez toujours que je l'élimine aujourd'hui ? Ce sera peut-être ma dernière occasion d'être aussi proche.

Je frotte mon sourcil gauche, derrière lequel les marteaux infernaux sont de nouveau à l'œuvre. La spécialiste de Valery a été claire comme de l'eau de roche quant à ce qu'elle fera et ne fera pas sur cette mission, et si elle n'est pas opposée à ce que Bransford la malmène un peu pour une vidéo convaincante, elle ne se laissera pas baiser.

— Fais de ton mieux pour t'assurer qu'on n'en arrive pas là, dis-je enfin. Et si tu dois passer au plan B, utilise le médicament.

Il sera difficile d'expliquer la mort de Bransford à Chloé, mais je ferai mon possible pour la protéger.

Quitte à revenir sur la parole que je lui ai donnée.

42

CHLOÉ

Je me réveille avec la bouche sèche et les yeux aussi douloureux que s'ils étaient remplis de sable. En clignant des paupières dans la lumière vive de la pièce, je jette un coup d'œil au réveil et me redresse brusquement dans le lit.

Cinq heures de l'après-midi.

C'est quoi ce bordel ?

Avant que je puisse rassembler mes pensées, on frappe doucement à la porte de la chambre et Alina y passe la tête.

— Ah, tant mieux. Tu es enfin réveillée.

J'attrape une bouteille d'eau sur la table de chevet et la bois à petites gorgées pour soulager la sécheresse dans ma gorge.

— Que s'est-il passé ? dis-je d'une voix cassée une fois que chaque précieuse goutte a disparu.

Je me sens étourdie et groggy, comme si j'avais été droguée.

Alina entre, toujours aussi fraîche et glamour que si elle sortait d'un salon de beauté. Moi, en comparaison, je me sens comme un vieux machin que les ratons laveurs ne repêcheraient même pas dans une poubelle, et mon allure doit correspondre à cette impression.

— Tu n'as pas pu dormir cette nuit, alors tu es allée faire une sieste en milieu de matinée, tu te souviens ? dit-elle en s'asseyant gracieusement au bord du lit.

Je regarde à nouveau le réveil, comme si je pouvais changer l'heure qui y est affichée.

— Mais il est déjà dix-sept heures. Comment peut-il être dix-sept heures si j'ai fait une sieste le matin ?

Elle sourit.

— Que veux-tu que je dise ? Quand tu sombres, tu ne fais pas semblant.

Elle croise ses longues jambes.

— Mon frère a appelé une dizaine de fois jusqu'à présent. Il demandait à te parler, mais je lui ai dit que je te laissais dormir.

Mon rythme cardiaque s'accélère.

— Il y a un problème ? Est-ce que Slava...

— Non, non, tout va bien. D'ailleurs, ils sont déjà sur le retour. Ils devraient être là dans moins d'une heure.

— Oh. Est-ce que Slava...

— Il va beaucoup mieux, m'assure-t-elle. Le médecin allait le garder en observation jusqu'à ce soir, mais il n'a pas vomi une seule fois depuis ce matin et il a réussi à manger du bouillon de poulet et de la gelée pour le déjeuner, alors ils l'ont laissé sortir plus tôt.

— Oh, Dieu merci.

J'ai bêtement hâte de serrer Slava dans mes bras et de l'embrasser. Je ne l'ai qu'aperçu hier soir, quand Nikolai est sorti en trombe de la maison avec le garçon dans ses bras, mais depuis, son physique pâle et émacié m'a hantée. Je me suis sentie exactement comme Nikolai l'a décrit : comme si une lame émoussée sciait mon cœur.

Je suppose que mon mari n'est pas le seul à endosser le rôle de parent, maintenant. Avec chaque semaine qui passe, le fils de Nikolai s'est installé plus profondément dans mon cœur. J'en suis maintenant au point où je ne pourrais pas l'aimer plus, même s'il sortait de mon propre corps. Et je serais dévastée s'il devait lui arriver quelque chose.

— Tu as ton téléphone ? demandé-je à Alina. Je veux rappeler Nikolai.

J'aimerais parler à Slava moi-même et m'assurer qu'il va vraiment mieux, sans compter que je meurs d'envie d'entendre la voix de Nikolai.

Même si ces caméras me font froid dans le dos, je ne peux m'empêcher de le regretter, d'avoir envie de lui de la manière la plus viscérale qui soit. C'est pourquoi la pensée de notre conversation à venir m'a empêchée de fermer l'œil la nuit dernière, même après leur arrivée en sécurité à l'hôpital, alors que je savais que Slava allait s'en sortir.

— Je ne l'ai pas sur moi, mais je peux aller le

chercher, dit Alina en se levant. Je ne sais pas si tu devrais l'appeler à ce stade, tu sais. Ils seront là bien assez tôt, vous aurez tout le temps de discuter.

J'hésite, mais j'acquiesce.

— D'accord.

Elle a raison. Maintenant qu'ils sont presque là, autant attendre. Aussi brève qu'ait été notre conversation d'hier soir, Nikolai a senti que j'étais bouleversée, et s'il n'avait pas été concentré sur son fils, je suis sûre qu'il aurait fait pression pour obtenir des réponses. Ça doit être pour cela qu'il a continué à m'appeler toute la journée. Il vaut mieux que je lui parle en personne.

Il est grand temps que j'arrête de faire l'autruche et que j'apprenne la vérité, puis que nous mettions tous les deux cartes sur table.

Quarante minutes plus tard, il est presque l'heure du dîner lorsque leur 4x4 s'arrête devant la maison. J'ai passé ces quarante minutes à me préparer, mentalement et physiquement. Mes cheveux sont peignés et enroulés en un chignon, mon maquillage presque aussi parfait que celui d'Alina, et je porte une élégante robe blanche avec deux fentes latérales qui dévoilent mes jambes et des talons à lanières dorées. J'ai une paire de boucles d'oreilles en diamant que Nikolai m'a offerte, et autour du cou, le collier au pendentif en forme de cœur qu'Alina m'a prêté une fois, pour mon premier dîner raffiné. J'allais porter autre chose, mais elle m'a soutenu que son collier était ce qui allait le mieux avec la tenue.

— Fais-moi confiance, a-t-elle dit sur un ton énigmatique. C'est précisément ce que Nikolai a besoin de voir ce soir.

J'ai donc décidé de lui faire confiance, même si je suis curieuse de savoir ce qu'elle voulait dire exactement. Si je n'obtiens pas toutes les réponses de Nikolai ce soir, c'est elle qui me les donnera.

Je ne ferai plus l'autruche.

Ça suffit, la lâcheté.

Malgré ma détermination, mon cœur bat la chamade alors que je m'empresse de descendre pour accueillir mon mari et notre fils.

Slava arrive en premier, ou plutôt il fonce comme la petite boule d'énergie qu'un garçon de son âge peut être.

— Maman Chloé !

Il court droit sur moi et je le rattrape à mi-chemin, titubant en arrière sous le poids de son corps, petit mais robuste, tandis que ma cheville presque entièrement guérie vacille sur son talon. Il sent l'hôpital et le shampoing pour bébé, et je suis si heureuse d'avoir ses petits bras autour de mon cou que je ne me soucie pas de l'éventualité d'une nouvelle blessure, ni de mon maquillage qui s'étale lorsqu'il dépose des baisers baveux sur mes joues.

— J'ai vomi beaucoup ! m'annonce-t-il triomphalement une fois que je l'ai enfin reposé au sol.

Je ne peux m'empêcher de rire lorsqu'il se lance dans un récit de ses aventures à l'hôpital, dans un mélange confus d'anglais et de russe, l'essentiel de l'histoire se résumant à me raconter que tous ses vomissements étaient vraiment dégoûtants.

— Comment ça ? Tu ne devrais pas être tout faible et malade ? demande Alina avec amusement.

Je me rends compte qu'elle est descendue juste à côté de moi. Avec un grand sourire, elle se met à genoux et serre Slava dans ses bras tout en lui murmurant des mots complices en russe.

— Oui, je suis Superman, déclare-t-il une fois qu'elle a terminé.

Je ris à nouveau, ravie de le voir se débrouiller aussi bien.

— Il a dormi pendant presque tout le trajet jusqu'ici et il s'est réveillé avec toute cette énergie, commente Nikolai.

Sa voix grave me fait tellement sursauter que je pivote brusquement. Je manque tomber quand cette stupide cheville se plie, envoyant une pointe de douleur dans ma jambe.

C'était moins une, mais comme toujours, Nikolai me rattrape, ses bras puissants autour de moi avant que je touche le sol.

— Doucement, zaychik, murmure-t-il.

Ses yeux verts mouchetés d'or, il me maintient contre son grand corps chaud et me regarde sans me lâcher.

— Un trajet à l'hôpital, ça suffit.

Mon cœur remonte dans ma gorge alors que sa proximité me frappe comme un boulet de démolition. Mes genoux se dérobent comme mes chevilles et ma peau s'enflamme de mille sensations, chaque cellule imprégnée de la chaleur qui émane de ses doigts, de la force délicieuse de ses paumes calleuses. Comme Slava, il sent l'hôpital, mais en dessous, je retrouve cette séduisante touche de bergamote et une trace encore plus ténue de cèdre, mélangées à cet arôme chaud et masculin qui le caractérise.

— Tu es là.

C'est une remarque stupide, mais tous mes neurones semblent grillés. La seule chose que je peux faire, c'est fixer son visage aux pommettes hautes et larges, et sa mâchoire carrée, fascinée par la juxtaposition de brutalité et d'élégance qui fait de cet homme une contradiction dangereusement séduisante.

Mon mari.

Mon protecteur.

Mon espion secret.

Dois-je craindre ou désirer son amour ?

Il me caresse la joue et ses yeux s'assombrissent alors que son regard se pose sur mes lèvres.

— Je suis là, zaychik.

Ignorant notre public, il incline la tête et pose sa bouche sur la mienne, la prenant dans un baiser avide qui me va droit à l'âme.

Mon cœur s'emballe dans ma poitrine et ma peau est brûlante lorsqu'il s'écarte enfin. Comme d'habitude, personne ne prête attention à cette marque d'affection.

Pavel et Lyudmila sont entrés, eux aussi, et ils discutent avec Alina en russe alors que Slava les interrompt avec ses propres histoires.

Je me retourne vers Nikolai, pour me figer devant son regard glacial. Il est rivé sur ma gorge, un muscle tressautant violemment dans sa mâchoire. Qu'est-ce que… ?

Soudain, je réalise ce qu'il regarde.

Ce n'est pas ma gorge.

C'est le collier qu'Alina m'a donné, celui qui, d'après elle, devait lui plaire ce soir.

Avec une clarté soudaine, je me remémore ses marmonnements sous l'effet de la drogue, ce terrible matin où j'ai fui. Comme pour tant d'autres choses liées à ma situation, je ne me suis pas permis de repenser à ses paroles, ces dernières semaines, de m'y attarder. Mais à présent, elles me reviennent, ainsi que tout ce que j'ai entendu sur cette famille, sur la ressemblance de Nikolai avec son père.

Si j'avais encore des doutes quant au fait que mon mari et moi devons absolument avoir cette conversation, ils s'évaporent à ce moment précis. Parce que si le soupçon qui se forme dans mon esprit est juste, alors Alina n'est pas la seule à affronter un traumatisme majeur.

Mine de rien, je me détourne de Nikolai et m'approche de Slava pour lui prendre la main.

— Viens, mon chéri, on va te mettre au lit avant que tu t'effondres. On te donnera à manger là-bas.

— Je vais le faire, propose Lyudmila.

Mais je secoue la tête avec un sourire.

— Laisse-moi faire. Il m'a manqué.

— Je vous rejoins, déclare Nikolai, le regard voilé.

Mon pouls s'accélère encore lorsqu'il prend Slava dans ses bras et me précède à l'étage.

Nous donnons à Slava un bain et le mettons au lit, où il mange un peu de soupe et s'endort rapidement, son élan d'énergie rapidement épuisé.

— C'est toujours comme ça avec les enfants ? demande Nikolai à voix basse en passant sa large paume sur le front de Slava.

Son regard perplexe se tourne vers moi.

— Quand ils sont malades, je veux dire ? Leur énergie passe de zéro à mille avant de retomber ?

Je souris malgré le tumulte qui m'habite.

— Non, pas toujours. Slava est comme Superman. Tu n'es pas au courant ?

Son sourire déclenche une explosion d'endorphines dans mon cerveau.

— Ah, oui, j'ai entendu des rumeurs là-dessus.

Pendant quelques battements de cœur, cela me suffit. Ce simple moment de joie partagée, le soulagement de savoir que l'enfant que nous aimons va s'en sortir. Mais le sourire de Nikolai s'efface et mon pouls passe à la vitesse supérieure alors que l'espace entre nous se remplit d'une conscience frémissante, de cette alchimie brûlante qui ressemble à un fil électrique à haute tension grésillant sur ma peau. Nous sommes assis à un mètre l'un de l'autre, pourtant même cette courte distance me semble soudain trop... trop, et pas assez à la fois.

Je déglutis lorsqu'il lève la main et la pose sur ma joue, son pouce rugueux caressant ma lèvre inférieure, provoquant un frisson.

— Zaychik... fait-il d'une voix de velours sombre. Tu m'as manqué.

Toi aussi, tu m'as manqué. Terriblement. Les mots s'avancent sur le bout de ma langue, prêts à prendre leur envol. Il serait si facile de retomber dans son étreinte, d'oublier ce que j'ai vu sur son téléphone et de ne pas faire de vagues. De replonger dans notre routine de fausse lune de miel, de faire comme s'il n'y avait rien d'effrayant à me savoir observée jusqu'au point de l'obsession chaque fois que nous sommes séparés... par lui, ce tueur dont le passé complexe demeure un mystère terrifiant.

— Nikolai, je...

J'inspire en essayant de trouver d'autres mots, ceux que j'ai évités.

— Il faut qu'on parle. Il est temps que tu me dises exactement ce qui s'est passé avec ton père.

43

CHLOÉ

On dirait qu'un volet sombre est tombé sur le visage de Nikolai. J'ai l'impression de me retrouver face à un inconnu. Toute chaleur quitte sa voix alors qu'il retire sa main et se lève.

— Allons-y, alors. Nous parlerons dans mon bureau.

Mon cœur bat la chamade quand je le suis hors de la chambre de Slava et dans le couloir. Tandis que nous marchons, une sonnerie retentit dans sa poche. Il sort son téléphone et jette un coup d'œil à l'écran. Il a dû récupérer l'appareil dès son arrivée.

Ce qu'il y découvre lui crispe la mâchoire, et quand son regard revient vers moi, ses yeux brillent d'une lumière particulière.

Un terrible pressentiment me noue l'estomac.

— Que s'est-il passé ? Qu'est-ce qui ne va pas ?

— Il y a quelque chose que tu devrais voir, me dit-il. Dès que nous entrons dans son bureau, il se dirige tout droit vers son ordinateur portable et l'ouvre, penché sur son bureau. Ses doigts survolent le clavier pendant une seconde, puis il pivote l'écran vers moi.

Mon cœur bondit et mes genoux se changent en caoutchouc.

L'écran affiche un site d'actualités populaire, avec le titre suivant : « Le principal candidat à la présidence agresse une femme dans une vidéo saisissante ».

Des aiguilles glaciales me perforent la peau tandis que je saisis l'ordinateur et l'emporte jusqu'à la petite table ronde, où je me laisse tomber sur une chaise pour lire l'article en entier.

L'histoire est encore en cours, mais il semblerait qu'il y a un peu moins d'une heure, une vidéo de Bransford agressant une jeune femme ait été publiée sur Twitter, devenant instantanément virale. Selon le site, les images « crues et dérangeantes » le montrent en train de la frapper au visage et de déchirer son haut alors qu'elle se débat désespérément. Après quelques minutes de lutte violente, elle s'échappe en lui donnant un coup de genou entre les jambes, se ruant vers la porte pendant qu'il lui hurle des obscénités.

— Tu peux regarder la vidéo si tu veux, dit Nikolai d'une voix calme.

Je prends conscience qu'il est venu se placer à côté de moi, ses yeux sur l'écran.

— L'équipe de Konstantin a fait des merveilles avec ce que Masha lui a envoyé.

Ma voix est faible lorsque je demande :

— Ça a été filmé aujourd'hui ?

Il acquiesce, son expression indéchiffrable.

— Tôt ce matin, une vingtaine de minutes après notre conversation. Elle lui a demandé de passer à sa « résidence » avant le travail pour signer ses papiers de stage d'observation, afin qu'elle puisse faire du bénévolat pour sa campagne dans le cadre de son cours sur le gouvernement américain.

— Un stage d'observation ? demandé-je, en proie à une soudaine nausée. Comme à la fin du lycée ?

— Exactement. Il pense qu'elle a dix-sept ans, qu'elle est en terminale et vit dans un pensionnat de la région de Washington.

Nikolai marque une pause, puis ajoute d'un ton paisible :

— Une orpheline dont les parents sont morts dans un accident de voiture, la laissant aux soins d'un oncle indifférent qui ne veut rien savoir d'elle.

— L'appât parfait pour un prédateur, chuchoté-je, les yeux brûlants. Le type de victime le plus vulnérable... comme ma mère.

— Oui. Ça semble être son mode opératoire. On a repéré deux autres femmes à qui il a fait le même coup au fil des ans.

Nikolai serre les dents.

— Il les aime intelligentes, jolies, et bien trop jeunes... sans personne vers qui se tourner.

Je prends une inspiration et les aiguilles glacées me transpercent un peu plus profondément.

— Vous les avez retrouvées ? Elles vont parler ?

— Oui, elles vont se manifester en public.

Je déglutis pour conserver le contenu de mon estomac tout en reportant mon attention sur l'écran. Aussi écœurant que cela puisse être, j'ai besoin de voir cette vidéo de mes propres yeux pour savoir exactement quel genre de monstre a fait du mal à ma mère quand elle était encore une adolescente vulnérable.

Je ne veux plus me cacher de la réalité.

Je trouve la vidéo et clique sur lecture. Mon mal-être s'intensifie, mon estomac noué quand je pense que je partage les gènes de cet homme.

L'enregistrement commence par une poursuite courte, mais violente, avec un homme d'un certain âge, grand, beau et athlétique – Tom Bransford, sans le moindre doute – qui se jette sur une petite blonde en mini-short et crop-top. L'angle de la caméra est tel que l'on ne distingue qu'une partie du visage de Masha, mais la ligne juvénile de sa mâchoire est caractéristique, tout comme la terreur dans ses mouvements frénétiques.

Elle traverse la pièce exiguë et encombrée avant qu'il ne la rattrape par derrière, la projetant contre un mur à côté d'un poster de BTS. Il la retourne vers lui. Avec des sanglots de panique, elle attaque, le griffant de ses petits doigts fins, mais il la gifle brutalement avant de lui coller son poing dans le ventre.

Je reste pétrifiée, ressentant le coup comme si je l'avais reçu moi-même. Malheureusement, le pire ne fait que commencer. Alors que Masha est pliée en deux, cherchant à retrouver son souffle, il déchire son haut, révélant une épaule délicatement arrondie qui pourrait être celle d'une jeune adolescente ou même d'un enfant.

Je sais que ce n'est pas le cas – avec sa formation auprès du gouvernement, Masha doit avoir au moins une vingtaine d'années –, mais il est facile d'oublier que je ne suis pas témoin d'une réelle agression sur une jeune et innocente victime.

Ou plutôt, que l'agression est bien réelle, contrairement à la victime.

Quoi qu'il en soit, je ne peux m'empêcher d'expirer avec soulagement lorsque, après quelques secondes supplémentaires d'une lutte angoissante, Masha effectue un mouvement de rotation qui place par miracle son genou en droite ligne de l'entrejambe de son agresseur. Celui-ci recule en titubant avec un cri aigu, les mains sur le sexe, et elle fait une nouvelle tentative de fuite. Cette fois, elle atteint la porte et disparaît sous les cris de Bransford :

— Salope ! Reviens ici, espèce d'allumeuse, sinon je te tue !

La vidéo s'interrompt alors, mais la caméra a le temps de faire un zoom sur le visage de Bransford, ses beaux traits réguliers tordus en un masque de fureur, un visage aux yeux exorbités aussi monstrueux que l'homme lui-même.

Toute tremblante, j'éteins l'ordinateur et prends de petites goulées d'air pour tenter de faire entrer un peu d'oxygène dans ma cage thoracique comprimée et me retenir de vomir.

Pour reprendre ce qu'a dit Nikolai, une personne qui vomit cette semaine, c'est déjà bien assez.

Une fois certaine que mon estomac ne va pas expulser son contenu, je me tourne vers lui.

— Comment avez-vous fait ?

Ma voix est très légèrement instable.

— Comment a fait Masha pour qu'il... enfin, tu sais ?

— Pour qu'il l'agresse ?

À mon hochement de tête, il répond :

— Je ne connais pas tous les détails, mais j'imagine que c'est en faisant exactement ce dont il l'accusait à la fin.

— En jouant les allumeuses ?

— Disons qu'elle a dû encourager fortement ses attentions, puis se désintéresser... ce que les hommes de cet acabit détestent. Seulement dans ce cas, Masha le faisait réellement, avec un but différent de celui qu'il pensait.

La lèvre supérieure de Nikolai se recourbe.

— Il a dû penser qu'elle voudrait tellement décrocher une bonne note de stage en travaillant pour sa campagne qu'elle se laisserait toucher, et quand elle a résisté, les choses se sont rapidement envenimées... comme on le pensait, étant donné son passé.

Je réprime une autre vague de nausée.

— Alors, tout ce qui s'est passé dans la vidéo a eu lieu pour de vrai ? Aucune des séquences n'a été trafiquée ?

— La vidéo a été modifiée, mais pas montée de toutes pièces.

— Modifiée ? Comment ça ?

Nikolai s'assied en face de moi.

— Il fallait cacher le visage de Masha et mettre en évidence le sien. Son anonymat est important pour elle.

Je repasse mentalement la vidéo et réalise qu'il a raison, le visage de Masha n'y apparaît jamais vraiment. L'angle est toujours mauvais. Même lorsque Bransford la plaque contre le mur et que la caméra est directement orientée vers son visage, il y a toujours son épaule ou quelque chose d'autre qui le bloque, ne donnant au spectateur qu'un aperçu de sa joue, de son oreille ou de son menton – assez pour avoir une impression de jeunesse et de beauté, mais pas assez pour offrir une photo imprimable.

— Elle ne va pas venir témoigner ? demandé-je.

Nikolai secoue la tête.

— C'est trop risqué. Nous lui avons créé une fausse identité, mais elle ne résistera pas à un examen approfondi. La vidéo a été téléchargée anonymement sur internet, à partir d'un serveur intraçable. Mais bien sûr, ils vont accuser les pirates russes, comme souvent de nos jours.

— Et dans ce cas, ils auront raison.

Il me répond avec un rictus sarcastique :

— Ils ont raison dans la plupart des cas, zaychik. Konstantin et ses semblables sont une vraie menace, surtout pour vos malheureux politiciens. De toute façon, peu importe ce qu'ils disent sur la source de la vidéo, et même s'ils prétendent qu'elle est fausse. Les dégâts sur la carrière de Bransford sont faits et ses deux vraies victimes se sentent enhardies. Une fois qu'elles se seront exprimées... disons seulement que papa chéri sera fini.

Papa chéri. Mon estomac se soulève si violemment que je manque vomir pour de bon.

— Ce n'est pas mon papa tout court.

Je me lève d'un bond, soudain aveuglée par la colère.

— Ce n'est que...

— Le violeur et le tueur de ta mère, je sais, dit doucement Nikolai en se levant à son tour. C'est tout, zaychik. Il n'est rien de plus pour toi.

La colère s'évacue aussi vite qu'elle est montée et je m'affale sur la chaise, la tête dans mes mains. Mon crâne me semble inexplicablement oppressant et lourd, comme si mon cerveau s'était changé en plomb.

De grandes mains chaudes se posent sur ma nuque et mes épaules, ses doigts puissants massant mes muscles tendus avec juste ce qu'il faut de pression.

— Je suis désolé, zaychik.

La voix de Nikolai est à nouveau douce et chaleureuse.

— Je sais que ça fait beaucoup à digérer, mais je me suis dit que tu devais voir cette vidéo... pour savoir que ta mère a été vengée.

J'aimerais me fondre dans la séduction agréable de ces doigts réconfortants, me perdre dans leurs gestes habiles et apaisants, repousser une fois de plus ce que je crains et me laisser aller à me réjouir du malheur de Bransford dans une forme de joie malsaine et réparatrice. Le coup fatal que nous avons porté à sa carrière est loin de correspondre à ce qu'il a infligé à ma mère ou à ces autres femmes, mais c'est un début. Maintenant que son image est écornée, j'espère que les rouages de la justice se tourneront vers lui avec leurs rayons bien aiguisés.

Après avoir rassemblé toutes mes forces, je relève ma tête lestée de plomb et couvre les mains de Nikolai en me retournant pour croiser son regard.

— Et ta mère ? demandé-je alors à mi-voix. Est-ce qu'elle a été vengée, elle aussi ?

NIKOLAI

Mes mains se resserrent sur les épaules de Chloé. Sa question m'a frappé comme un coup de poing sous la ceinture. Le collier clinquant autour de son cou aurait dû me mettre la puce à l'oreille, mais je ne m'attendais pas à ce qu'elle adopte cette approche... chercher à savoir précisément ce qui s'est passé.

— Je suppose qu'Alina t'a encore parlé, dis-je d'une voix rauque avant de reculer.

Mon regard se pose sur son pendentif. Le diamant en forme de cœur me nargue, me rappelant ce que j'ai essayé d'oublier. Avec effort, je détache mes yeux du pendentif et me concentre sur le visage de Chloé.

— Qu'est-ce qu'elle t'a dit exactement ?

Elle se lève en se mordant la lèvre.

— Pas grand-chose. Elle ne m'a pas reparlé après ce matin-là, juste avant que je parte. Elle a dit quelque chose comme : « Il l'a tuée. Et ensuite Kolya l'a tué. » Je ne savais pas vraiment de qui elle voulait parler à l'époque, mais j'y ai réfléchi et je pense... je pense que ça doit être ta mère.

Elle lève la main pour toucher le pendentif, ses yeux bruns empreints de tendresse et de ténèbres.

— Est-ce que ça lui appartenait ? C'est pour ça qu'Alina voulait que je le porte ce soir et l'autre soir aussi ? Comme une sorte de rappel pour toi ?

Ma gorge se noue et je me détourne, brusquement submergé par les souvenirs – ainsi que par la rage et le chagrin brûlants qui les accompagnent. En dessous se cache la plus affreuse des culpabilités. Ce que j'ai fait est impardonnable. Ce cocktail toxique est si proche de l'ébullition que je ne suis pas sûr de pouvoir tenir ma parole en racontant toute l'histoire à Chloé, mais sa petite main effleure la mienne et ses doigts s'enroulent autour de ma paume, m'apportant un soutien silencieux.

— Dis-moi, murmure-t-elle.

Elle fait un pas en avant et se campe en face de moi. Levant les yeux, elle porte nos mains jointes contre sa poitrine.

— S'il te plaît, Nikolai. J'ai besoin de savoir.

En effet. Je lui dois la vérité, aussi moche soit-elle.

Regardant son visage tourné vers moi, je prends une inspiration, puis je me lance.

45

NIKOLAI

— Quand j'avais à peu près l'âge de Slava, je trouvais que ma mère était une princesse, dis-je d'un ton froid et posé malgré l'aigreur acide qui bouillonne dans mes veines. Grande, mince, toujours parfumée et maquillée, elle portait de jolies robes, des bijoux étincelants et des talons hauts, même à la maison. Tout ce qui l'entourait devait être aussi beau que possible, surtout nous.

Les souvenirs affluent brusquement et j'ai l'impression que l'air disparaît de la pièce, mais je tiens bon.

— Valery n'était qu'un bébé à l'époque et Alina n'était pas encore née. Konstantin et moi sommes les seuls à nous souvenir de ces années... celles où notre mère était encore un peu heureuse.

— Un peu ?

Le visage troublé de Chloé reflète à la fois la

compassion et une curiosité méfiante alors qu'elle presse ma paume contre sa poitrine.

— Elle n'a jamais été pleinement heureuse ?

— Pas dans mes souvenirs.

Je retire ma main de la sienne et vais m'asseoir derrière mon bureau. Je me sens un peu plus en contrôle, comme ça, moins susceptible de céder à l'envie d'attraper Chloé et de la prendre jusqu'à ce qu'aucun de nous ne puisse penser correctement, tous deux incapables de déterrer la boue nocive de mon passé.

Elle me suit et se perche sur le coin du bureau, une vision de blanc et d'or dans sa robe de soirée, véritable rayon de soleil qui n'appartient qu'à moi.

— Pourquoi ? Ils n'ont jamais été amoureux ? Il s'est passé quelque chose ?

Je m'efforce de garder les yeux sur son visage et non sur son décolleté, où le pendentif me fait un clin d'œil provocateur.

— Je n'en suis pas sûr, mais je pense que ça a commencé avec Konstantin. Mon père voulait un fils comme lui, quelqu'un qui puisse éventuellement prendre la tête du nouvel empire capitaliste qu'il était en train de construire. Mais déjà petit, mon grand frère était différent. D'une intelligence folle, mais différent. Je crois même qu'il n'a pas parlé avant l'âge de trois ou quatre ans.

Les yeux de Chloé s'arrondissent.

— Oh. Alors il est...

— Autiste ? Peut-être. Il n'a jamais été

officiellement diagnostiqué. En tout cas, c'est sûrement ce qui a causé le début de la rupture entre eux... à moins que ce soit quand ma mère a découvert le genre d'homme qu'était mon père. Quoi qu'il en soit, je me rappelle que leur mariage se détériorait d'année en année. Chaque fois que je rentrais de l'internat, l'atmosphère était plus glaciale, leurs disputes plus fréquentes... et l'humeur de mon père toujours plus massacrante.

Un pli soucieux se forme entre les sourcils de Chloé.

— Pourquoi n'ont-ils pas simplement divorcé ?

— Il ne l'aurait pas permis. Il voulait toujours la garder, quoi qu'il arrive.

Je me rappelle que ma mère lui criait dessus pendant l'une de leurs disputes, le suppliant de la laisser partir. Les dents serrées, je repousse ce souvenir – il me touche de trop près.

— En tout cas, continué-je d'un ton égal, plus le temps passait, plus ça empirait. Quand j'avais douze ans, il a pris plusieurs maîtresses et les a fait défiler devant elle. Un an plus tard, il a tué un homme soupçonné d'être son amant. Et quelques semaines après mon dix-septième anniversaire, j'ai vu un bleu sur son visage.

Devant l'expression de Chloé, je reprends :

— Elle a nié, bien sûr, en me disant qu'elle était tombée ou quelque chose comme ça. Je ne l'ai pas crue une seconde. Je suis allé voir mon père et je lui ai dit que si je la voyais encore blessée, il en répondrait de mon poing et que je l'emmènerais là où il ne la retrouverait jamais.

Chloé retient son souffle.

— Il t'a écouté ?

— Oui, dis-je avec une grimace. J'étais son enfant préféré, le fils qui lui ressemblait le plus. Il savait que, même à cet âge, je trouverais un moyen de tenir ma promesse.

— Alors, que s'est-il passé ? Comment as-tu... ?

— Comment j'ai fini par le tuer ?

Ces mots ont un goût de poison sur ma langue.

Elle hoche la tête avec méfiance, le regard rivé sur mon visage.

— Quand est-ce arrivé ?

— Il y a six ans, non, six ans et demi. Je venais de rentrer à Moscou après plusieurs années d'absence, d'abord pour le service militaire, puis pour mes études à Princeton. Pendant tout ce temps, j'ai gardé un œil sur ma mère, sur sa santé et son état mental.

Ma mâchoire est si contractée que j'ai l'impression que mes dents sont collées à la glue, chaque mot plus difficile que le précédent.

— Il n'y avait plus d'hématomes, pour autant que je puisse en juger, mais elle était malheureuse, anéantie par leur discorde. J'ai eu beau lui proposer de l'aider à le quitter, elle ne voulait plus partir. Elle disait qu'elle avait peur.

Chloé déglutit.

— De lui ?

— De lui, mais aussi d'être sans lui. De tout ça. À ce

moment-là, ils avaient passé presque trente ans ensemble. Ils avaient élevé quatre enfants.

Je sens que je serre le poing sous le bureau et je force mes doigts à se détendre.

— Konstantin et Valery ont essayé de la faire partir, eux aussi, mais elle a toujours refusé d'écouter. Les excuses étaient sans fin : elle ne voulait pas affronter le jugement de leurs amis communs, perdre la vie qu'ils avaient construite ensemble, déchirer la famille. Mais en réalité, c'était une question de peur. Elle avait peur de mon père et de ce que serait sa vie sans lui... sans son obsession toxique pour elle.

— Obsession ?

La voix de Chloé chevrote légèrement, mais j'acquiesce, conscient des parallèles.

— Pour le meilleur ou pour le pire, elle a été le centre de son monde pendant près de trois décennies, longtemps après que l'amour qu'ils avaient partagé s'était transformé en haine amère. Je pense qu'une partie d'elle aimait ça, aussi, savoir qu'elle exerçait ce genre de pouvoir sur lui, qu'en fin de compte, il ne pouvait *pas* la laisser partir.

Je prends une grande inspiration.

— Enfin, bref, j'ai gardé un œil sur elle, mais j'aurais dû garder un œil sur *lui*. Parce que plus elle était malheureuse, plus il l'était aussi, dans un cercle vicieux. Il a commencé à boire beaucoup et, comme je l'ai appris plus tard, à prendre de la cocaïne. Ça l'a aidé à garder ses distances avec elle. D'une certaine manière, il remplaçait sa dépendance par une autre, potentiellement moins nocive. Ma mère détestait cette évolution. Qu'elle l'aime ou qu'elle le déteste, elle *voulait* son attention.

— Alors, quoi ? Elle a fait quelque chose pour le récupérer ?

— Oui. Elle a pris un autre amant, un membre important du gouvernement, quelqu'un qu'il ne pourrait pas expulser sans conséquences graves. Et elle a annoncé à mon père qu'elle partait. Je crois qu'elle ne le pensait pas. C'était censé être l'équivalent d'un drapeau rouge agité devant un taureau. Mais c'est le problème, avec les taureaux enragés, ils risquent de vous encorner.

Ma voix devient plus rauque lorsque j'ajoute :

— Et c'est précisément ce que mon père a fait.

Les mains de Chloé se figent sur ses genoux, ses jointures blanches alors que je continue.

— Valery était parti pour son service dans l'armée et Konstantin était à Dubaï pour affaires, mais Alina était à la maison pendant les vacances d'hiver. Elle venait de terminer son premier semestre à Columbia. C'est elle qui m'a appelé, cette nuit-là, quand la dernière dispute de nos parents a éclaté.

Ma gorge se comprime, les souvenirs si étouffants que je ne suis pas sûr de pouvoir lui raconter la suite. Pourtant, je persévère tant bien que mal, ma voix ne reflétant qu'une fraction de la douleur qui me déchire de l'intérieur.

— Le temps que j'arrive, le salon ressemblait à une scène de film d'horreur, avec des éclaboussures de sang sur le parquet et les meubles blancs. Alina a dû essayer d'intervenir, de protéger notre mère, parce qu'elle a été assommée contre le mur, l'un de ses avant-bras ouvert là où elle avait essayé d'arrêter son couteau. Et notre mère...

Je m'arrête, mais mes tripes me poussent à continuer.

— Elle était à peine reconnaissable. Il l'a battue à mort avant de la découper en morceaux. À ce jour, c'est l'une des morts les plus violentes que j'aie jamais vues.

Le visage de Chloé est d'un teint cireux, des tremblements visibles parcourent son corps frêle et j'ai envie de m'arrêter, de mettre fin à ce récit avant que l'horreur dans ses yeux ne se transforme en terreur et en dégoût, pourtant je lui ai promis la vérité, alors je me détache des mots que je prononce et de l'agonie étouffante qu'ils provoquent.

— Il était accroupi sur son corps, le couteau toujours à la main quand je me suis approché de lui. Il avait perdu le contrôle, c'est ce qu'il m'a dit. C'était un accident. Je savais que c'était faux. Pavel et Lyudmila devaient être là ce soir-là, mais ils étaient absents. Il les avait envoyés ailleurs pour la soirée. Eux et Alina... sauf que ma sœur avait oublié quelque chose et était revenue à l'improviste.

— Alors, il...

La voix de Chloé se brise.

— Il l'avait prévu ? Ce n'était pas sous l'emprise de la cocaïne ?

— Si. Il était ailleurs, les pupilles dilatées. Mais il

savait très bien ce qu'il allait faire quand il serait dans cet état. Une équipe de nettoyage avait été prévenue, plus tôt dans la soirée, avec l'ordre de se tenir prête. Je le sais parce que...

Je prends une inspiration et ma gorge brûle à cause de l'acide qui remonte.

— Parce que je les ai appelés après. Quand il s'est jeté sur moi avec le couteau.

J'entends Chloé étouffer un cri.

— Il allait te tuer ?

— Peut-être. Je ne sais pas. Il savait que je ne le croyais pas, que je ne laisserais pas son meurtre impuni. Alors, quand il s'est approché de moi avec ses pupilles de la taille d'une pièce de monnaie, j'ai agi par instinct.

Devant le visage bouleversé de ma femme, je dis à voix basse :

— Nous nous sommes battus, et quand j'ai tenu le couteau dans ma main, j'ai fait ce que Pavel m'avait appris à faire. Je l'ai éviscéré de l'aine jusqu'à l'œsophage.

46

CHLOÉ

Il se lève alors et se dirige à grandes enjambées vers la fenêtre, où il me tourne le dos, ses puissantes épaules tendues, son grand corps aussi immobile et rigide que les montagnes au-dehors.

Je le regarde fixement pendant quelques instants, absorbant ce qu'il m'a dit, puis je force mes membres gelés à bouger.

— Alina...

— Elle a repris conscience dans les derniers instants de notre combat, dit-il, le regard fixe droit devant alors que je viens me placer à côté de lui.

Sa mâchoire semble transformée en granite, ses lèvres sensuelles pincées en une ligne dure.

— Je ne l'ai pas réalisé, je ne l'ai pas entendue me crier d'arrêter... pas avant qu'il soit trop tard.

— Alors, elle... ?

— Elle m'a vu le tuer, oui. Elle m'a vu le réduire en pièces.

J'inspire difficilement, revivant ces moments terribles où *je* l'ai vu brandir le couteau. C'était contre mon agresseur, l'assassin de ma mère qui était sur le point de me violer et de m'ôter la vie, et pourtant je me sens toujours malade à ce souvenir. Qu'est-ce que cela a dû être pour Alina, qui avait à peine dix-huit ans le soir où elle a vu ses parents mourir si brutalement, l'une par la main de son père et l'autre par celle de son frère ?

Plus important encore, quel effet cela a-t-il produit sur Nikolai ?

Quel genre de dégâts cette soirée a-t-elle infligés à *son* état psychologique ?

Ma main tremble lorsque je touche sa manche, attirant son regard vers moi. Son visage magnifiquement sculpté est vide, dénué d'émotions. Il ne laisse rien paraître de ses sentiments. Pourtant, je peux sentir le puits d'angoisse derrière son masque opaque, je sens le tourment paralysant de sa culpabilité et de sa honte.

— Est-ce qu'Alina le sait ? demandé-je en frémissant. Que c'était de l'auto-défense ? Que tu ne l'as pas fait juste pour venger ta mère ?

Ses cils noirs s'abaissent, voilant ses yeux de tigre.

— Je ne sais pas. Nous n'avons jamais vraiment discuté de cette nuit. Qu'est-ce que ça aurait changé ? J'avais vingt-cinq ans contre cinquante-sept pour lui, j'étais plus rapide et plus fort. J'aurais pu lui arracher le couteau et le plaquer au sol... Ce n'était pas nécessaire de le tuer.

— Tu ne l'as pas fait ?

Je revois la scène aussi clairement que si elle s'était déroulée devant mes yeux et j'imagine la version plus âgée de Nikolai, que j'ai vue sur les photos des journaux, d'allure sportive et forte malgré son âge... Un homme dangereux, même sans l'emprise de la cocaïne. Et je peux voir un Nikolai de vingt-cinq ans projeté dans cette scène cauchemardesque, abasourdi par la mort atroce de sa mère et terrifié pour sa sœur inconsciente et ensanglantée.

Que se serait-il passé s'il n'avait pas mis la main sur le couteau mortel de son père ?

Son sang aurait-il également souillé cette lame, son corps rejoignant celui de sa mère et de sa sœur dans une tombe anonyme au cœur d'une forêt russe ?

— Qu'est-ce que tu dis ? demandé-je.

La voix de Nikolai se durcit et ses yeux étincellent férocement alors que son masque tombe, révélant la blessure brute et suppurante en dessous.

— Je l'ai tué. Mon propre père. Qui se soucie de savoir si c'était de la légitime défense ? Je voulais qu'il meure pour ce qu'il lui a fait. Je voulais son sang – le mien – sur mes mains, et je ne regrette pas de l'avoir. Parce que, tu vois, zaychik, Alina a raison. Je *suis* comme lui. Dans tous les domaines qui comptent, je suis comme mon père.

J'ai l'impression que mon cœur est broyé, son angoisse me transperçant aussi brutalement qu'un couteau. Comment a-t-il pu contenir toute cette douleur en lui ? Comment n'est-il pas déjà déchiré ?

— Non, déclaré-je d'une voix étonnamment ferme. Tu n'es pas ton père. Et je ne suis pas ta mère. Leur destin ne sera pas le nôtre, pas si nous le refusons.

Je ne sais pas quand, au cours de son récit, j'ai compris ce qui le motive, à quel moment j'ai réalisé que Nikolai s'est qualifié de monstre il y a six ans et demi – et qu'il a fait de son mieux, depuis, pour se montrer à la hauteur de ce qu'il pense être sa nature, du sang Molotov qu'il considère comme sa malédiction. Bien sûr, il y a une part de vérité dans sa conviction. Ma nouvelle famille est sombre et impitoyable, un retour aux temps où la violence et la force étaient justes. Leurs relations mériteraient leur propre chapitre dans un livre sur les dynamiques familiales dysfonctionnelles et mon mari est un produit de cette éducation, son caractère façonné autant par la tragédie de la relation de ses parents qui s'est étiolée lentement que par leur fin macabre.

Pourtant, il n'est pas son père. Loin de là. Et moi, je ne suis pas comme sa mère. Elle ne connaissait pas la nature de son mari quand elle l'a épousé, elle n'était pas prête à vivre avec un homme aussi violent et sans merci. Alors que moi, à cause de mon père biologique, j'ai vécu l'enfer. Si je ne peux pas dire que je n'ai pas été effrayée en voyant Nikolai tuer les deux assassins, la découverte de ce dont il est capable n'a pas changé mes sentiments... à mon grand désarroi, au début.

Qu'il soit ou non un tueur de sang-froid, il est et sera toujours mon amoureux, mon protecteur.

— Vraiment ?

Il me saisit les bras, ses doigts comme des bandes d'acier.

— Comment allons-nous échapper à leur destin ? Tu me détestes déjà, à un certain niveau, n'est-ce pas ? Parce que j'ai tué ces hommes devant toi et que je t'ai ramenée alors que tu me suppliais de te laisser partir ? Parce que je t'ai forcée à m'épouser ?

Je soutiens son regard doré, refusant de flancher devant la tourmente que j'y perçois, devant toutes les émotions longtemps refoulées qui menacent de se déverser avec la force d'un tsunami, détruisant tout sur leur passage.

— Non, Nikolai.

Ma voix est douce et posée malgré le battement irrégulier de mon pouls.

— Je te l'ai dit, je t'aime. Je ne te déteste pas. Je n'ai jamais pu, alors ça n'a jamais été le cas et ça ne le sera jamais.

Ses doigts se resserrent, entamant plus profondément ma chair.

— Comment peux-tu en être aussi sûre ? Tu as vu ce dont je suis capable, comment je suis... comment je suis, avec toi. En quoi suis-je différent de lui ?

Je réprime l'envie de fuir la douleur et la rage qui transparaissent dans ses paroles. Au lieu de quoi, je lui demande avec douceur :

— Est-ce que ton père vous aimait, tes frères, ta sœur et toi, comme tu aimes Slava ? Est-ce qu'il aimait vraiment quelqu'un d'autre que lui-même ? Et je ne parle pas de son obsession violente pour ta mère.

Son expression ne change pas, mais je peux sentir sa réponse dans le relâchement subtil de sa poigne, alors je continue.

— Peut-être que tu es comme lui, à certains égards, mais pas tous. Pas sous les aspects les plus importants. Par exemple, est-ce que tu me ferais du mal ? Vraiment, je veux dire ? Je parle de coups de poing et de couteau, pas de brutalité au lit.

Il recule et retire ses mains.

— Je préférerais m'étriper.

— Et Slava ? Tu l'attaquerais avec un couteau... défoncé ou ivre ?

La fureur se lit sur son visage.

— Bien sûr que non !

— Exactement.

Je me rapproche encore plus de lui, mon cœur au galop.

— Parce que tu n'es pas comme ton père. Quoi qu'en pense ta sœur... quoi que j'aie pu craindre quand tu m'as sauvée.

Ses narines se dilatent alors qu'il me regarde fixement.

— Ce que tu as pu craindre ?

Sa voix est rêche comme du papier de verre, ses mots teintés pour la première fois d'un soupçon d'accent russe.

— Au passé ?

Une fois de plus, ses mains se posent sur mes bras, ses yeux irradiant d'un vert doré presque féroce.

— Tu t'estimes en sécurité avec moi ? Pourquoi ?

Parce que tu connais maintenant la vérité brute ? Parce que tu crois me comprendre ?

— J'ai toujours été en sécurité avec toi.

En mon for intérieur, je l'ai toujours su. Voilà pourquoi j'ai pu faire l'autruche toutes ces semaines, pourquoi le voir tuer et torturer ne m'a pas fait reculer à son contact... et pourquoi être forcée de l'épouser n'a pas changé mes sentiments.

Alors même que j'ai l'impression d'être une proie sous son regard intense de prédateur, je sais qu'il ne me ferait jamais de mal.

Sa mâchoire se contracte violemment.

— Comment peux-tu en être aussi convaincue ? Comment peux-tu me faire confiance, et surtout m'aimer, étant donné le poison qui coule dans mes veines ?

— Est-ce que toi, tu m'aimes ? Est-ce que tu me fais confiance malgré le poison qui coule dans *mes* veines ?

Ma voix s'élève à mesure que les mots m'échappent, vibrants de toute la colère que je n'ai pas eu le temps de digérer, de toute la haine envers moi-même que j'ai longtemps réprimée. On dirait qu'un barrage s'est rompu et que je ne peux pas interrompre ce torrent d'amertume. Je ne peux pas reconstruire la résolution mentale qui m'a gardée saine d'esprit pendant toutes ces semaines.

— Je suis un enfant du viol, le résultat de l'agression de ma mère adolescente par une ordure sociopathe à deux visages. Au moins, tes parents ont voulu l'un de l'autre à un moment donné. Au moins, tu as été conçu dans ce qui ressemble à de l'amour.

Il me lâche et son regard redevient opaque.

— Ce n'est pas la même chose.

— Vraiment ?

Je resserre les poings sur sa chemise, refusant de le laisser se détourner.

— Réfléchis-y. Mon sang est contaminé, tout comme le tien. Mon père aussi a tué ma mère, pas par passion malsaine, mais par un calcul froid. Et il m'aurait certainement tuée, moi aussi. Il pourrait encore essayer, d'ailleurs. Alors, en quoi nos histoires sont différentes ? En quoi suis-je meilleure que toi ? Au contraire, nous sommes faits l'un pour l'autre, ou comme tu aimes le dire, destinés à être ensemble.

Il me dévore des yeux, son large torse montant et retombant dans un rythme irrégulier. Je vois bien qu'il commence à comprendre, qu'il absorbe cette vérité fondamentale – une vérité que je n'avais pas entièrement comprise moi-même jusqu'à ce moment.

Je ne crois peut-être pas au destin en tant que tel, mais quelque chose m'a amenée ici, dans cette famille avec toute sa laideur et sa beauté. Vers cet homme merveilleux, redoutable et abîmé, qui ne reculera devant rien pour me protéger et tuer mes démons... tant que je viens aussi à bout des siens.

Je lâche enfin sa chemise, mes paumes de part et d'autre de son visage. Je sens la fermeté de ses os sous sa peau chaude couverte d'un début de barbe.

— Je t'aime, Nikolai... Je t'aime et je veux être avec

toi, passé sombre, obsession et tout le reste. Quoi qu'aient fait nos pères, quelles que soient les relations bancales de nos parents, nous ne sommes pas comme eux et nous n'avons pas à suivre leurs traces. Je ne violerai jamais une adolescente, et toi, tu ne me feras jamais de mal, quelle que soit la force de tes sentiments pour moi… quelles que soient les épreuves que nous traverserons dans l'avenir.

Sa poitrine palpite plus frénétiquement et ses yeux s'assombrissent jusqu'à prendre une teinte de bronze terni.

— Chloé…

Sa voix est rauque alors qu'il pose ses mains par-dessus les miennes.

— Zaychik, tu n'as aucune idée de la force de mes sentiments pour toi, de mon obsession.

Je m'humecte les lèvres.

— Je pense que si.

Les caméras sont une bonne indication. Nous devrons bientôt en parler, mais pour l'instant, j'ai des choses plus importantes en tête… comme son regard sur ma bouche, enflammé d'une chaleur volcanique familière, cette avidité sombre qui m'excite et, à un certain niveau, m'épouvante aussi – mais seulement parce qu'elle provoque une réaction tout aussi puissante en moi.

Il n'est pas le seul dont l'amour frise désormais l'obsession.

Il fixe ma bouche pendant encore un moment, ses mains crispées sur les miennes. Puis, avec une vive inspiration, il plaque ses lèvres sur ma bouche. Sa main s'enfouit dans mes cheveux tandis que l'autre me pince les fesses, attirant tout le bas de mon corps contre lui.

Il est déjà dur, la forme rigide de son érection pressée contre moi alors qu'il m'entraîne vers son bureau. Il prend possession de moi par un baiser brutal auquel je réponds avec une ferveur égale. Nous tombons sur la surface dure dans un enchevêtrement de membres et de mains voraces qui se rejoignent dans une fureur de luxure et d'amour, dans la violence tendre de la passion.

C'est la plus parfaite des unions pour deux êtres aussi imparfaits.

47

NIKOLAI

lors que les derniers échos de l'extase s'estompent, je prends conscience de la surface ferme du bureau sous mon dos nu et du poids léger du corps de Chloé drapé sur ma poitrine en sueur. Mon cerveau regorge d'endorphines et mon cœur bat la chamade dans un rythme plein d'espoir.

Je lui ai tout dit, et au lieu de reculer avec dégoût, elle m'a embrassé.

J'ai mis à nu les pires parties de mon être, et au lieu de fuir, en proie à la terreur, elle m'a dit que nous étions faits l'un pour l'autre.

En effet. Je le sais depuis le début, pourtant à un moment donné, ces deux dernières semaines, j'ai perdu cela de vue, j'ai commencé à douter que notre relation puisse survivre au poison qui suppure en moi... redoutant que nous soyons destinés à suivre le sinistre chemin de mes parents.

— Non, pas du tout, murmure Chloé en soulevant sa tête de mon épaule.

Je prends conscience que j'ai prononcé cette dernière partie à voix haute. Avec un tendre sourire, elle souligne mes lèvres avec un doigt fin, son regard tendre et chaleureux comme une caresse physique sur mon visage.

— Nous décidons de notre vie, de notre avenir.

Je m'assieds et la tire sur mes genoux. Ma poitrine est remplie d'une surcharge d'émotions quand j'inspire son parfum de fleurs sauvages et sens ses bras fins enroulés avec confiance autour de mon cou. Tendresse et possessivité, amour et désir, peur et joie, tous ces sentiments se battent en moi jusqu'à me donner l'impression que ma cage thoracique ne peut plus les contenir.

Est-ce possible ?

L'amour de Chloé pour moi pourrait-il être plus qu'un doux mirage ?

Ce bonheur peut-il être réel et durable ?

Il y a tant de choses dont j'aimerais lui parler, tant de choses que je voudrais lui dire... un autre aveu que je tiens à lui faire concernant le sort de son père. Mais pour l'heure, c'est suffisant. Je ne veux pas gâcher ce moment parfait en évoquant un éventuel sujet de discorde. Alors, je me contente de l'embrasser sur la tête et de la serrer contre moi, comblé et bienheureux pour la toute première fois de ma vie.

48

CHLOÉ

J'ai envie de rester ainsi pour toujours, blottie sur les genoux de Nikolai, mais je sais que nous devrons bien bouger un jour. Du coin de l'œil, j'aperçois ma robe sur le sol à côté de sa chemise, ainsi que l'ordinateur portable que nous avons fait tomber du bureau dans notre passion. Nous devrions au moins ramasser l'ordinateur, nous assurer qu'il est en bon état... et peut-être aussi parler des caméras. Ou mieux encore, de notre futur en général. Mais avant d'en arriver là, il y a quelque chose que je dois lui dire.

Soulevant ma tête de sa large épaule, je m'écarte pour rencontrer son regard ambré et chaud.

— Merci, dis-je doucement. Merci d'avoir fait ce que tu as fait à Bransford. Je sais que ce n'est pas une solution parfaite, je sais que même détrôné, il pourrait être dangereux, mais je pense...

Des coups soudains contre la porte nous font

sursauter tous les deux.

— Nikolai !

C'est la voix grave de Pavel. Elle est tendue et le flot de russe qui s'ensuit est urgent.

— Putain !

Nikolai me repousse de ses genoux et se lève d'un bond, rattrapant ses vêtements pour les enfiler par une série de mouvements hachés.

C'est une transition si soudaine par rapport à la paix dont nous jouissions que je suis d'abord trop abasourdie pour comprendre. Mais enfin, l'adrénaline libère mon esprit et je me mets en mouvement, à mon tour.

— Que se passe-t-il ? Slava est encore malade ?

Je me précipite sur ma robe et l'enfile, le cœur serré.

Nikolai est déjà près du mur, sa paume contre la surface blanche et lisse.

— Slava va bien, me dit-il d'une voix atone alors qu'une partie du mur glisse, révélant tout un arsenal à mon regard effaré. Ce sont nos gardes. Arkash a envoyé un message à Pavel pour lui dire qu'il avait repéré quelque chose de bizarre, et maintenant Pavel n'arrive plus à le contacter, ni lui ni aucun de nos autres hommes.

J'étouffe un cri et ma main se plaque de sa propre initiative contre mes lèvres.

— Tu penses que...

— Que nous sommes attaqués ? Oui.

Il saisit un M16 à l'aspect terrifiant.

— Et je parierais sur les Leonov.

49

NIKOLAI

Les yeux bruns de Chloé sont écarquillés par la crainte et la stupeur lorsque je pose mon arme sur le bureau avant de la conduire dans le couloir, où nous attend Pavel. Mon cœur bat la chamade dans ma poitrine, l'adrénaline déferlant dans mes veines. J'ordonne aussitôt :

— Emmène-la avec Slava et Alina dans la chambre forte.

Il acquiesce et serre Chloé dans ses bras.

— Lyudmila et les deux autres y sont déjà.

— Attends ! crie Chloé alors qu'il la soulève et l'emmène au bas des marches. Laisse-moi t'aider. Je peux...

Je n'entends pas le reste de sa phrase, car je suis déjà de retour dans mon bureau. Je ne peux pas prendre le temps de calmer ma zaychik, pas alors que chaque seconde rapproche Alexei Leonov de notre porte. C'est forcément lui. Ou du moins, il doit être derrière tout ça. Nos visages ont dû apparaître sur une caméra de sécurité de l'hôpital et ses hackers nous auront suivis jusqu'ici. C'est la seule explication logique, le seul moyen qui ait pu lui permettre de confirmer notre position.

S'il n'y avait que Pavel et moi, je ne m'inquiéterais pas. Nous sommes entraînés pour cela, prêts à nous battre au pied levé. Mais Chloé et Slava sont ici aussi, ainsi que ma sœur et Lyudmila. C'est l'idée qu'ils puissent être en danger qui me glace les os et remplit mes tripes d'acide.

Je déchirerais Alexei Leonov avec les dents plutôt que de le laisser m'enlever mon fils. Et s'il touche un seul cheveu de Chloé ou d'Alina, j'éviscérerai chaque membre de sa famille.

Au prix d'un effort impérieux, je réfrène ma colère et ouvre mon ordinateur pour afficher les images du drone et les vidéos des caméras du périmètre. Ce qui compte, maintenant, c'est d'évaluer la situation. D'où viennent nos assaillants ? Combien sont-ils ? Mon cœur se serre quand je pense à Arkash et à nos autres gardes. Beaucoup d'entre eux sont mes amis, des hommes bons avec des familles qui les attendent. Combien d'entre eux ont déjà été tués ? Combien blessés ?

Quoi qu'il arrive, je dois le savoir.

Je ramasse mon ordinateur par terre et l'ouvre.

L'écran est sombre et silencieux. Il ne répond pas lorsque j'essaie de l'allumer manuellement.

Putain. La chute a dû l'endommager.

Je prends mon téléphone et mon sang se glace.

Même chose. L'appareil est mort, l'écran résolument noir.

Je me retourne et appuie sur l'interrupteur du mur.

Il fonctionne.

Mon esprit tourne à plein régime, sautant d'une possibilité à l'autre. Auraient-ils pu envoyer une sorte d'impulsion électromagnétique pour griller nos appareils ? Est-ce pour cela que Pavel n'a pas réussi à contacter les gardes ? Parce que leurs téléphones ont aussi été désactivés ? Mais alors, celui de Pavel ? Il aurait forcément remarqué qu'il ne fonctionne plus !

Sauf s'il était encore actif, sur le moment.

Si l'onde électromagnétique était très ciblée, elle aurait pu frapper en premier nos gardes à la barrière, puis la maison.

Je n'ai aucune idée de la façon dont Alexei a pu mettre la main sur une arme aussi avancée, mais je sais une chose : Konstantin, en bon technicien parano, a envisagé ce genre d'attaque. Voilà pourquoi notre générateur de secours est analogique et se trouve à l'intérieur d'une cage de Faraday profondément enterrée. C'est aussi pour cette raison que nos principales lignes électriques sont également souterraines, renforcées par des gaines métalliques.

Ces enfoirés auraient bien aimé nous couper le courant, j'en suis sûr, mais ils ont dû se contenter de détruire nos drones et nos caméras.

Le claquement distant d'une série de coups de feu parvient à mes oreilles.

Dieu merci !

Les gardes doivent être encore en vie et ils parent l'assaut.

Je jette mon téléphone inutilisable et enfile un gilet pare-balles, puis je sangle plusieurs pistolets et une douzaine de munitions à mon épaule. Je prends également deux radios en état de marche dans l'armurerie, ainsi qu'une boîte en métal avec générateur – la pièce cachée est une cage de Faraday.

Le temps que je finisse, Pavel a fait irruption dans mon bureau, armé jusqu'aux dents lui aussi.

— Les téléphones et les radios sont...

— HS, je sais. Tiens.

Je lui fourre le second émetteur radio dans les mains.

— Allons-y. Il est temps que les Leonov sachent à qui ils ont affaire.

50

CHLOÉ

— Arrête, Chloé, grommelle Alina.

Je me rends compte que j'ai recommencé à taper du pied, une manifestation physique de ma nervosité qui l'agace inexplicablement. Elle est plus à cran que je ne l'ai jamais vue, ses propres mouvements saccadés et sa colonne vertébrale si tendue que c'est un miracle qu'elle parvienne encore à tourner le cou.

— Désolée.

Je déplace Slava pour l'installer plus confortablement sur mes genoux.

— Mais je me fais du souci pour eux.

Je tiens le garçon dans mes bras autant pour me calmer que pour le réconforter. En fait, de nous quatre, Slava est le moins anxieux, sûrement parce qu'il ne comprend pas l'ampleur de la menace à laquelle nous sommes confrontés. Lyudmila lui a dit que nous étions ici dans le cadre d'un exercice de sécurité, et même si je suis certaine qu'il perçoit la tension des adultes, il n'a pas remis mon explication en question.

J'aimerais être aussi sereine, mais j'en suis incapable. Ma poitrine est oppressée, mon ventre sens dessus dessous comme le tambour d'une machine à laver au cycle essorage. J'ai une conscience aiguë, terrifiante, du fait que Nikolai est là dehors, en train d'affronter un nombre inconnu d'ennemis – les Leonov, peut-être.

Pour ce qu'on en sait, Bransford pourrait avoir envoyé une armée entière d'assassins à mes trousses. Ça pourrait très bien être ma faute si nous sommes tous en danger.

Ma respiration s'accélère à nouveau et je m'efforce d'inspirer plus profondément pour éviter l'hyperventilation. La chambre forte – une pièce dont j'ignorais l'existence jusqu'à ce que Pavel m'y conduise – est creusée dans la montagne, sous le garage, assez vaste pour former un studio, avec un grand lit, deux futons, une kitchenette équipée, une petite salle de bain et suffisamment de provisions dans le garde-manger pour survivre à un hiver nucléaire. En théorie, il y a beaucoup d'oxygène ici, mais j'ai toujours l'impression que nous manquons d'air, que les murs se referment sur moi à chaque seconde qui passe.

Nikolai est au combat, et moi, je suis coincée ici, incapable de l'aider.

— Tu peux arrêter, putain ?

Alina se lève d'un bond. Son visage est d'une pâleur de vampire sous la lumière blafarde des néons du plafond. Sa poitrine se soulève alors qu'elle me fixe du regard, et je prends conscience que je me suis remise à taper du pied par inadvertance.

Avant que je puisse répliquer – elle n'est pas la seule à être à bout de nerfs –, Lyudmila dit quelque chose en russe. Si son visage rond est pâle, lui aussi, le ton de sa voix est apaisant et Alina s'affale sur un matelas, repoussant ses cheveux d'une main tremblante avant de lisser sa robe de soirée rouge.

Je la dévisage, frappée par sa détresse, bien plus que lors de l'incident avec Slava. Sait-elle quelque chose que j'ignore ?

Courons-nous un danger plus grand que je ne le pense ?

Je pose Slava sur le lit et m'approche d'elle. Le ciment est froid sous mes pieds nus – dans la précipitation, j'ai oublié mes talons à lanières dans le bureau de Nikolai. Je m'assieds à côté d'elle sur le futon et lui demande doucement :

— Ça va ?

Elle tourne vers moi ses yeux de jade trop brillants.

— Il se passe quelque chose d'autre ? demandé-je. Tu es plus nerveuse que d'habitude... enfin, bien sûr, tu as de bonnes raisons de l'être.

Elle ouvre la bouche pour répondre, mais elle finit par secouer la tête.

— Ce n'est rien, dit-elle d'une voix blanche. J'ai une vilaine migraine, c'est tout.

Bien sûr. C'est ce qui arrive quand elle est stressée. La pauvre. Je couvre sa main glacée, contente de me concentrer sur autre chose que la peur qui m'engourdit.

— Tu as tes médicaments ?

— Non.

Je regarde l'échelle pliante qui mène au garage. Quelles sont mes chances de courir à l'étage pour les récupérer rapidement ?

— N'y pense même pas, me dit Alina, lisant dans mes pensées avec l'étrange perspicacité de son frère. Si j'en ai vraiment besoin, j'irai les chercher moi-même. Mais aucun de nous ne devrait...

Le plafonnier vacille lorsqu'un grand *boum* ébranle la pièce, faisant pleuvoir du plâtre sur nos têtes. J'en ai le ventre tout retourné.

Comme un seul homme, nous nous levons d'un bond et je me précipite vers Slava, dont les yeux sont maintenant grands ouverts.

— Maman Chloé.

Sa voix est fluette alors que je le soulève, installant son poids sur ma hanche.

— Où est papa ? Je n'aime pas ça. Je veux qu'il soit avec moi.

Je resserre mes bras autour de lui.

— Moi aussi, mon chéri. Moi aussi. Mais ne t'inquiète pas. Tout va bien se passer. Ton papa sera bientôt là. Il faut juste attendre.

J'espère que Slava ne sent pas mes tremblements, qu'il ne voit pas l'expression d'Alina.

On dirait qu'elle se trouve dans le couloir de la mort et que l'exécution est prévue pour aujourd'hui.

Lyudmila doit le remarquer, car elle s'approche d'elle et passe un bras autour de ses fines épaules en murmurant quelque chose en russe. Je saisis les mots « Alexei » et « braht » – frère, en russe. Pour la centième fois, je regrette de ne pas mieux comprendre leur langue.

J'aimerais désespérément savoir ce qui se passe là-haut, aussi, si Nikolai et Pavel vont bien. En plus des provisions et autres articles de première nécessité, il y a un panneau de moniteurs de l'autre côté de la pièce. Ils pourraient être une fenêtre sur le monde extérieur, mais quand nous avons allumé les écrans, nous n'avons rien vu d'autre que des parasites.

— À votre avis, qu'est-ce qui a causé ça ? demandé-je, incapable de garder le silence plus longtemps.

En dépit de tous mes efforts, ma voix trahit mon agitation, une terreur innommable qui me ronge à l'idée que Nikolai soit blessé. Je serre Slava plus fort contre moi et change d'intonation.

— L'explosion, je veux dire. Vous croyez que...

— Ça pourrait être un lance-roquettes.

La voix d'Alina est atone maintenant, étrangement dénuée d'émotions alors qu'elle s'extirpe de l'étreinte rassurante de Lyudmila. Même si dans ses yeux brille toujours cet éclat douloureux, ses traits sont à nouveau maîtrisés.

— Ils ont pu le lancer dans le garage pour détruire nos véhicules et éliminer toute possibilité de fuite. Ou alors, ils ont placé eux-mêmes des explosifs à l'entrée du garage. Dans ce cas-là, ils sont déjà ici, à la maison.

Et Nikolai est gravement blessé ou tué.

La nausée qui me tord l'estomac est si forte que je dois déglutir pour ne pas vomir. Je dois déployer tous mes efforts pour garder ma voix stable, ne serait-ce que pour le bien de Slava.

— Il y a des armes à feu ici ? Je suis allée plusieurs fois au stand de tir, alors je peux...

Alina se dirige déjà vers le panneau d'écrans, où elle appuie sa paume contre le mur, comme Nikolai l'a fait dans son bureau. Et comme dans son bureau, le mur coulisse, révélant un arsenal qui rendrait dingue un marchand d'armes.

— Mon frère a tout prévu, dit-elle en prenant un Glock. Il est peu probable qu'ils trouvent cette pièce cachée, mais s'ils arrivent, nous sommes prêtes.

Elle charge l'arme avec des mouvements rapides et précis qui me font comprendre qu'elle a souvent fréquenté les stands de tir.

D'ailleurs, elle est peut-être aussi dangereuse avec cette arme que son frère – qui, lui, est proprement mortel. Je l'ai vu en action. Il est largement capable de se débrouiller seul.

Du moins, c'est ce que je me dis pour ne pas paniquer en déposant Slava avant de m'armer à mon tour. Le garçon s'accroche immédiatement à mes jambes et me regarde fixement, ses énormes yeux embués de larmes.

— Je veux papa, pleurniche-t-il, sa lèvre inférieure frémissante. Où il est ?

Je caresse ses cheveux soyeux, ma poitrine comprimée par le désarroi.

— Je ne sais pas, mon chéri, mais je suis sûre que nous le verrons bientôt. Pour l'instant, il faut juste être prêts, d'accord ? Pour que ton papa sache que nous n'avons pas échoué à cet exercice et que nous sommes capables de nous défendre seuls... que nous sommes tous forts, comme Superman.

Slava renifle, mais lâche mes jambes et recule pour me laisser passer.

— C'est bien, dis-je avant de jeter un œil à Lyudmila pour voir si elle peut le récupérer.

Mais elle aussi est en train de s'équiper, maniant les armes avec la même dextérité impressionnante qu'Alina. Ce qui me pose une question...

— Qu'est-ce qu'on fait ici, bordel ? m'exclamé-je, m'oubliant un instant. On devrait être dehors, à les aider !

Prenant conscience que je fais peur à Slava, je baisse la voix et prends un fusil pour le charger.

— Peut-être que l'une de nous pourrait rester ici pour surveiller...

Une autre détonation fait trembler la vaisselle de la kitchenette et dégringoler une nouvelle pluie de plâtre du plafond. Les lumières clignotent à plusieurs reprises, puis s'éteignent, nous plongeant dans l'obscurité totale.

Dans le silence qui suit, je n'entends que ma respiration irrégulière et le bruit étouffé des tirs au-dessus de nos têtes.

51

NIKOLAI

a radio crachote lorsque je sors de la maison.

— Ici Kirilov. Vous me recevez ?

Mon estomac se détend légèrement.

— C'est Nikolai. Je te reçois.

Les gardes ont dû comprendre ce qui se passait et sont allés récupérer leurs radios d'urgence dans leur propre armurerie, protégée par une cage de Faraday.

— Au rapport, tout de suite.

— Douze assaillants lourdement armés sur le côté nord du mur, quinze au portail. Nous avons éliminé la moitié d'entre eux et nous retenons le reste. Pas de drones ni de caméras opérationnelles, et nous avons perdu le contact avec Arkash et Ivanko au mur est.

Merde, il y a certainement une brèche.

— Prenez tous les hommes que vous pouvez et allez là-bas. Envoyez aussi des renforts à la maison. Pavel et moi, on pourrait en avoir besoin.

— C'est comme si c'était fait.

La radio se tait et j'accélère le rythme. Si nos ennemis sont déjà là, à l'intérieur de l'enceinte, alors il reste très peu de temps pour préparer une importante ligne de défense – à savoir les bombes que j'ai enfouies autour de la maison.

La première se trouve dans l'allée, à trois mètres et demi exactement de la porte d'entrée. En marchant sur la plaque de gravier subtilement marquée, je sors une télécommande et saisis le code nécessaire pour la synchroniser avec les explosifs situés en dessous. Cela ne peut être fait qu'à une distance proche, afin que personne ne puisse déclencher la bombe par accident en prenant l'appareil dans le coffre de mon bureau. Cela dit, c'est improbable, Pavel étant la seule autre personne à connaître le code de mon coffre, mais avec mon fils qui joue toujours dans les parages, je ne pouvais pas prendre le risque.

La deuxième bombe se trouve à l'angle sud-est de la maison et la troisième près du garage. Je synchronise les activateurs à distance et j'envoie un message radio à Pavel afin de vérifier sa progression à l'intérieur de la maison, dont j'aperçois déjà une partie : les volets métalliques hautement résistants devant les fenêtres.

— Tout est prêt, dit-il. Je me dirige vers le toit.

— Je te rejoins dans une minute.

Une fois que nous serons postés aux deux coins stratégiques, personne ne pourra approcher de la maison sans être vu. Quant aux fusils de précision et aux mitrailleuses que nous avons là-haut, ils tiendraient à distance une petite armée.

Je suis sur le point d'ordonner à Pavel de prendre des munitions supplémentaires quand un mouvement sur ma droite attire mon attention. Rapidement, je me glisse derrière un arbre épais.

La fureur et l'incrédulité me saisissent alors quand je distingue des silhouettes en tenue noire, de type forces d'intervention, sortir de la forêt par dizaines.

52

NIKOLAI

Je compte trente-trois assaillants avant d'ouvrir le feu, visant ce que j'interprète comme des brèches dans leur armure intégrale. Je dois reconnaître à Alexei qu'il a mis sur pied une opération d'envergure militaire, avec un commando parfaitement équipé.

Ils sont prêts pour la guerre et j'ai bien l'intention de la leur donner.

Je ne pense pas à Chloé, Alina et mon fils cachés dans la chambre forte, sous la maison, et encore moins à ce qui leur arrivera si j'échoue. Je ne peux pas, il faut que je réussisse. Devant moi se trouve une force bien plus grande que prévu. Nous avons beau être préparés à une attaque, il n'a jamais été question d'une telle violence ni d'une telle échelle.

J'ai sous-estimé à quel point les Leonov veulent récupérer Slava, ce qu'Alexei est prêt à faire pour me reprendre mon fils, son neveu. À moins que Slava ne soit pas le seul membre de ma famille qu'il cherche.

Non, c'est de la folie. Ce contrat de fiançailles a toujours été une blague malsaine, un vieux bout de papier sans conséquence.

Il est impossible qu'Alexei ait fait venir toute une armée pour mettre la main sur Alina.

Mes balles abattent cinq des intrus avant qu'ils ne réalisent où je suis et n'ouvrent le feu dans ma direction. J'attends dix secondes, laissant leurs balles déchiqueter des morceaux d'écorce, puis je riposte sans même prendre la peine de viser. Mon objectif est maintenant de gagner du temps avant que Pavel atteigne le toit et que nos renforts arrivent, à supposer qu'ils viennent un jour.

Étant donné le nombre de personnes contre lesquelles nous nous battons, il est possible que Kirilov et ses hommes aient déjà été éliminés.

Une grêle de balles ricoche sur les arbres voisins, manquant mon épaule de quelques centimètres. Les hommes d'Alexei se rapprochent et se dispersent, constaté-je avec effroi. Si je reste ici, je serai encerclé en un rien de temps, mais si je m'enfuis, leurs balles me faucheront encore plus vite.

Prenant enfin une décision, je me mets à plat ventre et me couvre le visage de terre pour cacher la teinte claire de ma peau. Puis je jette un coup d'œil derrière le tronc, à couvert des hautes herbes.

Comme je le soupçonnais, les agresseurs se sont séparés en deux groupes, l'un pour me cerner, l'autre pour continuer vers la maison. Huit silhouettes vêtues de noir sont déjà dans l'allée et s'approchent de la porte d'entrée, tandis que cinq autres rampent autour de la maison jusqu'au garage, sans doute pour essayer d'entrer dans la maison par là.

Mon cœur cogne à tout rompre à mes oreilles et mon dos est trempé de sueur alors qu'une nouvelle salve de balles fait voler en éclats des mottes de terre autour de moi. J'attends, immobile et silencieux, toute mon attention sur la menace qui pèse sur ma famille, sur la femme et l'enfant qui représentent toute ma vie.

Si je peux les sauver, alors je mourrai heureux.

Si je parviens à assurer leur sécurité, rien d'autre ne compte.

J'attends encore. Le moment venu, je déclenche la bombe de l'allée, et une seconde plus tard, celle de l'entrée du garage. Elles explosent avec la force de mines antipersonnel, déchirant tout le monde dans un rayon de trois mètres et repeignant en rouge le paysage nocturne.

Cet intermède attire aussi l'attention des hommes qui me traquent. Ils se retournent pour voir leurs coéquipiers exploser. Deux secondes, c'est tout ce que je gagne, mais je n'ai pas besoin de plus pour me lever d'un bond et me ruer vers le bosquet sur le côté du garage, contournant la ligne d'hommes lourdement armés devant moi. Mon objectif est simple : protéger l'entrée du garage à tout prix en les éloignant de la chambre forte souterraine.

Une balle siffle à mon oreille pendant que je cours. Une autre frôle douloureusement mon biceps.

Ils sont sur moi.

C'est fini.

Un calme étrange s'empare de moi, la certitude de la mort imminente. Le martèlement de mon cœur ralentit de manière fatale, même si mon corps continue de se mouvoir, les muscles de mes jambes se contractant avec plus d'effort encore. Comme sous l'effet d'un sixième sens, je m'incline brusquement vers la droite, puis vers la gauche, mais une balle m'érafle l'épaule droite, laissant une autre traînée de feu dans son sillage.

Le groupe d'arbres est plus proche, maintenant, à quelques pas de moi. Pourtant, même un mètre reste trop éloigné quand on est à découvert, soumis à des fusils d'assaut qui crachent des balles de plomb mortelles.

D'instinct, je me baisse et roule tandis que plusieurs balles sifflent au-dessus de moi, exactement là où mon torse et ma tête auraient dû se trouver. La prochaine série sera la bonne, je le sais. Au moment où je m'apprête à les sentir dans ma chair, une violente explosion éclate au-dessus de ma tête – et mon pouls revient à la vie quand je reconnais le cliquetis d'une mitrailleuse.

Pavel est arrivé sur le toit.

J'ai enfin une couverture.

Comme je m'y attendais, il abat les silhouettes tout en noir qui se dispersent vers la forêt, et je parviens à rejoindre le bosquet pour ajouter mon feu aux efforts de Pavel. Bientôt, tous nos assaillants – ou du moins, ceux qui peuvent encore bouger – se sont retirés. Leurs tirs de riposte s'éteignent alors qu'ils se mettent à l'abri.

La mitrailleuse cesse également.

J'essuie la sueur et la terre de mon visage et j'allume ma radio.

— Kirilov ? Tu es là ?

Un grésillement se fait entendre, puis de l'électricité statique.

Putain.

Je change de canal.

— Pavel ?

— Toujours là. Mais je pense qu'ils ont eu la plupart de nos hommes.

J'ignore le pincement aigu dans ma poitrine.

— Je sais. La nuit s'annonce longue.

Tout en parlant, je scrute la forêt à la recherche du moindre mouvement. D'après mes calculs, seuls vingt-quatre de nos adversaires sont au sol, ce qui laisse tout de même neuf ennemis dans la nature – en plus de leurs camarades qui ont survécu à la confrontation avec nos gardes.

Je suis tellement concentré sur ma tâche que j'ai failli rater la silhouette sombre qui se fond dans l'ombre juste à côté de l'entrée du garage. Quand je pointe mon arme vers elle, il est trop tard.

L'assaillant plonge sur le côté pour éviter mes balles et la porte du garage vole en éclats, dans une onde de choc qui me fait presque exploser les tympans.

53

NIKOLAI

Je passe à l'action avant même que la détonation ne s'estompe.

— Couvre-moi, sifflé-je dans la radio avant de détaler vers la brèche en feu dans le garage, sourd au bourdonnement aigu dans mes oreilles.

Je dois rejoindre le garage avant que l'assaillant ne se remette de l'explosion.

Il faut que je l'intercepte avant qu'il n'entre et ne découvre la chambre forte.

Pendant que je cours, les balles pleuvent sur le sol autour de moi, soulevant des morceaux d'herbe et de terre, mais la mitrailleuse de Pavel maintient les tireurs à distance, suffisamment pour les gêner dans leur visée.

Plus je m'approche du garage, plus l'ampleur des dégâts devient flagrante. Cet enfoiré a dû coller des explosifs directement sur le bas de la porte, car la force de la déflagration a non seulement déchiré le métal lourd, mais a également laissé un trou calciné dans le sol alentour. Putain ! En effet, je repère des fils dénudés.

L'explosion a dû couper l'électricité dans la chambre forte.

La panne ne sera pas longue. Dans quelques minutes, le second générateur de secours se mettra en marche, mais je ne peux qu'imaginer combien Chloé et Slava doivent être terrifiés en ce moment. Aussi épais que soient le plafond et les murs de l'abri, ils ont forcément entendu cette explosion – ou, maintenant que j'y pense, la bombe que j'ai déclenchée à proximité.

Peu importe. Je les réconforterai dès que nous serons tous en sécurité.

En parlant de ça, où est ce connard qui a posé la bombe ? Serait-ce trop espérer qu'il n'ait pas survécu à sa propre explosion ?

Mon cœur propulse de l'adrénaline pure dans mes veines et mes nerfs vibrent d'une conscience accrue tandis que je franchis le trou béant dans la porte métallique, retenant mon souffle pour éviter d'inhaler la fumée. C'est inutile. À mesure que je m'enfonce dans le garage, je me rends compte que la fumée a envahi chaque recoin, si épaisse par endroits qu'elle atténue la lueur rouge des flammes.

Avec un juron silencieux, j'arrache un morceau de tissu au bas de ma chemise et presse ce mouchoir de fortune sur mon visage pour éviter de tousser tandis que je contourne l'un de nos véhicules, scrutant l'obscurité brumeuse à la recherche de signes de vie... attentif à une toux éventuelle.

Soudain, je l'entends.

Un toussotement, suivi d'une véritable quinte de toux – mais ce ne sont pas les bruits de gorge d'un homme, plutôt une petite toux aiguë.

Celle d'un jeune enfant.

54

CHLOÉ

— Slava ? Slava, où es-tu ?

Je tâtonne autour de moi dans l'obscurité, mon cœur battant à une vitesse inouïe tandis que je fourre le pistolet dans mon corsage.

— Alina, Lyudmila, vous êtes là ? Où est-il ? Je ne trouve pas Slava.

— Il était juste à côté de toi.

Le ton d'Alina est aussi tendu que le mien.

— Slava ! Slavochka, *ti gdye* ?

Pas de réponse.

Je me retourne, les bras grands ouverts.

— Slava ! Ce n'est pas un jeu. On ne joue pas à cache-cache. Lyudmila, tu le vois ?

— Non.

Elle a l'air tout aussi inquiète.

— Peut-être qu'il est blessé. Je cherche de la lumière.

C'est vrai. Il doit bien y avoir des lampes de poche

par ici. Je ferme les yeux, puis les rouvre pour essayer d'accoutumer ma vision aux ténèbres. À ma grande surprise, ça fonctionne.

Ce n'est plus le noir complet autour de moi maintenant. En fait, une faible lumière nous provient depuis l'autre côté de la pièce.

Le côté où se trouve l'échelle.

Les battements de mon cœur s'accélèrent encore plus alors que je m'en approche, faisant de mon mieux pour ne pas trébucher.

— Slava ? Slava, viens ici !

Ma panique augmente de seconde en seconde. Non seulement le garçon a disparu, mais je commence à sentir une puissante odeur âcre.

De la fumée.

— Slava !

Le ton et le volume de ma voix augmentent à mesure que la lumière atteint mes globes oculaires, infiltrant une terreur froide au creux de mon estomac.

Il n'y a plus aucun doute quant à l'endroit où Slava est allé.

La porte du plafond, en haut de l'échelle, est entrouverte.

55

NIKOLAI

La terreur qui me saisit est si absolue que, pendant un instant, je suis certain d'avoir mal entendu, que la toux de l'enfant n'était qu'une hallucination provoquée par toute cette fumée.

Cela ne peut pas être mon fils. Il se trouve dans la pièce sécurisée, en lieu sûr. Il est censé être avec Chloé et ma sœur.

Non, c'est bien réel. J'entends encore cette toux, suivie d'un appel aussi douloureux que familier :

— Papa ? Papa ?

Mon estomac n'est qu'une boule glacée, mais j'ai assez de présence d'esprit pour ne pas lui crier que je suis là, au cas où l'ennemi serait aussi à l'intérieur. Au lieu de quoi, je m'accroupis pour marcher jusqu'à l'origine de la voix – un mouvement qui a l'avantage de m'aider à respirer un air plus pur, car la fumée s'accumule toujours en hauteur.

Mais le besoin de tousser se fait de plus en plus fort,

les particules toxiques envahissant mes poumons. Ma poitrine se soulève convulsivement et mes yeux larmoient dans mon effort pour réprimer ce réflexe. Je ne tarderai pas à me trahir, je le sais.

Je dois localiser Slava au plus vite.

— Papa ? Où tu es ?

Merde, sa voix me semble plus lointaine, tout à coup.

Il se dirige vers la porte du garage, cherchant sans doute à échapper à la fumée.

Que fait-il tout seul ? Est-il arrivé quelque chose à Chloé et Alina ?

Toujours au ras du sol, je m'empresse de le suivre, le cœur battant, tandis que mes poumons continuent de me hurler que je dois absolument tousser pour expulser l'air contaminé.

— Papa ?

La petite silhouette de Slava se dessine brièvement à la lueur des flammes, puis il franchit l'ouverture en feu et disparaît à l'extérieur.

Et merde. Cédant à une toux irrépressible, je me lève brusquement et m'élance vers la sortie.

Si je reçois une balle, tant pis.

Je me précipite à l'extérieur, mon arme au poing. C'est là que je le vois.

Mon fils, debout à quelques mètres. En me voyant, il se détend visiblement.

— Papa ! s'écrie-t-il en agitant un couteau en l'air. Je suis venu pour aider, comme Superman.

Mon cœur bat la chamade, dans un mélange de

peur et de soulagement, alors que je me dirige vers lui. Soudain, je reste figé sur place. Une silhouette noire émerge de l'ombre derrière lui, le canon d'une arme braqué sur moi.

— Viens ici, Slavchik, dit alors Alexei Leonov en retirant son masque d'une main pour révéler deux yeux sombres qui luisent à la lueur des flammes derrière moi. Tu es en sécurité maintenant, mon garçon. Ton oncle est venu te ramener à la maison.

56

CHLOÉ

Sans réfléchir, je remonte ma longue robe pour grimper à l'échelle, ma terreur de plus en plus forte. Enfin, je franchis la trappe du plafond. Une épaisse fumée m'enveloppe, l'odeur âcre s'insinuant dans mes narines et me brûlant les yeux.

— Slava !

Je tousse, plissant les yeux pour percer l'obscurité teintée de rouge.

— Slava, reviens !

Rien. Aucune réponse.

— Chloé, attends !

Sans tenir compte du cri d'Alina, je sors complètement et découvre l'enfer de fumée qu'est devenu l'intérieur du garage. On dirait une scène de film catastrophe, avec des voitures jonchées de plâtre, des vitres brisées et des flammes près de la grande porte métallique, dans laquelle s'ouvre un trou béant calciné.

Mon pouls s'emballe et je prends mes jambes à mon cou, ignorant les éclats de verre et les gravats de béton sous mes pieds nus. La douleur n'est rien comparée à la peur qui me tord l'estomac.

C'est sûrement par ce trou que Slava est parti.

Il a dû monter ici juste après l'explosion et courir à l'extérieur, tout droit vers Dieu sait quel danger.

Au moins, il n'y a pas de fusillade en ce moment même, mais cela pourrait changer à tout moment. En crachant mes poumons, je sors le lourd pistolet de mon corsage et le serre à deux mains, redoutant qu'il ne glisse entre mes doigts moites.

— Slava !

Je franchis l'ouverture au pas de course sans prêter attention aux flammes qui le dévorent avant de m'arrêter net, transie d'horreur.

C'est une scène de western qui m'accueille : Nikolai et un inconnu, leurs armes pointées l'un sur l'autre dans un face-à-face mortel avec, au milieu, Slava, les yeux hagards.

57

CHLOÉ

Cédant à l'hyperventilation, je brandis mon pistolet à mon tour, le canon dirigé vers l'inconnu.

— Lâchez votre arme et reculez !

J'aimerais paraître autoritaire, mais mes mots sortent dans un croassement rauque et chevrotant, ma gorge desséchée à cause de la fumée.

Le regard sombre de l'homme se tourne vers moi pendant une fraction de seconde, mais il ne bouge pas d'un pouce.

— *Idi syuda*, Slavchik.

Sa voix de baryton est étrangement calme.

— *Bystro*.

À ma grande surprise, je reconnais la première partie de sa phrase en russe.

Viens ici, a dit l'inconnu en employant un diminutif du prénom de l'enfant.

Le regard de Nikolai ne quitte pas le visage de son

ennemi, mais je sais qu'il est conscient de ma présence. Je peux sentir la tension assassine qui émane de lui, sa mâchoire contractée à l'extrême.

— Mon fils n'ira nulle part avec toi, grogne-t-il en anglais à l'inconnu. Slavochka, reste derrière moi. Va-t'en, maintenant.

Slava semble perplexe, son regard alternant entre les deux hommes.

— *Dyadya Lyosha ? Papa ?*

Dyadya. Je me creuse la tête pour trouver une traduction, qui surgit soudain à ma conscience.

Ce mot signifie oncle. Et *Lyosha* est certainement le diminutif d'*Alexei*.

Nikolai avait raison. Ce sont bien les Leonov, ou du moins l'un d'entre eux.

L'oncle de Slava.

L'arme est lourde dans mes mains tendues, beaucoup plus qu'il n'y paraît dans les films. Les muscles de mes épaules et de mon cou commencent à me faire mal et mes avant-bras se fatiguent tant mes doigts sont crispés. Sans m'attarder sur cet inconfort, je la laisse braquée sur l'homme tout en réfléchissant à toute vitesse, m'efforçant de trouver un moyen de sortir de cette situation délicate.

Après tout ce que Nikolai m'a dit sur les Leonov, je m'attendais presque à voir des cornes et une queue fourchue. Il y a bel et bien quelque chose de démoniaque sur les traits sévères d'Alexei, surtout dans ses yeux. Ils sont si foncés qu'ils semblent presque noirs, comme deux mares de goudron au fond des profondeurs d'un volcan, où se reflètent les flammes de l'incendie. Mais cet homme n'est pas laid, loin de là.

Si Nikolai n'avait pas placé aussi haut mes critères de beauté masculine, j'aurais pu trouver l'oncle de Slava dangereusement attirant.

Cela dit, l'heure n'est pas à l'admiration, pas avec cette arme pointée sur Nikolai. Les bras musclés de l'homme ne montrent aucun signe de fatigue, pas plus que ceux de Nikolai. Ils pourraient être en acier, tous les deux, leurs visages crispés par une haine mutuelle.

Slava, en revanche, ne semble pas partager ce sentiment. Il a l'air plutôt tiraillé entre son père et son oncle, sa tête pivotant d'avant en arrière, sa posture trahissant plus la perplexité face à la tension entre les deux adultes que la peur d'une intrusion.

Si l'enfant a été maltraité pendant son séjour chez la famille de sa mère, ce n'était pas par cet homme-là.

Soudain, ma décision est prise. Je m'avance prudemment. J'ai beau être terrifiée pour Nikolai, je dois d'abord sortir Slava de la ligne de tir.

— Slavochka... dis-je d'une voix que je cherche à rendre aussi sereine et posée que possible. S'il te plaît, viens me voir. Maman Chloé a besoin de toi ici.

Le garçon ne bouge pas. Il doit sentir que sa présence est la seule chose qui empêche encore l'escalade de violence.

Je risque un autre pas en avant et Slava se tourne enfin, se précipitant vers moi. Dès qu'il est assez près, je l'attrape par le bras et le pousse derrière moi, le protégeant de mon corps avant de commencer à reculer.

L'inconnu laisse échapper un rire rocailleux et ses yeux se posent brièvement sur l'alliance à mon doigt.

— Maman Chloé, vraiment ?

Comme celui de Nikolai, son accent américain est parfait.

— Ma belle… si tu bouges encore un muscle, je te fais sauter la cervelle, puis celle de ton cher mari. Au fait, félicitations pour le mariage, poursuit-il alors que je reste pétrifiée. J'imagine que c'est tout récent ?

Les yeux de Nikolai sont deux fentes étroites et sa voix mortellement mielleuse lorsqu'il répond :

— Ça ne te regarde pas. Maintenant, déguerpis avant que je repeigne le sol avec *ta* cervelle. Comme tu es de la famille, je veux bien te laisser partir avant l'arrivée des gardes.

— Quels gardes ?

Le sourire éclatant d'Alexei n'est que dents blanches et cruauté.

— Il n'y a que moi et mes hommes ici, maintenant. Et tu te mets le doigt dans l'œil si tu crois que je vais repartir sans ce que je suis venu chercher. Donne-moi le fils de ma sœur et Alina, et peut-être, je dis bien peut-être, que je vous laisserai la vie sauve, à toi et à ta jolie femme. Tu sais, puisque nos liens de famille vont bientôt se renforcer.

Je cligne des paupières. Alina ? Quel est le rapport avec tout ça ? Et qu'est-ce qu'il entend par les liens de famille ?

La voix de Nikolai s'adoucit encore, une menace redoutable imprégnant chaque syllabe prononcée.

— Tu as exactement trente secondes pour te taire et reculer avant que j'ouvre le feu.

— Avec elle et l'enfant juste ici ? Je ne pense pas.

Ses yeux se tournent vers moi pendant une autre fraction de seconde.

— Et puis, mes snipers vous ont tous les deux en ligne de mire.

J'ai mal au ventre, mais Nikolai serre les dents.

— C'est du bluff. Ils ne sont pas là.

— Vraiment ? Tu veux parier ? fait Alexei avec un sourire carnassier. Dans tous les cas, il me suffit d'attendre et mes hommes abattront le tireur sur ton toit. À ce moment-là, vous serez complètement encerclés et je pourrai récupérer ce que je suis venu chercher.

— Pas si tu es mort d'ici là.

L'expression de Nikolai est de marbre.

— Il te reste vingt secondes, ajoute-t-il. Dix-neuf. Dix-huit...

Les battements de mon cœur s'accélèrent, ma terreur redoublant à chaque seconde ainsi égrenée. Il est sérieux, ça se voit, et Alexei aussi. Ses yeux noirs s'étrécissent. L'air chargé de fumée est si épais, si infusé de violence que je sens pratiquement le goût chaud et cuivré du sang qui giclera lorsque les balles déchireront la chair et les os.

L'un de ces hommes va mourir ici ce soir, ou les deux.

Nikolai ne laissera pas son fils être enlevé, et Alexei ne renoncera pas.

Je dois faire quelque chose.

Si Nikolai a raison, si les tireurs d'élite n'ont pas de ligne de mire dégagée, alors nous sommes deux contre Alexei. Si je tire, peut-être...

— Arrêtez !

Comme un spectre, Alina émerge de l'obscurité enfumée du garage, le rouge sang de sa robe contrastant avec la lividité spectrale de sa peau et le rideau de ses cheveux d'un noir de jais.

Comme moi, elle est armée, mais elle tient son arme le long de son corps, le canon pointé vers le sol.

— Arrête, Alexei, s'il te plaît.

Elle franchit l'ouverture dentelée, la lueur des flammes mourantes projetant dans ses yeux de jade une nuance de noisette.

— Slava n'ira nulle part, tu le sais. Mon frère n'abandonnera pas son fils. Et ce n'est pas...

Sa voix se brise.

— Ce n'est pas lui que tu veux, de toute façon.

Je retiens mon souffle en comprenant enfin ce qui se passe. Cet homme et Alina, ils se connaissent.

Plus que cela, il pense avoir des droits sur elle.

— Alina, recule.

La voix de Nikolai devient plus inflexible encore alors que la posture d'Alexei se modifie, une sorte d'envie terrifiante inondant soudain son regard démoniaque tourné vers le visage d'Alina.

Elle lève son arme et la pointe sur lui.

— Tu as le choix, dit-elle sur un ton impassible. Je sais que tu es un excellent tireur, mais mon frère aussi, et moi aussi. Et Lyudmila, qui est là-dedans.

Elle penche la tête vers le garage obscur.

— Tu pourras abattre un ou deux d'entre nous avant que nos balles ne te trouvent – et peut-être que tes snipers peuvent t'aider – mais personne ne s'en sortira indemne. Tu as peut-être l'avantage des forces sur le domaine, mais juste ici, nous sommes plus nombreux que toi. En plus...

Sa voix se pare d'une inflexion sardonique.

— À quoi te servirai-je si je suis morte, hein ?

— Alina, tais-toi et retourne à l'intérieur, grogne Nikolai. Tu n'as pas à...

— Je viendrai avec toi, poursuit-elle, ignorant son frère. J'honorerai le contrat de fiançailles. Et en échange, tu rappelleras tes hommes et tu oublieras mon neveu. Sa place est ici, avec son père et Chloé, tu peux le constater par toi-même.

Les yeux d'Alexei se tournent vers moi pendant une fraction de seconde pour voir l'enfant que je protège avec mon corps. Accroché à mes jambes, ce dernier observe la situation avec des yeux écarquillés remplis d'incompréhension.

C'est pour cela qu'ils parlent tous en anglais, je m'en rends vaguement compte. Ils espèrent que Slava ne comprendra pas tout, avec sa connaissance encore limitée de ma langue. C'est efficace, au moins en partie. Il peut voir les adultes pointer des fusils les uns sur les autres, mais il ne comprend pas vraiment pourquoi.

Le regard d'Alexei revient sur Alina, ses iris noirs irradiant d'une avidité encore plus sombre.

— Très bien. Marché conclu. Pose ton arme et rejoins-moi.

— Ne fais pas ça, putain.

La voix de Nikolai est cinglante comme un fouet.

— Je vais gérer, reprend-il.

— Peut-être.

Elle pose son arme sur le sol.

— Ou alors, vous allez mourir tous les deux. Peut-être que Chloé et Slava mourront aussi. Réfléchis-y.

La mâchoire de Nikolai se contracte.

— Je ne te laisserai pas faire ça.

Un sourire amer effleure ses lèvres.

— Ce n'est pas ta décision, frangin. Ni la mienne, d'ailleurs. Cette histoire de destin à laquelle tu crois ? Eh bien, le mien a été scellé quand j'avais quinze ans, et il est temps que j'arrête de le fuir. Konstantin et toi, vous m'avez protégée bien assez longtemps.

Nikolai s'apprête à émettre une objection, mais elle lui impose le silence en se dirigeant d'un pas vif vers Alexeï, qui l'attrape par le coude et l'attire à lui dès qu'elle est à portée de main.

Son geste possessif ne laisse aucun doute quant à ses intentions. La silhouette sombre qui la domine me fait penser à Hadès entraînant Perséphone dans les enfers.

Nikolai doit percevoir la même chose, car son visage se tord avec fureur et il esquisse un pas en avant... pour s'arrêter lorsque le doigt d'Alexei se pose sur la détente.

— Ne fais pas ça, Kolya.

Les yeux d'Alina irradient alors qu'Alexei commence à reculer vers la lisière des arbres, l'entraînant sans baisser son arme, toujours braquée sur Nikolai.

— Je vais me débrouiller. Prends soin de Chloé et de Slava, et on se reverra à Moscou un jour, d'accord ? Demande à Konstantin de ne pas me chercher. Je ne veux pas que du sang soit versé en mon nom !

Ces derniers mots nous parviennent comme un cri, au loin. Le regard de Nikolai brûle encore de haine alors que son ennemi disparaît dans l'obscurité avec son trophée, les ombres se refermant autour d'eux comme l'étreinte féroce d'un amant implacable.

58

CHLOÉ

Je me réveille dans une lointaine cacophonie de perceuses et de marteaux – une bande son familière depuis quelques jours. Depuis l'attaque de la semaine dernière, la maison et le terrain dans la montagne ont fait l'objet de rénovations majeures et d'améliorations de sécurité. Nous avons quintuplé notre force de garde, rien que ça.

Nikolai est déterminé à ce que personne – Leonov ou autres – ne puisse à nouveau franchir nos murs, quel que soit le nombre de mercenaires ou d'armes de pointe dont ils disposent.

Ouvrant les yeux, j'observe le matelas vide à côté de moi et la faible lueur du matin qui filtre à travers les stores. Il fait à peine jour. Mon mari a dû se lever tôt pour la visioconférence avec ses frères concernant la recherche d'Alina – si tant est qu'il ait fermé l'œil de la nuit. À mon grand regret, ses séances de sport nocturnes dans les bois ont augmenté en fréquence et en durée depuis l'attaque. J'en viens à me demander à quel moment il se repose.

La porte s'ouvre enfin et l'objet de mes pensées entre dans la chambre.

Je me redresse, le cœur serré en voyant sa mine sombre.

— Rien ? demandé-je d'une petite voix alors qu'il traverse la pièce pour me rejoindre.

Il secoue la tête.

— C'est comme s'ils avaient disparu de la surface de cette putain de planète. Konstantin pense qu'il la détient dans un endroit complètement hors réseau. Mais où ? On se le demande.

— Je suis tellement désolée.

Je me penche pour lui serrer la main alors qu'il s'assied au bord du lit, mais il m'attire sur ses genoux à la place. Ses bras puissants autour de moi, il enfouit son visage dans mes cheveux et inspire profondément.

Lorsqu'il s'écarte enfin pour croiser mon regard, la tension de son visage s'est un peu apaisée. Il pose sa paume sur ma joue et me demande avec douceur :

— Comment te sens-tu, zaychik ? Tu as bien dormi ?

Je tourne la tête pour déposer un baiser dans sa paume avant de ramener sa main sur ma poitrine.

— Oui.

Je souris pour dissiper l'inquiétude persistante dans ses yeux.

— Je vais bien, promis.

Dire que Nikolai m'a dorlotée ces derniers jours

serait un euphémisme. Bien que l'étendue de mes blessures se soit limitée à quelques coupures superficielles et des hématomes aux pieds, il m'a traitée comme si j'avais subi une autre plaie par balle – ou du moins, comme si j'avais été sévèrement traumatisée. S'il est vrai que mes cauchemars sont de retour, je suis loin d'être effondrée.

Bien sûr, je me fais du souci pour Alina. Nikolai m'a raconté l'accord de fiançailles que leur père a passé avec Boris Leonov quand Alina avait à peine quinze ans. Si j'avais encore des doutes sur le fait que cet homme méritait son sort entre les mains de Nikolai, ils ont disparu à cet instant.

Pas étonnant qu'Alexei se soit comporté comme s'il avait des droits sur elle. Par ce contrat barbare et sans doute illégal, c'est réellement le cas. Je ne peux qu'espérer que ses sentiments vont au-delà de la sombre convoitise que j'ai décelée sur son visage cette nuit-là, et qu'il n'est pas aussi terrible que sa réputation le suggère.

Les lèvres de Nikolai esquissent un sourire tandis qu'il me fait descendre de ses genoux. Mais j'enroule mes bras autour de son cou, refusant de le laisser partir.

— Allonge-toi avec moi, s'il te plaît, murmuré-je à son oreille. Je ne suis pas encore prête à me lever.

J'ai beau être préoccupée par Alina, je m'inquiète de la façon dont Nikolai encaisse ce qui s'est passé. Il n'a pas eu une seule nuit de sommeil digne de ce nom la semaine dernière, et ça se voit dans les rides plus creusées autour de ses yeux, dans les sillons encadrant sa bouche sensuelle... à cause de son obsession implacable pour ma sécurité et celle de Slava.

Non seulement Nikolai a refusé de retirer les caméras à l'intérieur de la maison quand je le lui ai demandé, mais il nous fait porter, à Slava et à moi, des bracelets traceurs qui lui indiquent notre position exacte et mesurent nos signes vitaux à tout moment.

J'ai choisi de ne pas le combattre sur ce point pour l'instant, car nous avons des problèmes bien plus importants à régler, notamment les funérailles des gardes tombés au combat – une autre raison de la mauvaise humeur de Nikolai. Plus d'une dizaine de nos hommes ont été tués dans l'attaque, et plusieurs autres gravement blessés. Heureusement, la plupart de ses vieux camarades de l'armée ne faisaient pas partie du premier groupe.

Les hommes d'Alexei les ont acculés dans un ravin, les empêchant de nous venir en aide ou d'appeler par radio, mais tout le monde a survécu à l'exception d'Ivanko. Même Arkash, qui a reçu une balle dangereusement près de sa colonne vertébrale, devrait se rétablir complètement.

L'autre point positif, dans tout ça, c'est Slava. Une fois que nous lui avons expliqué que ce qu'il avait vu faisait partie de l'exercice de sécurité et qu'Alina était partie en vacances avec « Oncle Lyosha », le garçon a retrouvé sa joie de vivre et nous bombarde, Pavel, Lyudmila et moi, d'un million de questions sur les nouveaux gardes et les constructions en cours dans le complexe.

— Zaychik...

La voix de Nikolai prend une note plus rauque alors que mes lèvres effleurent négligemment le lobe de son oreille.

— J'aimerais pouvoir rester, mais j'ai beaucoup de travail ce matin.

Je n'en doute pas, mais cela peut attendre qu'il ait dormi un peu. Cessant de chercher à feindre l'innocence, je me trémousse contre le renflement rigide dans son pantalon et dépose un baiser sous sa mâchoire.

— S'il te plaît... Je t'en prie.

S'il y a bien une chose que les événements de la semaine dernière n'ont pas affectée, c'est la libido de Nikolai. Comme je m'y attendais, il ne lui faut pas plus que ce baiser pour me retourner sur le dos et me prendre jusqu'à ce que nous nous retrouvions en sueur, endoloris et comblés. J'avais raison, après cela nous sommes assez épuisés pour dormir... en tout cas lui, après sa longue nuit blanche.

J'attends d'être certaine que Nikolai est profondément endormi avant de me faufiler sous son bras pour me diriger vers la salle de bain et prendre une bonne douche.

Quand je sors, il dort encore, ses beaux traits assaillis de fatigue. Avec un sourire tendre, je le regarde pendant un moment. Puis je m'installe dans un fauteuil près de la fenêtre et j'ouvre mon ordinateur afin de consulter les actualités, comme chaque matin depuis quelques jours.

Comme nous l'espérions, d'autres victimes de Bransford se sont manifestées depuis que l'histoire de son agression sur Masha a éclaté – et pas seulement les deux femmes que Nikolai a trouvées. Chaque jour apporte de nouvelles révélations, toutes plus sordides les unes que les autres... Voilà pourquoi j'ai pris cette habitude matinale.

Chaque gros titre accablant venge un peu plus ma mère.

J'ouvre le navigateur et me rends sur mon site préféré, mais je reste figée devant les mots qui s'affichent en gras sur l'écran :

« Bransford se suicide dans une chambre d'hôtel »

L'estomac retourné, je clique sur l'article.

Apparemment, trente-neuf minutes plus tôt exactement, Tom Bransford a été retrouvé dans un penthouse du *Four Seasons*, les poignets entaillés. La lettre de suicide près de son lit laissait peu de doute quant à ce qui s'est passé.

En tout cas, pour quiconque ne connaîtrait pas mon mari et ce dont il est capable.

Écartant l'ordinateur, je me lève et me dirige vers le lit, mon cœur battant irrégulièrement. Je prends un moment pour dévisager l'homme assoupi, le mari que j'ai appris à aimer plus que la vie même.

Il a fait ça ?

A-t-il décrété que, même privé de son influence politique et sur le point d'être poursuivi au pénal,

Bransford représentait une menace trop grande pour moi ?

Est-ce que Masha ou l'un de ses homologues s'est glissé dans la chambre du *Four Seasons* et a tout arrangé pour faire croire que Bransford s'était suicidé, comme ses assassins l'ont fait avec ma mère ?

Je devrais réveiller Nikolai et exiger la réponse à ces questions, lui faire admettre la vérité. Mais je sais que je ne le ferai pas. Non pas parce que j'ai toujours peur d'affronter les ténèbres qui sont en lui, mais parce que je prends conscience que cette vérité n'a pas d'importance pour moi, en fin de compte.

Suicide ou meurtre, Bransford a disparu, et ma partie vengeresse – celle dont j'essayais de me persuader qu'elle n'existait pas – s'en trouve satisfaite. Non, plus que cela. Je suis folle de joie, à vrai dire.

Que ce soit par la main de Nikolai ou par la sienne, Tom Bransford a eu exactement ce qu'il méritait.

Je m'attarde près du lit une minute de plus, me laissant imprégner par le soulagement pur qu'a entraîné cette nouvelle. Je viens de perdre un poids qui pesait sur mes épaules sans que j'en aie conscience. Je laisse cette sensation me traverser en songeant à la beauté ravageuse de mon mari et la terrible noirceur de son âme... Maintenant, je commence à prendre conscience que cette noirceur m'habite aussi.

Enfin, prudemment, pour ne pas interrompre son repos bien mérité, je m'allonge à côté de lui et passe mon bras sur son torse. Ses yeux ne s'ouvrent pas et sa respiration est inchangée, mais il se tourne et m'attire à lui, son corps puissant autour du mien me réchauffant et me protégeant contre le reste du monde.

Ma poitrine se gonfle, mon cœur si plein qu'il est sur le point d'éclater. Il y a quelques mois à peine, j'étais une orpheline fuyant les tueurs de ma mère, seule au monde avec une espérance de vie qui se comptait en jours. À présent, j'ai mon mari et mon fils, ainsi qu'un avenir plein de possibilités.

Peut-être que nous resterons ici quelques années et que je trouverai un poste d'enseignante dans une école du coin – une école que Slava fréquentera également. Ou alors, nous irons à Moscou et Nikolai reprendra les rênes de l'organisation familiale, avec tout ce que cela implique. Cela peut être aussi tout autre chose, un chemin que je n'imagine pas encore pour le moment.

Quoi qu'il en soit, où que nous allions à partir de maintenant, cela n'a pas d'importance.

Tant que j'ai mon protecteur ténébreux, je ne crains rien.

Ensemble, Nikolai et moi pouvons affronter le monde entier.

Merci d'avoir lu la romance palpitante de Chloé et Nikolai ! Si vous pouviez poster un avis en ligne, ce serait formidable. Même si *Dans la cage de l'ange* conclut leur histoire, l'aventure d'Alina et Alexei continue dans *Une beauté désarmante*.

Pour être informés de mes prochaines parutions, dont les histoires des autres membres de la famille Molotov, inscrivez-vous à ma newsletter sur www.annazaires.com/book-series/francais/.

Envie d'autres romances dark à suspense ? Découvrez *Un amour si sombre*, en collaboration avec Charmaine Pauls, une romance sur fond de captivité entre un tueur russe de sang-froid et une femme assassin tout aussi redoutable, dont les chemins se trouvent irrémédiablement mêlés après une nuit de passion à Budapest.

Vous aimez les comédies romantiques hilarantes ? Mon mari et moi sommes co-auteurs de comédies romantiques aussi crues que drôles, sous le pseudonyme de Misha Bell. Découvrez-vous *Défie-moi si tu peux*, l'histoire d'une créatrice de sex-toys, d'un mystérieux investisseur potentiel et de leurs deux chiens amoureux.

Fan d'urban fantasy ? Découvrez *La Fille qui voit*, par mon mari Dima Zales, l'épopée d'une illusionniste de théâtre qui se rend compte qu'elle a de vrais pouvoirs magiques et du mentor canon et viril qui va l'aider à maîtriser ses nouveaux talents.

À présent, tournez la page pour lire des extraits de *Un amour si sombre* et *Défie-moi si tu peux*.

EXTRAIT D'UN AMOUR SI SOMBRE PAR ANNA ZAIRES & CHARMAINE PAULS

Il était une fois un tueur russe qui, par une nuit froide et sombre, m'a enlevée dans une ruelle.
Si je suis dangereuse, cet homme est redoutable.
Je me suis déjà échappée.
Il ne me laissera pas recommencer une deuxième fois.

C'est sa vengeance.
Ma trahison.
Et je dois lui mentir pour protéger les gens que j'aime.

Nous sommes faits du même bois, tous les deux.
Impitoyables. Abîmés.
Dans ses bras, je trouve l'enfer et le paradis. Sa caresse d'une tendresse cruelle me détruit et me ravit à la fois.

On dit qu'un chat a neuf vies, mais un assassin n'en a qu'une seule.
Et Yan Ivanov possède désormais la mienne.

— J'y travaille depuis quelques mois, dis-je d'une voix faible.

C'est facile de paraître terrifiée, puisque je le suis réellement.

Je suis avec deux hommes qui veulent peut-être ma mort, et je ne suis pas en état de me défendre.

La seule chose qui me permet d'espérer, c'est qu'ils ne l'ont pas déjà fait. Ils auraient facilement pu m'assassiner dans la ruelle, pas la peine de m'amener ici pour ça. Bien sûr, il y a aussi une autre possibilité, celle que chaque femme doit envisager.

Ils ont peut-être l'intention de me violer avant de me tuer, auquel cas c'est parfaitement cohérent de m'avoir traînée jusqu'ici.

Cette idée me retourne l'estomac et de vieux souvenirs menacent de remonter à la surface. Mais sous la peur et le dégoût se trouve un sentiment plus sombre, infiniment plus troublant. L'élan ponctuel de désir qui m'a traversée au bar n'était rien en comparaison avec ce que j'ai ressenti lorsque le dangereux inconnu m'a prise au piège contre le mur, caressant mon visage avec une tendresse cruelle. Mon corps – ce corps faible et à bout de nerfs que je déteste depuis un an – s'est réveillé avec une telle force qu'on aurait dit des feux d'artifice sous ma peau, liquéfiant mon entrejambe et emportant toutes mes inhibitions.

A-t-il pu le sentir ?

Sait-il à quel point j'avais envie qu'il continue de me toucher ?

Oui, je crois. Et pire encore, je crois qu'il en avait envie, lui aussi. Ses yeux d'un vert émeraude glacial n'ont cessé de m'observer avec l'intensité redoutable d'un prédateur. Il a perçu chaque frémissement de mes cils, chaque inflexion de mon souffle. Si nous étions seuls, il m'aurait peut-être embrassée… ou tuée sur place.

Avec lui, difficile à dire.

— Et ça te plaît ? De travailler au bar ? demande l'homme tatoué, ramenant mon attention sur lui.

Lui, en revanche, est facile à comprendre. Il y a un intérêt masculin indéniable dans sa façon de me regarder, une lueur évidente dans ses yeux verts.

Un instant. *Des yeux verts ?*

— Vous êtes frères, tous les deux ? demandé-je spontanément avant de me le reprocher amèrement.

Je suis tellement fatiguée que mes pensées s'embrouillent. La dernière chose dont j'ai besoin, c'est qu'ils imaginent que je cherche à glaner des informations à leur sujet ou…

— Oui.

Un sourire éclaire son visage large, adoucissant ses traits taillés à la serpe.

— Jumeaux, même.

Bon sang, je n'avais pas besoin de le savoir. Bientôt, il va me dire comment il…

— Je m'appelle Ilya, au fait, dit-il en tendant une grande paluche. Et mon frère, c'est Yan.

Oh, putain. Je suis foutue. Ils vont bel et bien me tuer.

— Ravie de faire votre connaissance, dis-je mollement en lui serrant la main par automatisme.

Ma poigne est aussi éteinte que ma voix, mais ça ne fait rien. Je joue la demoiselle en détresse, et plus je serai convaincante, mieux ça vaudra.

Cela dit, ces derniers temps, ce n'est plus vraiment un rôle de composition.

Ilya me serre timidement la main, comme s'il craignait de me briser les os par inadvertance, et l'espoir renaît en moi. Il ne prendrait pas de gants s'ils avaient l'intention de me violer sauvagement et de me tuer, n'est-ce pas ?

Comme s'il lisait dans mes pensées, il m'offre un nouveau sourire, plus gentil cette fois, et me dit d'un ton bourru :

— Désolé pour mon frère. Il voit des ennemis dans tous les coins. Tu sortiras d'ici indemne, je te le promets, *malyshka*. On doit seulement te garder pour la nuit, simple précaution, c'est tout.

Curieusement, je le crois. Ou du moins, je crois qu'*il* ne me veut aucun mal. Mon opinion n'est pas encore tranchée au sujet de son frère, qui choisit ce moment précis pour entrer avec une tasse de thé dans une main et deux bières dans l'autre.

Je retiens mon souffle lorsqu'il – Yan – pose les boissons sur la table basse devant nous et s'installe sans ménagement entre Ilya et moi, à l'étroit sur le canapé.

Instinctivement, je me décale sur le côté, aussi loin que me le permet l'accoudoir, mais ça ne fait que six centimètres et ma jambe se retrouve plaquée contre la sienne. La chaleur de son corps me brûle la peau, même à travers nos vêtements.

Il a retiré le manteau d'hiver en daim qu'il portait tout à l'heure, et à présent, il est habillé comme au bar, avec son pantalon élégant et sa chemise de ville. Si ce n'est que ses manches sont retroussées, révélant des avant-bras musclés parsemés de poils sombres.

Il est fort, ce ravisseur impitoyable. Fort et bien bâti. Son corps est une arme redoutable sous ces vêtements parfaitement taillés.

— Du thé, fait-il d'une voix grave et suave, si différente du timbre plus abrupt de son frère. Comme l'a commandé la princesse.

— Merci, bredouillé-je en prenant la tasse.

Le tremblement de mes mains est évident, j'ai le souffle court et je suis en nage. Cette fois, ce n'est pas surjoué. Je sens le parfum propre et viril de son eau de toilette, à la fois sensuel et évanescent, mélange de poivre et de bois de santal. Sa proximité me trouble et mon ventre se noue, entre peur et désir. Même si cet homme n'était pas le danger personnifié, je serais attirée par sa beauté magnétique, mais en sachant ce que je sais à son sujet – ce qu'il fait et ce qu'il pourrait me faire –, je ne peux contrôler ma réaction viscérale en sa présence.

Même ma fatigue perd du terrain, me laissant

fébrile et la tête légère comme si j'avais avalé deux litres d'expresso.

Je suis intensément consciente de son regard sur moi lorsque je porte la tasse à mes lèvres et bois une gorgée, réprimant un sifflement à cause de l'eau bouillante. J'essaie de ne pas le regarder et de me concentrer sur mon thé, mais je ne peux m'empêcher de jeter un coup d'œil à ses mains quand il s'empare d'une bouteille de bière. Ses doigts sont longs et masculins, et même si ses ongles sont bien entretenus, les callosités sur les côtés de ses pouces démentent son raffinement apparent.

Cet homme a l'habitude de faire des choses atroces avec ces mains-là.

Des choses terribles et violentes.

Une femme normale devrait être révulsée par cette pensée, mais mon cœur bat plus fort et une douleur lancinante palpite entre mes jambes, ma culotte détrempée par une chaleur liquide. Les ténèbres qui l'habitent m'appellent et je me sens vivante comme jamais.

De même que ce qui se ressemble s'assemble, mon côté malsain désire le sien.

Ilya prend la dernière bouteille entre ses mains épaisses et tatouées. Il n'y a pas de faux-semblants chez lui, aucune tentative de cacher ce qu'il est derrière un masque élégant.

— Aux nouveaux amis, dit-il en entrechoquant sa bouteille contre celle de son frère puis, plus doucement, contre ma tasse de thé.

Je risque un coup d'œil vers lui, mais c'est le regard vert implacable de Yan que je rencontre.

Je m'empresse de détourner les yeux, mais la chaleur qui monte dans mon cou et se propage sur mes joues me trahit.

— Aux nouveaux amis, répété-je, les yeux baissés sur ma tasse comme si je pouvais lire mon destin dans les feuilles de thé.

Je ne suis pas sûre de vouloir que Yan sache quel effet il me fait, même si c'est probablement déjà le cas.

Je ne suis pas au mieux de ma forme ce soir.

— Oui, aux nouveaux amis, murmure Yan en posant sa grande main sur mon genou, qu'il serre tout doucement.

Stupéfaite, je lève les yeux vers lui et je le regarde incliner sa bouteille de bière. Sa gorge puissante tressaute lorsqu'il déglutit. C'est un spectacle étrangement sensuel et mon ventre se noue quand il baisse la main et darde sur moi un regard sombre et déterminé. En même temps, la main sur mon genou remonte de quelques centimètres sur ma cuisse, se rapprochant de mon entrejambe humide et presque douloureux.

Oh, mon Dieu.

Il a compris.

C'est évident, il a compris.

— Ilya, dit-il posément sans me quitter des yeux. Tu veux bien nous préparer des sandwiches ? Je crois que Mina a faim.

— Ah bon ?

Ilya semble perplexe, mais il se lève et je constate qu'il fronce les sourcils. Plus précisément, il regarde ma cuisse, où la main de Yan est posée dans une attitude possessive. Lentement, son corps imposant se raidit et il serre les poings le long de son corps. Ses yeux remontent alors vers le visage de son frère.

— Je ne pense pas qu'elle ait faim, lâche-t-il d'une voix basse et sèche.

Il me foudroie du regard en demandant :

— Tu as faim, Mina ?

J'avale péniblement ma salive sans trop savoir que répondre. Si je comprends bien, Yan vient de me revendiquer, en quelque sorte, ce que je risque de confirmer si j'entre dans son jeu et déclare avoir faim.

Est-ce vraiment ce que je veux ?

Renvoyer le frère qui s'est montré charmant avec moi pour pouvoir rester seule avec l'homme qui a proposé de jeter mon corps dans le fleuve ?

— Un... un sandwich, ça me plairait.

J'ai l'impression que ces paroles ne m'appartiennent pas, et pourtant c'est ma voix qui les prononce, alors même que mon cerveau s'évertue à en comprendre toutes les implications.

— Enfin, si ça ne pose pas trop de problèmes.

Ilya pince les lèvres.

— D'accord. Je vais voir ce que nous avons dans le frigo.

Puis il tourne les talons et s'éloigne d'un pas lourd, me laissant sur le canapé avec son frère.

Envie d'en lire plus ? Pour en savoir plus, veuillez visiter mon site web à www.annazaires.com/book-series/francais/.

EXTRAIT DE DÉFIE-MOI SI TU PEUX PAR MISHA BELL

Bon, alors mon chihuahua a sauté un ours. Excusez-moi, un énorme chien aux allures d'ours.

Maintenant, j'ai le propriétaire ultra canon dudit ours sur le dos ; il exige un test MST… pour mon chien.

L'autre problème causé par cette affaire d'agression sexuelle entre chiens ? Le mystérieux propriétaire de l'ours est peut-être celui qui me permettra de financer mon nouveau projet et de faire passer mon entreprise de jouets à l'étape supérieure. Et quand je dis « jouets », je parle du genre marrant, du genre dont toutes les femmes (et les hommes) ont besoin.

Si seulement je pouvais découvrir ce qu'il cache – ou forcer ma libido à bien se tenir ! Parce que c'est une mauvaise idée de mélanger le travail et le plaisir, et que

Dragomir Lamian n'est peut-être pas celui qu'il paraît être.

C'est un *ours*, ça ?

J'ai l'impression que mes boules de Kegel sont sur le point de s'échapper de mon vagin. Je crispe mes muscles bien entraînés pour maintenir le jouer à l'intérieur. J'ai conçu cette paire de boules moi-même, alors je sais que si je les crispe encore une fois, la fonction vibration va s'activer, et ce n'est pas le moment pour ça.

La laisse tressaute dans ma main.

— Bonaparte, du calme !

La fermeté de ma voix est futile. Mon chihuahua continue de tirer, le regard rivé sur l'ours. Il agite la queue si vite que je m'attends presque à ce qu'il s'envole dans les airs comme un drone.

À mon grand soulagement, le chien se contente de flairer la bouche d'incendie, indifférent au délicieux apéritif de presque deux kilos qu'il pourrait atteindre d'un bond.

Mon compagnon à quatre pattes arrête de tirer et lève la tête vers moi, un mélange de tristesse et d'indignation dans ses yeux verts. Comme d'habitude, j'imagine très bien ce qu'il dirait si je pouvais comprendre son langage :

— *Ma chérie*, ce chien m'ignore. *Moi* ! Impensable !

Je lui jette un biscuit et remarque :

— Cet ours ne connaît clairement pas les bonnes manières. Mais pour sa défense, tu pourrais résister à l'envie de renifler cette bouche d'incendie, toi ? Nous sommes à côté de Central Park. Des millions de chiens ont fait pipi à cet endroit. L'odeur doit être divine.

D'un bond, Gourdin attrape la friandise et l'avale sans même mâcher, avant de reporter son attention sur sa proie gargantuesque.

Quant à moi, je tourne les yeux vers l'homme qui tient la laisse de l'ours. Ma mâchoire s'ouvre en grand, et mes muscles internes compriment involontairement les boules de Kegel.

La vibration s'active, mais je l'ignore, occupée à dévorer avidement des yeux le spécimen masculin grand et à la carrure athlétique devant moi.

Le propriétaire du chien est sexy.

Du genre torride à faire fondre votre culotte et exploser votre utérus.

C'est le genre de type sexy auquel je penserais en me masturbant.

Attendez. À proprement parler, je suis *déjà* en train de me masturber en le regardant ; les vibrations à l'intérieur de mon vagin sont en train de faire monter un peu plus l'orgasme à chaque seconde qui passe. Par chance, il ne me regarde pas, je peux donc le reluquer sans aucune honte.

Cet homme a tout ce que je recherche, même ce que je n'avais pas conscience d'apprécier.

Des cheveux épais et à l'air soyeux de la couleur d'une fourrure de vison. Une courte barbe taillée avec soin, qui souligne son nez majestueux et ses traits ciselés. Des épaules larges rembourrées par juste ce qu'il faut de muscles et un torse à se damner, tout cela s'effilant jusqu'à une taille fine et des hanches étroites. Il porte même un col roulé, pour l'amour du Ciel… tout le monde sait que c'est l'équivalent masculin d'une robe noire sexy !

Oh, et ses lèvres ! J'ai envie de faire un moule de ses lèvres pour les transformer en sex-toy.

En parlant de sex-toy, les boules me rapprochent de plus en plus du précipice. On m'a déjà accusée d'être devenue blasée avec ce genre de trucs, mais même moi, je réalise que jouir ici et maintenant, devant un inconnu ne serait pas un comportement des plus sociables de ma part.

Je dois désactiver les boules, ce que je peux faire si je les comprime encore trois fois. Le problème, c'est que chaque compression change aussi la vitesse des vibrations, ma situation va donc empirer avant de s'améliorer.

Je ne peux rien faire pour éviter ça, je suppose.

Je crispe mes muscles.

Les vibrations s'intensifient.

Encore deux fois et…

Gourdin aboie.

L'énorme museau de l'ours se décroche de la bouche d'incendie et ses gros yeux bruns se fixent sur le hors-d'œuvre en forme de chien à mes pieds.

Maintenant qu'il a enfin obtenu l'attention qu'il

recherchait, mon chien remue vivement la queue et essaie de foncer vers son trépas.

Je me crispe à nouveau sur les boules, involontairement. Encore une fois, et elles seront éteintes. Sauf que les vibrations sont désormais à leur vitesse maximale, et que la sensation est incroyable. Tellement, tellement incroyable…

Mince ! Qu'est-ce que je fabrique ?

Je dois les compresser une dernière fois.

Sauf que les muscles prérequis se sont transformés en gelée et que j'ai du mal à les resserrer.

Ça va vraiment arriver ?

Je vais avoir un orgasme pendant que mon chien se fait manger… tout ça sous les yeux d'un inconnu terriblement sexy ?

Si vous souhaitez en savoir plus, veuillez consulter le site internet d'Misha Bell www.mishabell.com/fr.

À PROPOS DE L'AUTEUR

Anna Zaires est une auteure à succès international du *New York Times* et du *USA Today* de romances de science-fiction et de romances érotiques sombres contemporaines. Elle a découvert son amour des livres à l'âge de cinq ans, quand sa grand-mère lui a appris à lire. Depuis elle a toujours vécu en partie dans un monde de fantaisie dont les seules limites sont celles de son imagination. Elle habite actuellement en Floride et vit heureuse avec son mari Dima Zales, qui écrit des romans de science-fiction et des romans fantastiques, et avec qui elle travaille en étroite collaboration pour chacune de leurs œuvres.

Pour en savoir plus, veuillez visiter www.annazaires. com/book-series/francais/.